VOTO SPIETATO

MATRIMONI DI MAFIA LIBRO 5

WILLOW FOX

SLOWBURN
PUBLISHING

Voto Spietato

Matrimoni di Mafia Libro 5

Willow Fox

Pubblicato da Slow Burn Publishing

© 2022

Tradotto da g_martina

v2

Cover Design by MiblArt

CAPITOLO UNO

ANTONIO

"Abbiamo un problema che ha bisogno della tua esperienza per essere risolto", dice Don Moretti. Il suo sguardo d'acciaio dice più di mille parole.

"Non dire altro".

Vuole che mi occupi del casino e che cancelli ogni prova.

Di solito, questo implica un omicidio o ripulire una scena del crimine. Devo assicurarmi che non possa venire collegato alla famiglia Moretti. Più precisamente, a Roberto, il Don della famiglia.

Non posso dire di non essere un mostro. Ho fatto azioni terribili, ucciso uomini, strappato bambini alle loro famiglie.

Mi porge un foglio di carta piegato, lo apro già pensando a quello che potrebbe esserci scritto, il Don è cauto e non vuole dare ordini ad alta voce.

Scarabocchiato all'interno c'è un indirizzo.

Chiunque potrebbe essere in ascolto.

Non ci si può fidare di nessuno.

L'indirizzo indica il molo del centro.

"Porta Ardian con te", dice Don Moretti.

Faccio un cenno affermativo e mi dirigo fuori dal suo ufficio, lasciando la porta aperta mentre esco. Cerco Ardian nel complesso, non è al suo posto all'entrata est. C'è invece Gian, il superiore di Ardian.

"Cerchi qualcuno?" mi chiede.

Sa che ho ricevuto ordine di andare al porto? Non è un segreto che spostiamo prodotti dentro e fuori i porti, ma di solito non è un posto che frequento io.

Ardian, invece, ci ha a che fare molto di più. Questo è, suppongo, il motivo per cui Roberto mi ha chiesto di portarmelo dietro. Non sono io ad avere bisogno di aiuto, è lui che ha bisogno dei miei muscoli.

"Ardian", dico, non elaborando ulteriormente gli ordini che mi sono stati dati.

"È sul retro a spalare merda".

Questa è una frase in codice che usiamo. Qualcuno è stato ucciso sul sedile posteriore.

Mi dirigo verso il garage. È riscaldato e confortevole. L'aspirapolvere rimbomba in lontananza, il ronzio acuto e assordante.

Le porte posteriori del SUV sono spalancate e Ardian è piegato in avanti, spruzzando con un prodotto l'interno in pelle.

Monte, un altro soldato, sta pulendo il bagagliaio, strofinando la schiuma con una spazzola ruvida e poi aspiranDone l'interno.

Spengo l'aspirapolvere, spaventandoli entrambi.

"Che succede?", chiede Ardian.

"Ho un lavoro per te", dico.

"Più sporco di questo?". Ardian sorride. Non è turbato dall'essere parte della squadra di pulizia. C'è una macchia di sangue fresco sui sedili in pelle. I finestrini sono già stati puliti, ma il poggiatesta del sedile posteriore è disgustoso. Ci sono ancora pezzi di materia cerebrale aggrappati alla tappezzeria in pelle.

"Speriamo di no", dico.

"Scusa, Monte", dice Ardian e si allontana dal SUV. "Immagino che tu debba finire il resto del sedile posteriore. Cerca di non essere geloso".

"Non me lo sognerei mai", dice lui.

Afferro le chiavi di un altro SUV e apro il garage. Una folata di vento freddo entra. Il calore all'interno non è abbastanza per una gelida giornata invernale.

"Voi ragazzi siete degli stronzi", borbotta Monte.

Non è che abbiamo scelta. Non c'è mai molta scelta quando si tratta degli ordini dati dal Don.

Mi siedo al posto di guida e schiaccio l'acceleratore, uscendo a tutta velocità dal garage. Prima che possa chiudere la saracinesca, Monte sta già premendo il pulsante, abbassandola per tenere il posto al caldo.

Ardian ride accanto a me mentre tira la cintura di sicurezza e fa scattare la fibbia in posizione.

Passiamo attraverso i cancelli aperti ed usciamo sulla strada principale.

"Dove siamo diretti?", chiede.

"Il porto". Ardian gestisce le spedizioni settimanali. Ha familiarità con la routine. "Il capo ha detto che c'è un gran casino. Ne sai qualcosa?".

"Sì, la nostra ultima spedizione era in ritardo. Don Moretti ha detto che il contenuto potrebbe essere rovinato".

Contenuto? Faccio un sospiro pesante.

"Di che tipo di contenuto stiamo parlando?", chiedo. Trattiamo con pistole, armi, munizioni. Questo tipo di prodotti non si rovina. "Droga?" Non posso immaginare che una spedizione con qualche giorno di ritardo sia andata a male.

"Oh, tu non lo sai..." dice Ardian, fissandomi con gli occhi spalancati. "Merda. Non posso credere che tu lo stia scoprendo solo ora. E da me". Il sorriso si espande sul suo viso.

"Sputa il rospo, stronzo". Lo guardo per un breve secondo prima di riportare l'attenzione sulla strada.

"Hai mai sentito parlare del mercato nero?", dice.

Il mio stomaco si contrae. "Roberto sta contrabbandando esseri umani per i trapianti di organi?" Non dovrei essere sorpreso, è coinvolto in molti affari loschi.

"Beh, sì, ma non è quello di cui si tratta questa spedizione".

"Sputa il rospo, Ardian!" Sono stanco delle sue buffonate. Con cosa diavolo avremo a che fare quando raggiungeremo il porto?

"Bene", dice e si affloscia sul sedile del passeggero. "Roberto Moretti possiede La Culla".

La Culla è la più grande e prestigiosa agenzia di adozioni di New York City.

"Per l'amor del cielo". Schiaccio i freni proprio quando il semaforo diventa rosso. La mia concentrazione è andata a farsi benedire. Non è un segreto che Roberto sia coinvolto in molti affari illegali, ma rubare bambini è una cosa che non posso comprendere.

Certo, mi è capitato di rubare un bambino per Roberto Moretti in qualche occasione, ma era solo perché il padre del bambino faceva parte della famiglia Moretti e la madre era scappata portandosi dietro il pargolo.

Almeno questa è la storia che mi era stata raccontata.

Sono sicuro che fosse vero.

Non dovrebbe importarmi.

Non mi è mai importato prima, ma il pensiero di pulire i corpi dei bambini non mi piace.

Un uomo come Roberto Moretti deve essere fermato e io sono l'uomo giusto per questo lavoro.

———

Non dimenticherò mai la puzza di morte. Il modo in cui permea ogni centimetro di pelle e vestiti.

La mia camicia e i miei pantaloni dovranno essere bruciati.

Non per le tracce e sangue che si sono incrostate, ma per il fetore.

Quattordici bambini, più della metà neonati, sono stati gettati nel porto. Con essi, due Donne che erano state rapite e contrabbandate. Anche loro morte per disidratazione e fame.

Per quanto tempo sono stati chiusi dentro un container?

Da dove arrivavano?

Strofiniamo il container, il metallo interno luccica per il lavaggio accurato, non lasciamo alcuna traccia di prove.

"Quanto spesso devi pulire i container di carico?" chiedo ad Ardian.

"Ogni due mesi. Di solito Otello aiuta, ma è fuori per malattia".

"Troppa vodka?" Scherzo. Otello può gestirla meglio di tutti noi, ma anche lui ha i suoi limiti. Quell'uomo si rovinerà il fegato, ma probabilmente non prima di finire morto per colpa dei russi, in particolare della famiglia Barinov.

Proprio quando abbiamo finito le ultime pulizie, il capo ci chiama.

"Quando hai finito, ho bisogno di te dall'altra parte della città per un lavoro", dice Don Moretti.

Non dovrebbe importarmi. Il loro sangue non è sulle mie mani. Non ho ucciso io questi bambini, ma le immagini dei loro corpi senza vita mi bruciano dentro.

"Un altro problema con un container?", ribollo di rabbia.

Come può accadere una cosa del genere?

Perché non c'erano cibo e acqua? E per quanto riguarda le temperature? Fa freddo in questo periodo dell'anno. Potrebbero essere morti di ipotermia prima di morire di fame?

Roberto si schiarisce la gola. "No, ho bisogno che tu vada direttamente alla Manhattan Academy".

"L'asilo?", chiedo.

È arrabbiato perché ha perso quattordici bambini e ora vuole che iniziamo a rubare i piccoli da scuola? È pazzo se pensa che possiamo farla franca.

Non funzionerà mai.

Inoltre, io e Ardian avremo bisogno di una doccia e di un cambio di vestiti prima di poter stare vicino ad un'altra persona.

"Sì, il nipote di Mikhail Barinov frequenta la Manhattan Academy. Voglio che sia portato nel nostro complesso".

Mi pizzico il ponte del naso.

Non è il mio lavoro chiedere il perché, ma non è un bambino qualsiasi. Vuole che rapiamo il nipote del capo della Bratva? Sicuramente non ha intenzione di venderlo. Probabilmente lo userà solo come garanzia per ottenere ciò che vuole.

Cos'è che vuole che implichi l'uso di un bambino innocente?

Abbiamo combattuto con la Bratva per anni, ma non è mai stata una guerra all'ultimo sangue. Roberto sa in cosa cazzo ci sta coinvolgendo?

Lui è il mio capo. Mettere in discussione la sua autorità o i suoi comandi è un modo sicuro per finire come quei bambini: morti.

"Hai una fotografia del bambino?", chiedo. Come faccio a distinguere il nipote di Mikhail dai suoi compagni?

"Te l'ho appena inviata", dice Roberto. "Il nome è Liam Barinov".

Guardo il mio telefono. Il bimbo ha i capelli biondi e gli occhi azzurri. Non assomiglia minimamente a Mikhail, ma dopotutto è suo nipote, non suo figlio.

Nella fotografia, indossa una camicia a righe bianche e blu e pantaloni color kaki. Ha un ampio sorriso, ignaro degli orrori del mondo.

E ha gli occhi di sua madre.

Io lo so bene, ci sono andato a letto.

Aleksandra Barinov, la sorella minore di Mikhail, è al cento per cento off-limits.

Lei è il tipo di ragazza che mi piace assaggiare di tanto in tanto. E suo fratello non ha idea che abbiamo scopato.

Nemmeno Roberto Moretti, il mio capo.

Il passato è meglio lasciarlo nel passato, chiuso a chiave. È stato molto tempo fa, quando ero giovane e sciocco, e sono caduto nel suo letto, o meglio nella sua doccia. Eravamo in vacanza e quello che succede fuori dal paese rimane fuori dal paese.

Mi ha concesso una notte folle e selvaggia.

Era cinque anni fa? O forse sei?

Non riesco a ricordare. Ogni tanto a tarda notte sento ancora i suoi dolci gemiti.

Aleksandra non può farsi scappare la cosa perché sono un uomo morto se lo fa.

L'intera Bratva russa mi darà la caccia e non sarò mai al sicuro.

———

Non c'è molto tempo, ma facciamo la doccia e ci cambiamo in una palestra vicina di nostra proprietà, bruciando i vestiti prima di andare alla Manhattan Academy. Per fortuna ho lasciato il cappotto nel SUV quando abbiamo ripulito il container, altrimenti sarei stato costretto a bruciare anche la giacca di pelle.

"Hai mai fatto uno di questi lavori?", chiedo, fissando fuori dal finestrino prima di infilare i guanti e uscire dal veicolo.

"Prima volta", ammette. Infila le mani nelle tasche dei pantaloni.

Non siamo rapitori. Di sicuro non so nulla su come rapire un bambino, a parte non farmi prendere.

L'aria è gelida, il sole è sepolto dietro la coltre di nuvole.

Sembrano neve.

Ardian è proprio accanto a me e sta tremando. Non è vestito adeguatamente per queste temperature. Io sto solo cercando di non vomitare la colazione. Sono grato di non aver mangiato nulla per pranzo. Ripulire i corpi morti e il sangue, lo posso digerire, ma guardare negli occhi di un bambino che è vivo e non sapere cosa cazzo fare se urla, mi fa rivoltare lo stomaco.

Non ho intenzione di fargli del male, e Roberto non è così stupido da ucciderlo, probabilmente vuole solo mettere paura a suo zio.

Sono quasi le tre del pomeriggio. C'è una campana della chiesa che suona in lontananza, il suono arriva portato dal vento.

Quando sono nella squadra di pulizia, non mi preoccupo troppo di pianificare e preparare. Si tratta solo di non essere notati.

C'è un fascino particolare nell'essere invisibili, ma doversi intrufolare e rapire un bambino richiede pazienza e precisione. Non ho caramelle o un cucciolo di cane a portata di mano, qualcosa per attirarlo nel retro del nostro SUV.

Il che significa che dovrò fare qualcosa di più drastico.

Se Aleksandra scopre in cosa sono coinvolto, non mi perDonerà mai. Non sono sicuro che sarò in grado di perDonare nemmeno me stesso.

Da quando in qua Don Moretti ha deciso che andava bene rapire i bambini? Bratva o no, è solo un bambino, non può fare a meno della sua famiglia. Dall'aspetto della foto, ha al massimo quattro anni.

Voglio fare questo lavoro? No, ma che altra scelta ho? Ho sempre seguito gli ordini e fatto quello che mi è stato detto.

Roberto non è solo il mio capo. È praticamente mio padre, avendomi cresciuto come suo figlio.

Io e Ardian controlliamo l'area circostante l'asilo. Non ci sono attrezzature di sorveglianza che ci possono identificare e questo rende il lavoro più facile.

La porta sul retro della scuola materna si apre e una marea di bambini si precipita fuori nel parco giochi.

Indossano tutti cappelli e guanti, parka spessi che renDono difficile identificare il target.

Mi avvicino al cancello e lo apro. Non è chiuso.

Non si preoccupano che i bambini escano fuori e scappino?

Forse questa non è la loro più grande preoccupazione.

Però esistono uomini come me che rapiscono i bambini.

Ci sono uomini peggiori. Uomini a cui piacciono i bambini, e questo vile pensiero è sufficiente a farmi rivoltare lo stomaco. Roberto non ha mai dimostrato di essere una di quelle creature disgustose.

"Liam!" l'insegnante richiama il bimbo appeso a testa in giù sulle sbarre dei giochi. Il suo cappello è caduto e getta a terra anche i suoi guanti.

L'insegnante, che indossa un lungo cappotto nero abbottonato, si precipita attraverso il cortile verso Liam e si china, restituendogli cappello e guanti.

Liam si gira e salta giù. Un cappello invernale blu brillante copre rapidamente la sua folta capigliatura dorata. Il cappello si abbina al suo cappotto.

"È lui", dico ad Ardian che è in piedi accanto a me. Nessuno ci sta prestando attenzione.

Forse dovrebbero notare due uomini in piedi vicino ad un asilo che guardano i bambini giocare in giardino, ma questo è un quartiere amichevole dove non succede mai niente. È silenzioso e tranquillo.

Non ancora per molto.

CAPITOLO DUE

Aleksandra

"Cosa vuol dire che Liam è scomparso?". Mi avvolgo la sciarpa turchese intorno al collo mentre mi infilo il cappotto e mi affretto alla macchina.

Nikita, una delle guardie di mio fratello, mi sta addosso e mi segue fuori. Mi strappa le chiavi dalle mani e apre la portiera, indicandomi che sarà lui a guidare.

È un idiota pomposo, ma almeno è veloce. "Dove andiamo?", chiede.

"L'asilo di Liam e Sophia", dico.

Nikita accompagna i gemelli all'asilo per tutta la settimana. Conosce il percorso più veloce. Riaggancio la chiamata e attraversiamo la città a tutta velocità.

Prima che Nikita abbia il tempo di spegnere il motore, salto fuori dalla macchina e mi precipito dentro, cercando l'insegnante di Liam.

Sophia è in lacrime, la sua faccia è di un rosso brillante, e fa pendant con il suo vestito di lana.

"Abbiamo contattato le autorità. Dovrebbero essere qui a momenti".

La polizia.

Faccio un respiro pesante. Non è un segreto che sono legata alla Bratva russa. Mio fratello gestisce l'organizzazione più importante e più spietata di New York.

Avrei preferito tenere la polizia fuori da questo casino, ma rivoglio mio figlio a qualunque costo.

Prendo Sophia tra le braccia e i suoi singhiozzi iniziano a calmarsi. Anche se avesse visto qualcosa, non sarebbe in grado di parlare in questo momento.

Nikita si affretta ad entrare dopo aver parcheggiato il veicolo. "Chi è il responsabile?".

"Sono io", dice una Donna con i capelli castano scuro. "Sono la direttrice, Kira Collins", dice, presentandosi.

"Avete filmati, sorveglianza del perimetro esterno?", chiede Nikita.

"Temo di no", dice Kira. "Non sappiamo cosa sia successo. Ci hanno riferito che un minuto prima Liam stava giocando arrampicandosi in giardino e il minuto dopo era sparito".

"Nessuno l'ha visto andare via con qualcuno?", chiedo.

Liam sa che non deve seguire gli sconosciuti. È intelligente e anche se non capisce cosa fa suo zio per vivere, ha abbastanza buon senso da non allontanarsi.

"Io l'ho visto", sussurra Sophia, asciugando le ultime lacrime.

"Con chi è andato Liam?", chiedo.

Sophia scuote la testa. "Era grande. Alto e spaventoso", sussurra. I suoi occhi sono spalancati e mi stringe più forte.

Le strofino la schiena e tiro un leggero sospiro di sollievo vedendo la polizia entrare dall'ingresso principale.

Sono qui per aiutarci. Almeno questo è quello che continuo a ricordarmi, ma Nikita non sembra felice di vederli e Mikhail sarà ancora più sconvolto dal fatto che sono stati portati qui per indagare sulla scomparsa di Liam.

Darà la colpa a me e non posso fare a meno di chiedermi se sono io la responsabile.

————

Non ci sono indizi. Due uomini sono stati visti fuori dall'asilo, ma nessuno ha saputo identificarli. La migliore descrizione è arrivata da mia figlia: "grande, alto e spaventoso", il che descrive più della metà degli uomini di New York City.

È la famiglia Moretti che è venuta a cercare mio figlio?

Antonio potrebbe aver capito che Liam è suo figlio?

No, non parlo con Antonio da anni. Il suo nome non è sul certificato di nascita. Non ho mai detto ad anima viva il nome del padre biologico. Non è possibile che l'abbia capito.

Inoltre, se Antonio avesse scoperto che stavo tenendo Liam nascosto, avrebbe saputo anche si Sophia e avrebbe preso anche lei. Dopo tutto, sono gemelli.

Rimanere all'asilo è inutile. Rispondo alle domande del poliziotto e fornisco il mio indirizzo e numero di telefono, che guarda caso è lo stesso del complesso. Mikhail non sarà contento di avere dei poliziotti che si presentano alla porta, ma i miei figli sono la priorità, Mikhail dovrà farsene una ragione.

Nikita mi riaccompagna al complesso.

Sophia piange sul sedile posteriore per tutto il tragitto verso casa.

I miei occhi sono annebbiati. Sto cercando di trattenermi, sto lottando. Non c'erano testimoni, ma dovevano esserci dei filmati di sorveglianza da qualche parte in quel quartiere. C'erano molte case. Non c'è nessuno che ha una telecamera di sicurezza fuori dalla sua proprietà? Se fosse stata rivolta verso l'asilo o nelle vicinanze, forse avremmo potuto rintracciare il rapitore.

Cosa vogliono da mio figlio?

Potrebbe essere stato preso per un riscatto?

"Troveremo Liam", dice Nikita cercando di rassicurarmi.

Non gli credo. Lavora per mio fratello, è un mostro. Avrei dovuto lasciare la famiglia quando sono nati i gemelli o prima, quando ero incinta. Rimanere ha messo i miei figli in pericolo.

"Come?", chiedo guardando Nikita. Ha buone intenzioni e sono sicura che sta cercando di confortarmi, rassicurandomi che mio figlio starà bene, ma Liam è stato preso per vendicarsi di mio fratello, allora non c'è molto da fare.

A Mikhail non importa nulla di mio figlio o di me. Preferirebbe lasciar morire Liam piuttosto che pagare qualsiasi tipo di riscatto.

Questo deve essere un piano di vendetta per vendicarsi di Mikhail. Dato che mio fratello non ha figli o una moglie, chiunque sia probabilmente ha pensato di colpirlo dove gli fa più male.

La sua famiglia biologica.

Solo che lui dà più valore alla Bratva che al suo sangue.

La sua famiglia sono i suoi uomini, come Nikita, Dmitri, Yuri e Luka, i suoi seguaci più fidati.

Io arrivo ben al di sotto della Bratva. Mi lascia vivere sotto il suo tetto, provvede a me, ma non è minimamente altruista nelle sue azioni. Si aspetta che io prenda marito. Si presume che sposerò un uomo di sua scelta. Fin'ora ho rimandato qualsiasi matrimonio, dicendo a Mikhail che sposerò il marito dei miei figli quando tornerà.

È una bugia.

Non sono sicura che Mikhail ci sia cascato, ma non mi ha forzato la mano e gliene sono stata grata.

Nikita risponde al telefono mentre guida. Sento solo dei pezzi. Niente ciò che capto ha molto senso finché non riaggancia.

"Abbiamo alcune idee su chi potrebbe esserci dietro il rapimento", dice Nikita. Dà un'occhiata nello specchietto retrovisore a Sophia.

È cauto su ciò che viene detto davanti a mia figlia? Non vuole spaventarla ulteriormente? Questo non può essere un bene.

Abbassa la voce. "Ci sono delle voci di corridoio".

"Hai un nome?" Non posso sopportare il silenzio. Non sapere è peggio di qualsiasi cosa. Ho bisogno di agire, di prendere in mano la situazione se necessario. "Per favore", sono quasi pronta ad implorare.

Nikita mi lancia un'occhiata. "Sono solo chiacchiere. Gli uomini parlano".

"Cosa c'è?" Sono disperata e cerco qualsiasi barlume di speranza, non importa quanto lieve o insignificante possa sembrare a qualcun altro.

"I Moretti sono stati visti scaricare nel porto".

Mi si blocca il respiro in gola. "Scaricare cosa?", chiedo.

Potrebbe essere Liam? Gli uomini di Moretti avrebbero inseguito mio figlio e poi lo avrebbero ucciso per gettarlo nel porto? Non ha senso per me, ma uomini come Moretti e Mikhail non agiscono razionalmente. Sono impulsivi e pericolosi.

"Corpi. Corpi di bambini", sussurra Nikita, attenta a non far sentire le sue parole a mia figlia. "Ma è stato prima del rapimento di Liam".

Vorrei tirare un sospiro di sollievo, ma l'unica cosa che esce è un singhiozzo soffocato. Il fatto che Moretti abbia ucciso dei bambini mi disgusta e mi distrugge in ogni caso.

Se è lui il responsabile della scomparsa di Liam, ogni speranza è persa.

———

Arriviamo di nuovo al complesso e accompagno Sophia all'interno. Voglio che sia protetta dai Moretti e messa al sicuro dove nessuno può prenderla.

Nikita chiude l'ingresso principale dietro di me.

I passi pesanti di Mikhail battono contro le assi di legno del pavimento. "Ho sentito che mio nipote è scomparso", dice Mikhail a Nikita. È come se non fossi nemmeno nella stanza.

Aiuto Sophia a togliersi il cappotto, gli stivali, il cappello e i guanti, mettendo tutto nell'armadio vicino.

"Vai nella stanza dei giochi. Sarò lì tra poco", le dico. Non voglio che ascolti la conversazione tra Nikita e Mikhail. Ha già assistito abbastanza per oggi.

Mi giro nel momento in cui Sophia scompare lungo il corridoio. "Non è semplicemente scomparso, Mikhail. È stato rapito. Mio figlio non si è semplicemente allontanato dalla scuola materna per fare un'avventura. Qualcuno è entrato nella proprietà e lo ha rapito. Cosa hai intenzione di fare per ritrovarlo?", chiedo.

Mikhail esala un respiro pesante. È cupo e silenzioso per un momento. "Sono sicuro che dovunque esso sia, sarà riconsegnato sano e salvo", dice con aria di sufficienza.

"Non ne sono così sicuro, signore", dice Nikita. Almeno ha il coraggio di tenere testa a Mikhail.

È raro che uno degli uomini di Mikhail parli in questo modo al capo. Nikita è un Kryshas, un esecutore. Non è un vice o un Sovetnik.

Mikhail guarda Nikita intimandogli di chiudere la bocca. "Cosa ti fa pensare diversamente?", chiede. Inclina leggermente la testa calva, aspettando una risposta. Una sfilza di tatuaggi copre le sue braccia e il petto, arrivando fino al collo. Il più grosso è un serpente.

Mikhail non è affatto un uomo calmo o paziente. E più tempo impiega Nikita a rispondere, più la sua faccia diventa rossa.

"Gli uomini parlano, capo. Ho saputo da una buona fonte che i Moretti erano al porto questa mattina, stavano scaricando diversi corpi nel porto".

"Hai delle prove?" chiede Mikhail, avvicinandosi a Nikita.

Nikita trattiene il respiro, fissando il suo capo. "No, signore. Non ho assistito personalmente. Come ho detto, gli uomini parlano".

Mio fratello esala un sospiro pesante. "Capisco. Perché lo scarico di persone ti fa pensare che la famiglia Moretti abbia preso mio nipote?"

Nikita non ha altra scelta che rispondere. "Si stavano sbarazzando di bambini, neonati, signore. Se ci fosse un acquirente che sta aspettando un bambino, potrebbe non voler aspettare un'altra spedizione".

"E tu pensi che sia una semplice coincidenza che i Moretti siano andati a cercare mio nipote?", chiede Mikhail. "Perché non credo nelle coincidenze".

La voce di Nikita trema mentre parla. "Nemmeno io, capo". Fissa Mikhail.

"Se è vero e Roberto Moretti è responsabile del rapimento di mio nipote, allora faremo piovere l'inferno sulla sua famiglia", dice Mikhail. "Non aspetteremo fino al mattino. Voglio colpire il complesso stanotte, prima che abbiano l'opportunità di spostare Liam".

Vorrei tirare un sospiro di sollievo, ma non sono minimamente tranquilla o contenta del fatto che attaccheranno la famiglia Moretti. Cosa succederebbe se Liam si mettesse in mezzo, o peggio, se lo usassero come ostaggio?

Non posso credere che Mikhail lo proteggerà. Anche se è suo nipote, non si è mai preoccupato di Liam o Sophia in passato. Ci ha fornito un posto dove stare, ma è solo perché papà ha scritto nel suo testamento che si sarebbe dovuto prendere cura di me una volta che lui fosse morto.

Questo mi sembra più un gioco di potere e un'opportunità per colpire la famiglia Moretti, che un'operazione fatta perché tiene a mio figlio.

Mikhail scompare lungo il corridoio. Presumo che stia correndo ad armare i suoi uomini e a preparare la sua battaglia.

"Devi portarmi con te", imploro Nikita. "A Mikhail non importa di Liam. Vuole solo Roberto morto".

"Senza offesa, ma stai meglio qui, dove non corri il rischio di venire uccisa. Che vantaggio c'è per i tuoi figli se Roberto o i suoi uomini ti sparano?".

Capisco la sua posizione e anche se probabilmente ha ragione, non posso semplicemente sedermi e aspettare. Mi affretto verso la stanza dei giochi per controllare Sophia.

"Mamma!" Sophia si siede sul pavimento, i suoi animali di peluche intorno a lei mentre gioca alla scuola.

"Devo andare a prendere tuo fratello", dico, chinandomi e dandole un abbraccio e un bacio.

Il suo labbro inferiore trema.

"Va tutto bene. Non starò via a lungo". Premo un bacio sulla sua guancia. "Fai la brava e resta qui, ok?" Ho bisogno di sapere che Sophia sarà al sicuro. Non posso portarla con me.

Gli occhi di Sophia sono spalancati. I suoi riccioli biondi rimbalzano mentre annuisce. "Ti voglio bene", dice, gettandomi le braccia al collo.

"Anch'io ti voglio bene", dico e le lascio cadere un ultimo bacio sulla fronte.

Mi dirigo verso la cucina e prendo un coltello. Non ho accesso ad altre armi nel complesso. In silenzio, prendo il cappotto e ringrazio di non essermi mai tolta gli stivali. Mi affretto verso il garage e mi infilo nel sedile posteriore del SUV di Mikhail.

Devo salvare Liam e assicurarmi che Mikhail non mi tradisca. Anche se non credo che sacrificherebbe suo nipote, non posso sapere se metterà la sua sicurezza al di sopra di quella dei suoi uomini, la Bratva.

———

Sono silenziosa e furtiva. Mi nascondo nel retro del SUV, facendo attenzione a non essere vista. Non voglio che Mikhail mi ammanetti o trovi un altro modo per inabilitarmi.

Aspetto che le porte del veicolo si chiudano.

Arriviamo al complesso dei Moretti e partono gli spari.

Sono al sicuro qui dentro, ma non posso rimanere nel SUV e trovare mio figlio al tempo stesso. Aspetto che gli spari diventino più distanti e alzo la testa, assicurandomi che non ci sia nessuno nelle vicinanze.

Sblocco la porta sul retro e scivolo fuori, lasciandola socchiusa. Mi affretto ad entrare nell'ingresso principale nel quale mio fratello e i suoi uomini hanno fatto irruzione.

Mikhail ha portato il suo esercito con le armi spianate. Non è qui per parlare o negoziare. È qui per uccidere.

Liam era una scusa per attaccare i Moretti. Qualsiasi ragione Mikhail possa avere, la prenderà per andare in guerra.

I Bratva sono dei maledetti selvaggi. Sono a malapena uomini, interessati solo ai loro interessi egoistici.

Tengo in mano il coltello da cucina. È l'unica arma che ho, ma non è niente in confronto alle pistole che hanno tutti gli uomini. Non voglio avvicinarmi ad uno dei Moretti. Se sono fortunata nessuno baderà a me mentre cerco mio figlio.

Gli spari riecheggiano e le grida degli uomini in italiano si susseguono lungo il corridoio.

Stanno arrivando i rinforzi. Mi intrufolo nella stanza più vicina. È buio, nero come la pece. Sono invisibile, nascosta alla vista mentre diversi uomini di Moretti, armati di pistole, si affrettano verso lo scontro a fuoco.

"Aleksandra", dice Antonio.

La sua voce mi fa trasalire.

Sollevo il coltello e mi rendo conto che la stanza è un ufficio. "Cosa stai facendo qui dentro?", chiede. È seduto alla sua scrivania nel buio.

"Perché sei al buio?", chiedo.

CAPITOLO TRE

ANTONIO

Un'ora dopo il rapimento

Il bambino è dietro di me, protetto fino a quando non avrò le risposte di cui ho bisogno, quelle che soddisferanno la mia curiosità.

"Cosa intendi fare con il ragazzo?", chiedo, consegnandolo a Roberto.

Non dovrebbe importarmi ma non è così.

È un bambino e non un bambino qualsiasi, il figlio di Aleksandra. Non è solo un altro lavoro. Conosco la Donna e la famiglia a cui appartiene e prenderlo significa che stiamo chiedendo guerra. Una guerra che non possiamo vincere contro i russi.

"Tu non fai domande", dice Roberto. Mi dà un'occhiata. "Non sei altro che un fattorino, Antonio. Conosci il tuo posto".

Corrugo la fronte. Dopo quello che ho visto oggi, metto in dubbio tutto quello che so su di lui. "Mi hai sempre detto che mia madre mi ha lasciato sulla soglia di casa tua. Non era vero, giusto?"

Perché non mi è venuto in mente prima?

È per questo che Roberto mi ha tenuto all'oscuro del fatto che è lui a gestire La Culla ed è l'uomo dietro al contrabbando di bambini e neonati?

"Sei mio figlio", dice Roberto.

Non ho mai messo in dubbio l'adozione. Roberto Moretti è stato un padre per me crescendo, insegnandomi i modi della Bratva.

Ancora non risponde alla mia domanda.

"Mi avete rapito come ho fatto io con Liam?", chiedo. Ho bisogno di sapere se la mia famiglia mi ha abbanDonato come mi era stato detto o se sono stato rubato.

Ci sono sempre state voci sul fatto che fossi russo, visto quanto sia facile per me uccidere e vendicarmi. Il fatto che io sia spietato e astuto non passa inosservato alla mafia. Non mi sono mai inserito bene tra gli italiani, ma ho sempre creduto che fosse perché sono stato adottato.

Sono stato addestrato ad essere freddo e crudele dal boss della mafia in persona.

Mi è stato insegnato dai migliori ad essere uno dei peggiori.

È tutta una bugia?

"Ti ho portato nella mia casa, Antonio, e ti ho cresciuto come mio figlio. E questo è il ringraziamento che ricevo? Mettere in dubbio la tua provenienza?". Si alza e fa un passo intorno alla scrivania, mettendosi davanti a me. "I Bratva sono selvaggi senza scrupoli. Minacciano le nostre spedizioni e le nostre famiglie. Sono loro i mostri. Non noi".

Sta girando in tondo evitando la domanda. Lo fisso, senza battere ciglio. "Mi hai rapito?" Ho bisogno di sapere la verità.

"Non sei stato abbanDonato sulla soglia di casa", dice Roberto con una risata. "Pensaci. Il posto è sorvegliato e chiuso a chiave. Come potrebbe qualcuno superare la recinzione per consegnare un neonato? E perché dovrebbero?"

Le mie mani si chiuDono a pugno sui miei fianchi. Vorrei picchiarlo, ma lui è il mio capo e mi farebbe buttare nelle segrete. O peggio, mi ucciderebbe.

"Vieni qui, ragazzo", dice a Liam.

Il piccolo dai capelli biondi non si avvicina. È nascosto dietro le mie gambe e raggiunge la mia mano. Il mio pugno si rilassa mentre lui mi stringe la mano come se fosse un'ancora di salvezza.

"Questo scatenerà una guerra", avverto Roberto. Non si preoccupa delle conseguenze di rubare un bambino alla famiglia Barinov? Avrebbe potuto chiedere il rapimento di un bambino qualsiasi, ma mettersi contro la famiglia della Bratva è ridicolo.

Le sue labbra si incurvano leggermente verso l'alto, i suoi occhi si increspano di gioia. "Bene", dice Roberto. "Lasciali venire. Bruceremo la Bratva fino all'ultimo uomo".

Guardo il giovane, praticamente attaccato al mio fianco. "Vai fuori; stai vicino alla porta", dico.

Non mette in discussione il mio ordine. Lascia cadere la mia mano e si precipita fuori dall'ufficio. Chiudo la porta. Per quello che ho intenzione di fare, non voglio testimoni.

"Non lo vedi?", chiede Roberto. Un sorriso compiaciuto si estende sul suo volto. "Il bambino è tuo. Aleksandra ha avuto tuo figlio. Appartiene a te".

"Bugie", ribatto.

Non ha un'arma e la sua pistola di riserva è nel cassetto della scrivania dietro di lui.

Porto una lama inguainata attaccata alla mia cintura e ho una pistola nella fondina al fianco. Non c'è nessun silenziatore attaccato. La pistola sarebbe troppo rumorosa, richiamerebbe troppa attenzione.

Sguaino la lama scintillante, fissando i suoi occhi freddi e spietati.

"Lo giuro, è tuo figlio".

Il mio sguardo si stringe. "Non dovresti implorare per la tua vita?"

"So chi sono i tuoi genitori!" Invece di gridare per chiedere rinforzi, Roberto dice l'unica cosa che mi fa mettere in dubbio la mia stessa esistenza.

Mi sta manipolando, cercando di convincermi che non è lui il cattivo. Raggiunge la mia pistola, afferrandola.

Deve essere fermato.

———

C'è del sangue sulle mie mani. Non è niente di nuovo.

Non c'è sollievo, nessun effluvio di felicità per quello che ho fatto. Gli uomini di Roberto cercano un leader e Mario Moretti è il secondo in comando.

Mario non è un uomo migliore di Roberto.

È altrettanto colpevole di aver rubato i bambini alle loro famiglie. Mentre prendeva ordini dal Don, ha aiutato ad orchestrare l'operazione.

Quanto spargimento di sangue prima di poter rimediare a ciò che è stato fatto?

Quanti uomini devono morire o mettersi in riga?

Mi tolgo il blazer, pulisco le mani intrise di sangue e apro la porta dell'ufficio. Il corpo di Roberto deve essere eliminato, ma non prima che i suoi uomini sappiano cosa ho fatto.

Chi sono.

E chi diventerò.

"Vieni con me", dico, accompagnando il bambino in fondo al corridoio e facendolo entrare in un armadio. Apro la porta. "Resta qui. Non muoverti". Do ordini come se fosse un soldato.

I suoi occhi sono spalancati, è spaventato. Lo spingo dentro e chiudo la porta. Non ha bisogno di vedere morte e sangue, ferocia. È giovane, innocente e forse posso proteggerlo da quella vita di tenebre.

Liam è anche un figlio della Bratva. Rubarlo è stato uno sbaglio, ma sarebbe ancora peggio consegnarlo a uomini che sono molto più spietati di me.

C'è poca scelta in quello che devo fare.

Non sono un uomo che scappa, si nasconde o si rannicchia.

"Don Moretti è morto!" Urlo stando nel corridoio fuori dal suo ufficio. Apro la porta, lasciando che chiunque possa vedere la verità con i propri occhi. "Non ci saranno più spargimenti di sangue, furti o rapimenti di bambini innocenti".

"Chi ti ha messo al comando?", chiede Mario facendo un passo in avanti.

"Io l'ho fatto", dico, fissandolo. C'è uno schizzo di sangue sulla mia camicia bianca. Non oso guardare nello specchio per vedere se la mia faccia o il mio collo mostrano resti del Don. "Ho ucciso Roberto e ucciderò qualsiasi uomo che si metterà sulla mia strada".

Ho lanciato una sfida, un appello per il prossimo Don.

———

È solo una questione di tempo prima che i Barinov entrino a tutta birra dalla porta principale. Le ore passano, con Roberto morto e gli altri uomini che invocano una sfida. Non siamo minimamente preparati alla guerra.

Mario mi sfida e questo gli costa una grave ferita nell'addome e una gamba rotta. Nessun altro uomo deve morire oggi, ma non ho scelta se non combattere e dimostrare che sono il prossimo degno Don dei Moretti.

I combattimenti all'interno cessano nel momento in cui si sente il suono degli spari che esploDono appena oltre le porte. È il momento di condurre i miei uomini alla vittoria.

Mario è ferito insieme ad una mezza dozzina di altri uomini e ai capi che hanno combattuto con Roberto. Grido l'ordine di armare i soldati e di tenersi pronti per uno scontro a fuoco.

Voglio condurre la battaglia, ma quello che cercano è il ragazzo, il giovane che Roberto mi ha ordinato di rapire.

Gli uomini conoscono i loro posti durante un attacco. Ci sono state molte esercitazioni per imparare dove stare e cosa fare in battaglia per proteggere il Don.

Mi proteggeranno?

Non ne sono sicuro e non ho intenzione di scoprirlo. I soldati si precipitano nell'armeria e si procurano le armi. Prendo il bambino dall'armadio e lo porto nell'ufficio buio. Le luci sono spente. Il corpo di Roberto è stato spostato, ma il sangue macchia il pavimento di marmo.

"Sotto la scrivania", gli ordino di nascondersi, facendolo sparire dalla vista mentre mi siedo sulla sedia del capo.

Tengo la pistola rimane nelle mani, senza sicura. Sono pronto a sparare a tutti i soldati che entrano nell'ufficio, chiunque io ritenga una minaccia per me o per il bambino.

Nell'oscurità, la porta dell'ufficio si apre cigolando. La stanza rimane buia, ma riconosco la sua figura quando entra.

La riconoscerei ovunque.

Aleksandra Barinov.

Non posso fare a meno di fissarla, affascinato dalla sua presenza. È l'ultima persona che mi aspettavo si presentasse. "Aleksandra", dico.

Solleva il coltello che tiene in mano e si gira per affrontarmi, la scrivania tra di noi.

Pensa di avere una possibilità con quell'arma? Quanti uomini ha effettivamente ucciso?

"Cosa stai facendo qui dentro?", chiedo. Non è una sorpresa che la Bratva abbia sfondato l'ingresso principale, ma non credo che suo fratello, Mikhail, le abbia permesso di aggregarsi.

A meno che lui non la voglia morta?

"Perché sei al buio?", risponde lei.

Il piccolo sotto la scrivania scappa via quando sente la sua voce.

"Mamma!", il bambino strilla da sotto la scrivania e si precipita verso sua madre.

"Liam", Aleksandra stringe suo figlio, tirando un enorme sospiro.

"Silenzio", avverto. L'ultima cosa che voglio è mettere in ulteriore pericolo la vita di Aleksandra o di Liam.

Aleksandra solleva Liam tra le braccia.

"Posso farti uscire da qui, ma devi promettermi qualcosa".

Mi fissa, i suoi occhi sono luminosi e spalancati, ma non fa nessuna promessa. "Per favore, aiutaci".

"Tienilo lontano dalla Bratva e da tuo fratello".

Sospira. Le sto chiedendo molto. Sono la sua famiglia. E perché dovrebbe ascoltarmi?

"Non è che abbia molta scelta", mormora sottovoce. "Fammi un favore e chiedi al tuo boss mafioso di smettere di rapire bambini innocenti". Aleksandra non ha paura di me. La maggior parte delle Donne si rannicchierebbe alla vista della pistola nella mia mano, alla minaccia di ciò che significa.

Perché non ha paura di me?

"Roberto non è più un problema", dico.

La sua fronte si corruga, ma non risponde. Probabilmente non mi crede, ma non ho intenzione di confessarle che ho appena ucciso il capo della famiglia Moretti. Non ho bisogno che i Barinov scoprano che siamo vulnerabili, mentre stabiliamo una nuova catena di comando.

"Seguimi", dico mentre la accompagno fuori dall'ufficio. Non andiamo lontano. Mikhail e sei dei suoi uomini vengono verso di noi; le pistole sono estratte, pronte a combattere.

"Non sparate!" Aleksandra tende una mano verso suo fratello e i suoi uomini. L'altra è intorno alla vita di Liam, lo tiene stretto contro di lei.

"Che diavolo ci fai qui?", le grida Mikhail.

"Salvo mio figlio", scatta Aleksandra.

CAPITOLO QUATTRO

Aleksandra

"Come diavolo siete arrivati qui?", chiede Mikhail mentre ci accompagna fuori nell'aria fredda e ventosa.

Porto Liam alla macchina e apro la porta posteriore. "Mi sono nascosta sul sedile", dico.

Le guardie si ritirano mentre si sparge la voce che abbiamo recuperato mio figlio vivo.

Salendo dietro con Liam, mi assicuro che la sua cintura di sicurezza sia allacciata. Non c'è un seggiolino e questo mi preoccupa.

"Ma che cazzo", Mikhail sbuffa e si siede nel sedile del passeggero. Nikita, ci riporta al complesso.

"Hai trovato strano che non ci fosse traccia di Roberto Moretti?", chiede Nikita.

"Probabilmente era nascosto in una delle stanze al piano superiore, come un codardo", dice Mikhail con una risatina. "Quell'uomo teme la sua stessa ombra. Merita di essere impiccato per quello che ha fatto a mio nipote".

"Liam, tuo nipote si chiama Liam", dico a Mikhail. Nessuno dei miei figli riceve mai alcuna attenzione dallo zio, non ai compleanni o a Natale, ma nel momento in cui può usarli come scusa per fare la guerra, diventano improvvisamente parte della famiglia.

Mikhail mi guarda da sopra la spalla. "Perché ti stai agitando? Hai trovato il ragazzo. Chi era quell'italiano con il naso affilato?"

"Vuoi dire Antonio?" Forse non dovrei ammettere di conoscere un Moretti.

"Lui e il ragazzo hanno lo stesso naso, la stessa struttura facciale", dice Mikhail, fissandomi.

Fanculo.

"Non è vero", dico.

"Yuri ha detto che Liam potrebbe essere stato preso perché suo padre voleva stare con suo figlio. Pensavo fosse un'idea inverosimile, ma dopo aver visto Antonio oggi, non posso fare a meno di chiedermi se c'è qualcosa di vero, sorellina".

Yuri, il suo secondo in comando, è un cazzone. Non è possibile che sappia che sono andata a letto con Antonio. Se lo sapesse, sarebbe andato da Mikhail nel momento in cui ha avuto dei sospetti.

Il silenzio riempie il veicolo. Non voglio avere questa conversazione con Mikhail e certamente non con Liam seduto accanto a me sul sedile posteriore.

———

Quando arriviamo al complesso, porto Liam nella stanza dei giochi con sua sorella.

Mikhail ci segue. Posso sentire la sua presenza senza nemmeno girarmi a guardarlo. "Voglio parlarti, Aleksandra", dice. C'è del disgusto nel suo tono; il modo in cui dice il mio nome gronda di fastidio, come se fossi un peso.

"Torno subito", dico, dando un abbraccio e un bacio a Liam e Sophia prima di seguire Mikhail fuori dalla stanza e giù nello studio.

Fa scorrere la porta, accende la luce e mi fa cenno di entrare prima di richiuderla dietro di noi.

"Mi hai detto che il padre dei tuoi figli era all'estero", dice Mikhail.

Mi mordo la lingua e faccio un sospiro esasperato. "Ho detto che non era presente". Non era una bugia.

"Antonio è il padre dei bambini", dice Mikhail. Non è una domanda ma un'osservazione.

Non rispondo.

"Prenderò il tuo silenzio come una conferma". Sospira. "Antonio sa di essere il padre?" Mikhail fa un passo avanti, avvicinandosi al decanter e prendendo un bicchiere vuoto sul vassoio d'argento accanto ad esso.

Si versa un bicchiere di whiskey, facendo roteare il liquido ambrato prima di assaggiarlo.

"Non gliel'ho detto", dico. "Non c'è il nome del padre sul certificato di nascita". Non può saperlo. Non l'ho detto a nessuno.

Prende un altro sorso di whisky ed esala un sospiro pesante. "Mi hai messo in una posizione difficile, sorellina".

Non oso chiedergli come. Rimango in silenzio. È più sicuro non irritarlo. Ha una miccia corta e non voglio essere l'obiettivo della sua ira.

"Non ti ho sempre detto che voglio proteggerti?", chiede Mikhail.

"Sì, non capisco". Dove vuole arrivare?

"Mi hai detto che avresti avuto intenzione di sposare il padre dei gemelli quando fosse tornato. Suppongo che fosse una bugia per prendere tempo, per impedirti di sposare un uomo di mia scelta".

"Non ho alcuna intenzione di sposare Antonio", dico. "Né sposerò uno dei tuoi uomini della Bratva".

"Chi sposerai non è una tua scelta, Aleksandra. Papà mi ha incaricato di scegliere un pretendente, un uomo che ti possa proteggere".

"E tu credi onestamente che un russo sia capace di proteggermi?" Rido per l'assurdità della cosa. "Preferiresti farmi sposare con uno dei tuoi uomini piuttosto che lasciarmi vivere liberamente sotto il tuo tetto".

"Basta così!", grida.

Ha vinto il mio silenzio.

Chiudo la bocca e faccio un passo indietro verso la porta. "Posso andare?" So bene che è meglio non andarsene finché non mi è stato dato il permesso. Sono fortunata che Mikhail non mi abbia rimproverato per essermi intrufolata di nascosto alla missione di questa sera.

Mi fa un cenno.

Non me lo faccio ripetere due volte. Esco di corsa dallo studio e vado nella stanza dei giochi per controllare i gemelli.

Antonio ha ragione. Vivere tra la Bratva non è un bene per Liam o Sophia. Ma che altra scelta ho? Mikhail mi proibisce di lavorare e di lasciare i gemelli, a parte le ore che passano all'asilo.

Dove potrei andare?

Antonio è della mafia italiana, il mio nemico giurato. Non posso presentarmi alla sua porta chiedendo aiuto, né voglio ammettere con lui che è il padre dei miei figli.

Sarebbe come far esplodere una bomba nucleare.

Non ho abbastanza soldi da parte per riuscire a provvedere a me e ai gemelli, figuriamoci per permetterci un tetto a New York City. Le case sono costose. I condomini sono scandalosi.

Esalo un sospiro pesante e incrocio le braccia sul petto, fissando Sophia e Liam mentre giocano insieme alla casa. C'è da meravigliarsi che Liam non sia traumatizzato dagli eventi di oggi.

Mi avvicino a lui. "Come state?", chiedo, la mia domanda è rivolta a Liam, ma sono anche preoccupata per Sophia. Ha assistito al rapimento di suo fratello.

Non deve essere stata una cosa facile da vedere o da elaborare.

Liam alza lo sguardo verso di me, i suoi brillanti occhi blu sono spalancati, le sue ciglia si muovono mentre mi fissa. "Non mi piace il buio".

Lo tiro verso di me per un abbraccio. "Lo so, tesoro". Suppongo che si stia riferendo all'ufficio buio e a come ha dovuto nascondersi sotto la scrivania ai piedi di Antonio. Perché Antonio lo stava proteggendo?

Mi fa male la testa e il mio collo è dolorante. Almeno stando all'interno del complesso, i gemelli sono al sicuro. Non devo preoccuparmi del loro benessere.

Ma che dire del mio?

"Aleksandra", dice Luka, annunciando la sua presenza alla porta della stanza dei giochi.

Mi guardo alle spalle. "Sì?"

"Dovresti sapere che Mikhail ha agito alle tue spalle". Luka tiene la voce bassa, attento a non farsi sentire. È una delle guardie più leali e anche se la sua fedeltà è verso Mikhail, ci siamo avvicinati nel corso degli anni da quando è stato affidato come mia guardia del corpo.

Avevo pensato che ad un certo punto Mikhail avrebbe chiesto a Luka di sposarmi, ma quel giorno non è mai arrivato. Una piccola parte di me è sollevata. È un ragazzo decente per essere un membro della Bratva, ma non è esattamente il mio tipo.

Chiunque scelga mio fratello non è il mio tipo.

"Perchè me lo dici?". Sta agendo alle spalle di Mikhail, venendo da me, dicendomi qualsiasi segreto.

"Spero che tu non mi faccia uccidere", dice Luka e fa un sorriso ironico. "L'ho sentito al telefono con gli italiani".

"Perché dovrebbe farlo?", chiedo. "Che motivo avrebbe di chiamare Roberto Moretti?"

"Da quello che ho sentito, Roberto è morto e Antonio è il loro nuovo leader".

L'aria viene risucchiata dai miei polmoni. "No." Non può essere vero. Antonio è rude, cattivo e probabilmente pugnalerebbe un uomo alle spalle. È così che è diventato Don?

"Nessuno ha visto Roberto durante l'attacco", dice Luka. "Per caso l'hai visto mentre ti aggiravi?"

"Solo Antonio e Liam". Avevo intenzionalmente evitato i soldati. "Perché?", chiedo.

"Non avrei detto nulla, non avrei dovuto, ma se Antonio è il padre dei gemelli, ho pensato che dovessi saperlo".

Perché è così dannatamente misterioso?

"Sapere cosa?" Cerco di mantenere la calma e di abbassare la voce. Non voglio rendere i gemelli partecipi della nostra conversazione, specialmente perché riguarda il loro padre.

"Che Mikhail intende far fuori gli italiani. Tutti quanti. Si sta vendicando perché hanno rapito tuo figlio".

CAPITOLO CINQUE

ANTONIO

Sei settimane dopo

La maggior parte degli uomini ha seguito la mia guida. Hanno accettato la mia nuova posizione di capo famiglia, Don.

Non ho ucciso Roberto per diventare il capobanda di un circo incasinato, ma è quello che ho ottenuto.

Ho smantellato l'operazione che coinvolgeva La Culla. Mi rifiuto di rapire bambini e di essere parte di una cosa del genere.

Si è scoperto che gli affari più redditizi di Roberto erano il furto e la vendita di neonati. C'era la sua mano in una dozzina di altre imprese illegali che sto lavorando per promuovere, ma non è facile, specialmente quando il nostro carico di armi viene ripetutamente rubato al molo.

Tre settimane di fila.

Non è una coincidenza.

Qualcuno sta lavorando per l'altra parte, i russi. Se fossero stati i federali, saremmo già stati beccati e portati dentro.

Abbiamo ancora il commercio di droga, contrabbandando narcotici, e paghiamo gli agenti doganali per guardare dall'altra parte. È abbastanza per pagare le bollette, ma ai miei uomini piace vivere sontuosamente e non ho bisogno che mettano in discussione le mie tattiche.

Sono costantemente osservato. Devo dimostrare il mio valore.

Ardian è diventato il mio alleato più fidato, da soldato a secondo in comando. Gli altri soldati si sono messi in riga quando mi sono fatto avanti e ho conquistato il posto sul trono. Ma Mario, che era il vice di Roberto, ho paura che mi tradisca.

Mi ha promesso la sua fedeltà quando ho combattuto contro di lui per la posizione. Avrei potuto ucciderlo, forse avrei dovuto, ma c'è stato abbastanza spargimento di sangue quel giorno. Ora è un soldato e una guardia del complesso.

Ardian entra nel mio ufficio. Ha un aspetto di merda.

"Hai un minuto, capo?", chiede.

"Entra e chiudi la porta".

Una volta era l'ufficio di Roberto. Ora è il mio. La scrivania è stata sostituita con una dal legno più scuro, più ampia e più alta, che si adatta meglio a me. Il pavimento è stato pulito, senza lasciare alcuna prova della morte di Roberto.

"I russi stanno intercettando le nostre spedizioni di armi al porto", dice Ardian.

Mi pizzico il naso. "Stanno cercando la nostra organizzazione", dico.

Ho ucciso Roberto perché non avevo altra scelta. Dovevo impedirgli di rapire i bambini. Non è stato per onore o per desiderio. Ho fatto quello che nessun altro era disposto a fare. Non volevo essere il fottuto capo.

"Ci sono voci che dicono che i russi non stanno colpendo solo gli italiani a New York. Gli uomini parlano, capo. Dicono che si stanno muovendo contro tutte le famiglie del paese".

Cazzo. Non è niente di nuovo, ma sentirlo lo rende ufficiale.

Ci sono state segnalazioni di incendi, rapimenti e minacce. Tutto è iniziato il giorno dopo che Roberto ha rapito Liam. Non può essere una coincidenza.

Ma quello che non riesco a togliermi dalla testa sono gli ultimi momenti di Roberto.

"Giuro che è tuo figlio".

Liam potrebbe essere davvero mio figlio? Avevo pensato che fosse passato più tempo da quando io e Aleksandra eravamo andati a letto insieme. Era stato in vacanza, lontano da New York City, ci siamo incontrati per caso.

Non sono un tipo da spiaggia. La sabbia arriva ovunque, per non parlare del fatto che è caldo e umido. I vestiti si attaccano praticamente alla pelle.

Ma le signore sulla spiaggia, per di più in topless, fanno sì che valga la pena subire quella tortura.

Mi siedo e bevo una birra. L'esterno del bicchiere suda per il caldo. È così che mi sento, appiccicoso e bagnato.

Ci sono decine di Donne sparse sulla spiaggia. L'acqua è calda, chiara, brillante e blu.

Voglio tuffarmi, rinfrescarmi e lasciarmi andare.

Ma sono qui per affari, non posso divertirmi. Il mio capo è pignolo e organizza le nostre attività. Io sono qui solo per portare i muscoli.

La mia presenza è sufficiente per minacciare questi uomini fino alla sottomissione.

Ma non mi importa di queste cose al momento. Guardo la ragazza che cammina sulla sabbia, i suoi lunghi capelli biondi. Non ci azzeccano niente, la sua pelle è abbronzata a causa delle lunghe ore trascorse sulla spiaggia sotto il sole.

C'è qualcosa in lei che ha catturato la mia attenzione, aspetto a parte. Non che non sia bellissima e tutto. Ci vuole ogni grammo di forza di volontà per non fissare il suo corpo perfetto.

"Fai una foto. Durerà più a lungo", sorride mentre mi passa accanto.

Mi sposto sullo sgabello, la birra diventa più calda ogni secondo che passa. La finisco e mi alzo, affondando nella sabbia abissale.

"Ehi, aspetta!"

"Non dicevo sul serio, pervertito", dice lei, guardandomi da sopra la spalla.

Striscio sulla sabbia ed è come il piombo mentre cerco di affrettarmi per raggiungerla. Lei non rallenta minimamente. Perché dovrebbe?

"Non sono... ok, ti stavo fissando", ammetto. Tendo la mano. "Antonio", dico, presentandomi, sperando di poter ricominciare da capo.

Lei serra le labbra e i suoi occhi si socchiuDono sotto il sole luminoso del pomeriggio. "Sei italiana", osserva, in silenzio per un secondo prima di finire la sua presentazione. "Sono Aleksandra".

Russa.

Dovremmo essere nemici, ma siamo in vacanza. Inoltre, non è che lei faccia parte della Bratva. Giusto?

Mi squadra dall'alto in basso. È come se stesse decidendo se valgo il suo tempo o no. "Fammi indovinare, sei qui per affari e vuoi divertirti un po'?"

Non ha torto.

"È così ovvio?", chiedo.

"La camicia bianca abbottonata e i pantaloni neri", dice indicando il mio abbigliamento. "Cavolo, sembri parte della mafia. Il minimo che potresti fare è toglierti la camicia e i pantaloni. Se hai intenzione di fissare una bella Donna, dai anche a lei qualcosa da guardare".

C'è qualcosa in lei che mi attira. Non ho mai incontrato nessuno come lei. È schietta e diretta. Forte e determinata. Ignoro il suo commento sulla mafia.

Mi ha classificato solo in base all'aspetto e, anche se non ha torto, non ho bisogno di dirle per chi lavoro. Non che mi aspetti che conosca il nome Roberto Moretti. Siamo lontani da New York City e dalle imprese criminali.

"Sei sexy", dice con un sorrisetto ironico. "Che ne dici di andare da un'altra parte?"

Questo è quello che avrei dovuto dire io. Dovrei essere io a corteggiarla, convincendola a tornare nella mia stanza d'albergo.

"Dove andiamo?", chiedo. Ho una dozzina di pensieri che mi attraversano la mente di posti che mi piacerebbe

sperimentare con lei, come sotto una cascata o scoparla su uno yacht.

Mi tira la cravatta, trascinandomi a seguirla nella sua enorme cabina.

Le mie labbra si incollano contro le sue in una frenesia affamata. Voglio toccarla, assaggiarla, sentire la sua pelle contro la mia.

Lei è morbida e si adatta perfettamente a me mentre mi spoglio. Non penso più alla sabbia sulle dita dei piedi o ai piccoli granelli sul suo corpo.

"Doccia?" chiede, afferrando la mia mano mentre mi conduce verso il bagno. Il posto è vasto, splendido, e sono geloso del fatto che non sto in una di queste piccole capanne sulla spiaggia.

"Bel posto", dico, ammirandola brevemente mentre mi dirigo in bagno. Il mio sguardo non ha mai lasciato il suo corpo nudo.

"È di mio fratello per l'estate", dice Aleksandra. "Mikhail non sa che ho rubato la chiave".

La mia bocca diventa secca.

Mikhail Barinov?

"Quindi è fuori città?", chiedo.

"No." Lei sorride e spinge la porta del bagno. "È a pranzo con i suoi amici", dice.

"Il tipo di amici russi che sono di famiglia?" Non voglio avere ragione, ma ho saputo da una buona fonte che la Bratva russa è qui da New York.

La realizzazione investe entrambi.

Aleksandra sussulta mentre accende il getto della doccia. Non sono sicuro se sia per la temperatura o la mia osservazione.

"Sei della mafia italiana?" mi guarda da sopra la spalla. "Stavo scherzando prima, sulla spiaggia. Dannazione".

Si gira verso di me, il suo sguardo mi blocca. Il desiderio non è minimamente diminuito.

Stare con lei è pericoloso.

E questo rende l'incontro tra noi mille volte più caldo. In qualsiasi momento potremmo essere scoperti e finire in casini grossi.

Fa scorrere il pannello di vetro della doccia ed entra sotto il getto, buttando la testa all'indietro.

"Tuo fratello è Mikhail, capo della Bratva?" Questo non sarebbe solo pericoloso. Stare con lei sarebbe mortale. Potrebbe farmi uccidere.

Aleksandra si passa le mani nei capelli mentre io tiro i suoi fianchi contro i miei, schiacciandola. Sono duro e lei emette fusa silenziose, le sue palpebre sono pesanti.

"Sì, se ci scopre sei morto. Siamo morti entrambi", sussurra lei. I suoi occhi blu corrisponDono al colore del mare. Il suo sguardo mi incatena.

"Allora non possiamo essere scoperti", dico. Copro la sua bocca con la mia e guido la mia gamba tra le sue cosce, ascoltando i gemiti che escono dalle sue labbra.

Sa di fragole e panna montata. La sua pelle è morbida come il velluto e calda per il calore della doccia. Devo trattenermi.

"Sono stato in contatto con i Don di Chicago, Los Angeles e Breckenridge. Alloggeranno nel complesso mentre ci assembliamo".

"Cosa vuoi che faccia, capo?", chiede Ardian.

Il complesso è caldo o sono i pensieri su di lei che mi stanno facendo sudare? È facile fingere che lei non significhi nulla per me, che sia stata solo un'avventura. Ma il bambino, il ragazzo, Liam, potrebbe essere mio?

"Capo?" Ardian si schiarisce la gola in un lieve tentativo di attirare la mia attenzione.

"Assicurati che le stanze siano adeguate e pronte. Ho invitato qui le loro famiglie e chiunque sia stato minacciato dalla Bratva per protezione".

"Non hanno una protezione adeguata per conto loro, signore?", chiede Ardian.

Non lo so. Di solito non sono io a occuparmi di queste cose e di tutte le famiglie. Ce ne sono molte in tutti gli Stati Uniti, almeno una in ogni grande città. Ci muoviamo indipendentemente, ma occasionalmente ci chiamiamo l'un l'altro per un aiuto quando è necessario.

Non ho mai avuto il piacere di partecipare ad una riunione con gli altri Don. Quella era la responsabilità di Roberto. Ma lui è morto e io sono al comando.

———

Sono stati noleggiati dei voli privati. Sono stati presi accordi per portare i capi e i loro consiglieri più fidati al nostro incontro, previsto per domani mattina.

Non riesco a togliermi Aleksandra dalla testa.

La testa di Mikhail Barinov sarà reclamata e il suo complesso bruciato al suolo. Non serve riunire quattro degli uomini più potenti per sapere che non stiamo giocando a riportare la pace.

Gli uomini vorranno vendicarsi per quello che Mikhail ha fatto, minacciando le nostre famiglie e case, il nostro sostentamento.

E mi sta bene.

Ma Aleksandra è innocente, così come il suo bambino, Liam. Avvertirla sarebbe un grave errore. Non posso farlo, non senza mettere la mia famiglia in pericolo.

Prendo le chiavi del SUV e mi affretto a uscire in garage.

"Dove vai?", chiede Mario. "Gli ospiti arriveranno presto".

"Ho qualcosa di cui occuparmi prima che atterrino", dico cripticamente. Mario non mi ha dato prova di fiducia, non dovrei divulgare segreti all'uomo che una volta era il secondo di Roberto.

"Terrò il complesso in ordine fino al tuo ritorno", dice.

Voglio fidarmi di lui. Era un brav'uomo per Roberto, ma non so se mi è fedele. Si è arreso a me perché era un codardo e ha scelto la sua vita sopra all'onore?

"Lo apprezzo", rispondo. Prendo il cappotto dal gancio e lo infilo mentre mi affretto verso il garage.

Monte e Ardian stanno lavorando su un altro SUV. "Cosa stai facendo qui fuori?", grido ad Ardian sovrastando il suono dell'aspirapolvere.

"Mi sto preparando a prendere i Baroni", dice Ardian. "Il loro volo atterra tra un paio d'ore".

"Grazie", dico. Apro la porta di un SUV libero e salgo.

Ardian non mi chiede dove sono diretto. Dubito che lo sappia, ma rispetta anche la mia privacy. Se voglio che sappia qualcosa, glielo dico.

Mi affretto ad attraversare la città, entrando e uscendo dal traffico mentre corro verso l'asilo.

CAPITOLO SEI

Aleksandra

"Saremo in ritardo per l'uscita dei bimbi", dico.

Nikita mi ignora, tiene il telefono contro l'orecchio mentre ascolta mio fratello che blatera qualcosa.

Nikita sta guidando nella direzione opposta a quella dell'asilo. Dubito che sia perché non sta prestando attenzione. Mikhail gli sta ordinando di occuparsi degli affari. Qualunque cosa significhi.

Anche con l'orecchio appoggiato al telefono, riesco a sentire spizzichi e bocconi della conversazione. Mikhail alza la voce ogni tanto e quando lo fa riesco a sentirlo.

Brontolando, Nikita riaggancia.

"Il ritiro è tra quindici minuti". Non farò aspettare i gemelli.

"E non appena avrò fatto quello che il capo mi ha chiesto di fare, passeremo a prendere i bambini".

"No", dico e piego le braccia sul petto.

"No?" Nikita mi guarda. Non è abituato a vedermi disobbediente.

"Liam e Sophia si arrabbieranno quando non ci sarò. Fammi scendere e prenderò un taxi per tornare al complesso".

Nikita sbuffa sottovoce.

"Cosa?", chiedo. È una soluzione semplice e risolverà entrambi i problemi. Perché non riesce a capirlo?

"Dovrei farti da guardia", dice Nikita.

"E dovresti andare a prendere i miei figli", ribatto. "Non può essere un altro dei tirapiedi di Mikhail a fare quello che vuole? Che mi dici di Luka?".

Mio fratello ha molti uomini che possono gestire il lavoro. Perché Nikita?

"Sono il più vicino all'obiettivo. E credimi, non vuoi che i tuoi figli vedano quello che sto per fare agli italiani".

Mi strofino la fronte. "Giuro che se non mi porti all'asilo in tempo, Mikhail non sarà il tuo più grande problema. Lo sarò io".

Nikita impreca in russo e alza gli occhi al cielo. "D'accordo. Hai il telefono?"

"Sì, quando mai non lo porto con me? Non appena avrò i bambini, mi farò dare un passaggio direttamente al complesso".

Non è che ci sia un altro posto dove voglio andare oggi. Fuori si gela. Fa troppo freddo per il parco e non nevica da giorni, quindi non c'è possibilità di usare il bob.

Lui brontola e gira a destra alla strada successiva, affrettandosi verso l'asilo. "Stai fuori dai guai", avverte Nikita mentre salto fuori dal veicolo.

"Dovrei dirtelo io", dico, fissandolo. "Fatti un favore e non farti beccare". Chiudo la porta e mi abbottono il cappotto mentre mi dirigo verso l'entrata principale. Il marciapiede è incrostato di sale che lascia una polvere bianca sul fondo dei miei stivali neri invernali.

Nikita sgomma via, senza nemmeno aspettare che io entri.

"Signora Barinov, Aleksandra Barinov", dice una Donna avvicinandosi a me. Indossa un cappotto nero fino alle ginocchia. I suoi capelli sono scuri, raccolti in una coda di cavallo. Dovrebbe indossare un cappello, ma probabilmente non è stata fuori per molto tempo. Le sue guance non sono ancora rosse.

"Posso aiutarla?", chiedo. Non la riconosco. Sembra più vecchia degli altri genitori, più matura e professionale.

Se dovessi indovinare, è una poliziotta.

Ma non è in uniforme. Forse è una detective? Non era uno degli agenti che hanno aiutato nel rapimento di Liam. Mikhail mi ha informato che si era occupato del dipartimento di polizia locale, ha spiegato che si è trattato di un malinteso e che un parente era andato a prendere il bambino.

"Sono l'agente Melinda Malone dell'FBI", dice.

"Mi dispiace, devo andare a prendere i miei figli all'asilo", dico. "Credo che lei mi abbia confuso con qualcun altro".

"Tuo fratello gestisce la Bratva russa. Abbiamo tenuto d'occhio Mikhail per un po'. Alla fine commetterà un errore e quando lo farà, non vorrai che tu e i tuoi figli siano lì".

Si mette una mano in tasca e mi passa il suo biglietto da visita. "Chiamami se vuoi protezione. Possiamo portarti via da New York e darti una nuova vita".

"Mi hai scambiato per qualcun altro", dico.

Non ho intenzione di prendere il suo biglietto da visita, ma lei me lo infila in mano. "Hai bisogno di un'amica, Aleksandra, e io posso proteggere te e i tuoi figli".

È sciocca a pensare di poterci proteggere da Mikhail. Non importa dove vado, lui mi troverà sempre. Ha uomini in ogni città che fanno rapporto alla Bratva. Non c'è modo di sfuggire alle sue grinfie.

Guardo l'orologio e la sfioro mentre mi dirigo verso l'entrata della scuola materna. L'agente dell'FBI torna al suo veicolo.

Suono e mi affretto ad entrare.

Dieci minuti dopo, ho Liam e Sophia al mio fianco mentre torniamo fuori nell'aria frizzante dell'inverno.

L'agente Malone non è in vista, il suo veicolo è sparito. Sono sollevata. I gemelli non sono i migliori a mantenere i segreti e non voglio che Mikhail sappia che i federali hanno parlato con me, anche se io non le ho detto nulla.

Chiamo un taxi e aspetto fuori con i bambini.

Liam ha i suoi spessi guanti invernali, insieme al suo cappello blu. Il suo naso è rosso, ma per il resto non sembra minimamente infastidito dal freddo.

Sophia è decisamente mia figlia, trema e salta sul posto mentre cerca di riscaldarsi.

"Rimettiti i guanti", dico e le calco il cappello sulla testa. Questo dannato berretto ha l'abitudine di togliersi.

"Non mi piace indossare i guanti", piagnucola Sophia. "Poi non posso usare il tuo telefono".

Le lancio uno sguardo. "Il mio telefono lo tengo io", dico. Cosa le fa pensare che le darò il cellulare in modo che possa giocarci mentre aspettiamo?

"Ma tu non hai i guanti", dice Sophia.

Sospiro cercando di non mostrare la mia frustrazione. "Basta così, Sophia. Guanti, ora".

Il suo naso si storce mentre si infila i guanti sulle mani. "Ma sono freddi", si lamenta.

"Ucciderò Nikita", mormoro sottovoce.

"Cos'è che dici?", chiede Antonio.

Non l'ho visto avvicinarsi. Ero troppo occupata a smanettare con Sophia e il mio telefono, aspettando il taxi.

"Cosa stai facendo qui?", chiedo.

Si avvicina in modo che i bambini non possano vedere, e mi fa vedere la sua pistola. "Ti sto dando un passaggio".

Una piccola parte di me vuole lasciare i gemelli indietro, proteggerli dal mafioso italiano, ma non posso abbanDonarli e dubito che lui me lo permetterebbe.

"Non mi stai dando niente", dico.

"Ne sei sicura?" Spinge la canna della pistola nel mio fianco, la sua giacca tiene l'arma fuori dalla vista dei miei figli. "Non vorrei dover torcere un capello ad uno dei bambini".

Sta davvero minacciando i miei figli?

Che si fotta.

Gli pesterei i piedi e scapperei per strada, ma quanto andrei lontano? Ha una pistola e non è il tipo di uomo che fa minacce a vuoto.

"Sei uno stronzo", ringhio mentre porta me e i gemelli al suo SUV parcheggiato dietro l'angolo.

Apre la porta posteriore per i gemelli e loro salgono.

Mi mette all'angolo, bloccandomi ogni possibilità di fuga. Se combattessi ora, lui avrebbe i miei figli. Non lo lascerò andare via.

"Dove ci stai portando?", chiedo.

"Sali sul veicolo". Antonio non risponde alla mia domanda. È burbero e deciso. Mi spinge sul sedile anteriore. "Era così difficile?" Si china e mi allaccia la cintura di sicurezza prima di sbattere la porta.

Guardo di nuovo i gemelli. Hanno riconosciuto Antonio dal rapimento di Liam?

"Allacciate la cintura là dietro", ordino. Non voglio che succeda qualcosa a nessuno dei due.

Antonio sale sul sedile anteriore e avvia il motore. Il veicolo fa le fusa e il calore fluisce dalle prese d'aria.

"Perché lo stai facendo?", chiedo, lanciandogli uno sguardo.

Si mette in mezzo al traffico. Non mi aspetto che ci riporti al complesso di Mikhail. Antonio non è certamente venuto solo per darci un passaggio a casa.

"Non mi aspetto che tu mi creda, ma ti sto proteggendo".

Sbuffo alla sua risposta. "Sì, certo. Da quando il rapimento è improvvisamente proteggere qualcuno?".

Si morde il labbro inferiore. È silenzioso.

C'è qualcosa che non mi sta dicendo. Beh, non ho voglia di giocare a questo gioco.

Io non gli dirò che Nikita si sta dirigendo verso gli italiani per attaccarli. Ma dove?

Non so dove si trovi il loro complesso o dove fosse diretto lui.

In ogni caso, non voglio trovarmi nel mezzo di uno scontro a fuoco.

Mi schiarisco la gola. "Se hai intenzione di portarci a casa tua, i bambini non hanno niente. Niente vestiti. Niente giocattoli. Dovremmo fermarci a prendere alcune cose".

Antonio mi guarda brevemente. "Perché? Così puoi provare a scappare? Non credo proprio".

Ok, sarà più difficile da convincere di quanto pensassi. Stringo le labbra, cercando di trovare una scusa per farci portare in un posto sicuro.

"Pensi davvero che il tuo complesso sia sicuro per i miei figli?"

Lui emette un leggero ronzio. "Sono entrambi tuoi?" chiede, guardando nello specchietto retrovisore.

Merda. Non ha capito che ho due gemelli? È per questo che ha rapito solo Liam poche settimane fa?

Il mio silenzio è la mia ammissione.

Il calore soffia in tutto il veicolo e Antonio raggiunge il termostato, abbassandolo.

"Pensavo che la bambina fosse una sua amica o la figlia di un altro russo".

"È mia", dico, lanciandogli un'occhiata. Se le torcerà anche solo un capello, lo ucciderò a mani nude.

"Wow, ti sei davvero dato da fare, due figli così vicini in età".

"Sono gemelli, brutto stronzo". Non mi importa che i bambini possano sentire il mio linguaggio dal sedile posteriore. È la verità. Almeno non ho ammesso che sono suoi.

"Non dicevi così quando..."

"Stai zitto!" Lo affronto di scatto.

"Gemelli, eh? Devo preoccuparmi che il padre venga a cercarci?" Mi guarda mentre siamo seduti nel traffico e dà una lunga occhiata alla mia mano sinistra.

"Sì", mento sfacciatamente.

Sta cercando una fede nuziale?

Mi copro la mano. Non che non abbia già visto l'assenza di un anello.

"Beh, certamente non ha fatto la cosa più onorevole e ti ha sposato".

Mi sposto sul mio sedile, fissandolo. Non ha idea di essere il padre? Non riesce a fare i conti?

È più sicuro lasciargli pensare che i gemelli non siano suoi, vero?

Ma le minacce diminuirebbero se si rendesse conto di essere il padre?

No, non posso dirgli la verità. Non lo voglio nelle loro vite. C'è già abbastanza pericolo con Mikhail e la Bratva. Non ho bisogno di aggiungere la mafia italiana per incasinare ulteriormente le loro vite.

"Cosa vuoi, Antonio?"

Lui sorride e mi guarda. "Ti ricordi ancora il mio nome".

La sua attenzione ritorna sulla strada mentre il traffico inizia a muoversi a passo di lumaca prima di prendere velocità e girare a sinistra.

"Non hai risposto alla mia domanda", dico.

"Dov'è la tua guardia del corpo?" chiede e accosta sul lato della strada.

Mostra di nuovo la sua pistola, puntandomela contro.

Guardo i bambini sul sedile posteriore. Ha chiuso le porte con la sicura. Non potrebbero aprirle neanche se gli gridassi di scappare. Dovrei uscire per prima, aprire la loro portiera e sperare che non ci spari nel mentre.

"Non lo so".

"Non mentirmi", dice Antonio. Alza leggermente la pistola ma la tiene sempre fuori dalla vista dei gemelli. "Una principessa Bratva non va mai in giro senza la sua guardia del corpo".

Odio che si riferisca a me come ad una principessa. Non c'è niente di lussuoso nell'avere mio fratello che gestisce la Bratva.

Mi fissa, aspettando la mia risposta, la pistola mi mette a disagio. Non perché potrebbe farmi del male, ma perché nessuno può proteggere i gemelli da lui. "Mikhail l'ha chiamato per un incarico".

"Che incarico potrebbe avere la precedenza su di te?", chiede Antonio.

"Non l'ha detto". Non è una bugia. Potrei aver sentito alcune cose, ma non so dove fosse diretto, so solo che erano coinvolti gli italiani, il che non è una sorpresa.

La mia risposta deve essere sufficiente a soddisfarlo perché si reimmette nel traffico.

Antonio prende il telefono e chiama un tale Ardian, chiunque egli sia.

"Stai all'erta", avverte Antonio. "È possibile che ci sia la Bratva in arrivo". La conversazione è breve e termina bruscamente.

"Dove siamo diretti?" Mi sto stancando della sua mancanza di risposte e spiegazioni.

"Sono io quello con la pistola", dice Antonio.

Incrocio le braccia sul petto. "Eri più carino l'ultima volta che ti ho visto".

"Quando ti ho dato tuo figlio?", scherza, lanciando un'occhiata a me. "Non c'è di che".

Intendevo la spiaggia, a St. Martin, ma non ha senso parlarne.

"Perché l'hai rapito, comunque?", chiedo. "L'hai rapito, l'hai lasciato andare e poi ci hai presi tutti e tre. Per essere un rapitore, fai pena".

Fa un sorriso. "Pensi che mi piaccia farlo? Ho ucciso Roberto. Ho preso il controllo di tutta la dannata organizzazione italiana a New York".

"Vuoi delle congratulazioni?" Lo fulmino con lo sguardo.

È di questo che Mikhail aveva blaterato, di come gli italiani erano vulnerabili e ora era il momento di colpire?

"Aspetta, sei davvero il nuovo Don?", chiedo.

L'idea è folle. Era un soldato, solo muscoli per Roberto. Almeno questo è quello che avevo supposto quando ci siamo incontrati. Questo è quello che mi aveva fatto credere. Mi aveva mentito?

"Sono io che faccio le domande", ribatte Antonio. Guarda nello specchietto retrovisore mentre ci guida nella direzione opposta alla nostra casa. "I gemelli sono miei?"

CAPITOLO SETTE

ANTONIO

È tesa, incazzata, e io non provo nemmeno a consolarla. Invece, faccio l'unica domanda che mi assilla dalla morte di Roberto.

Non sapevo nemmeno che ci fossero due bambini, due gemelli. Diavolo, già solo uno era una sorpresa.

"I gemelli sono miei?" La guardo con la coda dell'occhio mentre ci dirigiamo verso il complesso. La sto portando a casa, nella mia fortezza, dove sarà al sicuro.

Spero di trasformarla e convincerla a divulgare tutto ciò che sa sugli affari di suo fratello e sui suoi piani.

Ma sospetto che non sappia molto. È probabile che sia esterna, senza alcuna responsabilità nella Bratva.

"No", dice lei un po' troppo velocemente. "Non sei il loro padre".

Mi mordo il labbro inferiore.

"Non ti credo", dico.

"Il tuo nome non è sul certificato di nascita", dice Aleksandra.

Non sono sorpreso. Avevo incaricato Ardian di controllare, ma era tornato da me con nessuna informazione. È stato sopraffatto dalla sua nuova posizione. Tutti noi ci siamo assunti più responsabilità.

"Semantica. Ciò non significa che non siano biologicamente miei. C'è un test per verificarlo", le ricordo. Solo perché lei insiste che non sono miei, non è detto che sia vero. Posso scoprire la verità da solo.

E cosa farò con i risultati?

Li ho tolti dal pericolo perché c'è la possibilità che il bambino sia mio. E ora ci sono due gemelli?

Anche se non sono miei, Aleksandra e i suoi figli non meritano di essere coinvolti nella guerra. Sono innocenti.

Lei tiene le labbra serrate e guarda fuori dal finestrino laterale. Non l'ho mai vista così tranquilla, il che mi fa innervosire. I gemelli devono essere miei, o mi spingerebbe a fare il test del DNA per provare che non sono il loro padre.

Mi avvicino al cancello di ferro battuto e Otello lo apre, permettendoci di entrare nella proprietà.

"Questa è casa tua", dice Aleksandra. Fissa fuori dal finestrino, dando un'occhiata alla villa a tre piani.

"Spero che la troverai soddisfacente", dico e accosto al garage. Spengo il motore e apro la porta posteriore mentre Aleksandra esce dal lato del passeggero.

C'è una tensione pesante nell'aria e mi avvicino all'entrata. "Vieni con me", ordino. Non apro ancora la porta. Prendo gli zaini dei bambini e li controllo per assicurarmi che non ci siano armi nascoste all'interno.

"Devo assicurarmi che non ci sia nulla che tu possa usare contro i miei uomini o contro di me".

Non che io pensi che i gemelli sappiano usare un coltello, ma questo non significa che non ce ne sia uno nascosto per Aleksandra.

Le borse non contengono altro che i loro scarabocchi e una mezza dozzina di pennarelli. Controllo i contenitori di plastica per il pranzo. Non c'è traccia di un'arma.

"Pensi che gli abbia dato un coltello o una pistola?", sbotta.

"Dovrò perquisirti", dico ad Aleksandra.

Lei rotea gli occhi e allarga le braccia. "Fai pure".

Controllo le tasche del cappotto e faccio scorrere le mani lungo il suo corpo, tastando ogni curva per assicurarmi che non ci sia un'arma nascosta. Anche se, se ne avesse avuta una, non avrebbe tentato di usarla su di me prima?

È pulita, eccetto che per il suo telefono, che le rubo.

"Ehi!"

"Chi pensi di chiamare? Tuo fratello? La Bratva?" Spengo il cellulare e rimuovo la sim card.

"Stronzo", mormora Aleksandra sottovoce.

Pensa che non l'abbia sentita?

Ignoro la sua osservazione e apro la porta, conducendo lei e i gemelli all'interno.

"Venite con me", dico e li porto su per la scala posteriore fino al terzo piano.

"Stai pensando di rinchiuderci in cella?" Aleksandra brontola.

"No, quella è giù nel seminterrato. Potrei farti fare un giro qualche volta", dico con un sorrisetto.

I piccoli ci seguono su per le scale e li accompagno in una camera con due letti singoli. "C'è una stanza adiacente di là". Indico la porta di legno che collega le due stanze e la apro per permettere ad Aleksandra di dare un'occhiata.

"Restate qui", dice ai gemelli e chiude la porta, lasciandoci soli in camera.

Un sorriso ironico mi sfiora le labbra. "Non vedevi l'ora di avermi da solo?" scherzo.

Aleksandra alza gli occhi al cielo. "Cosa pensi di fare? Per quanto tempo hai intenzione di farci restare qui?".

"Per tutto il tempo necessario", dico. "Mikhail è un uomo pericoloso".

Lei deride la mia osservazione. "E tu no? È mio fratello. Non farebbe mai del male ai bambini o a me".

"No, farebbe solo del male ai figli degli altri. Sai che è coinvolto nell'attacco al complesso di Breckenridge? Ha ordinato alla Bratva di minacciare Nova, una bambina di sei anni, la figlia di Moreno, il secondo in comando dell'italiano".

"Non lo farebbe mai". Aleksandra scuote la testa incredula. "Inoltre, Breckenridge è dall'altra parte del paese. La Bratva non controlla quel territorio".

"O no?", chiedo. Sa che ci sono altri gruppi di Bratva in diverse città. Forse non sono organizzati come la mafia italiana, ma sono più che capaci di lavorare insieme, specialmente quando vogliono prendere il controllo.

"Tuo fratello ha anche ordinato un colpo contro a Luca Ricci, il figlio del boss mafioso Dante Ricci".

"Basta!" Fa diversi passi, allontanandosi di più, mantenendo le distanze. "Sono tutte bugie. Non ti credo".

"Allora sentilo tu stesso dalle famiglie e dai loro figli. Stanno venendo qui proprio adesso", dico.

"Vengono anche i bambini?" Il suo respiro le si blocca in gola.

Il colore si svuota dalle sue guance come se avesse visto un fantasma.

"Cosa c'è?", chiedo. C'è un'urgenza nel mio tono e quando lei non risponde, mi avvicino, invadendo il suo spazio personale. Le mie mani si poggiano sulle sue spalle. "Dimmi quello che sai".

Le sue labbra rosso rubino si aprono. "Non molto. La guardia che era di turno mi ha lasciato all'asilo perché doveva occuparsi degli italiani".

"Hai sentito altro?" Ho bisogno di sapere quale arrivo intenDono attaccare. Ci sono tre aerei provenienti da tre città diverse: Los Angeles, Chicago e Breckenridge. Dovevano arrivare tutti in momenti diversi ma nello stesso aeroporto.

Lascio la presa su Aleksandra, ma non lascio spazio tra noi. C'è un'urgenza nella vicinanza. Ho bisogno di risposte.

"No, solo che Nikita, la mia guardia, aveva fretta. Ho dovuto praticamente pregarlo di lasciarmi all'asilo prima".

Mi passo le dita lungo la mascella. Ho già contattato Ardian e l'ho avvertito con le poche informazioni che avevo. "Resta qui." Mi dirigo verso l'entrata principale della sua stanza e chiudo la porta dietro di me.

Metto in sicurezza anche la camera dei gemelli e tiro fuori il telefono. Ho bisogno di scoprire cosa sta succedendo.

I miei uomini sono in pericolo?

Posso ancora avvertirli prima che Nikita e gli altri membri della Bratva si presentino?

Con Aleksandra chiusa nella camera da letto al piano superiore, non devo preoccuparmi che scappi o che causi problemi. Non c'è un telefono in entrambe le stanze ed è troppo alto per poter scappare dalla finestra.

È intrappolata.

Chiamo Ardian ma non c'è risposta.

"Dannazione!". Scendo le scale dell'atrio principale.

"Signore?" Mario dice, notando la mia frustrazione. "Le camere non vanno bene?".

È ignaro del pericolo o si sta crogiolando nel vedermi che lotto per tenere in vita i miei uomini?

"Ardian è in pericolo. Ho saputo da una buona fonte che Mikhail ha mandato almeno un uomo ad attaccare il nostro convoglio".

La fronte di Mario si corruga. "Sicuramente Ardian e gli uomini sull'aereo possono gestire un solo uomo".

Non è che non credo che Ardian sia all'altezza della sfida. È un grande tiratore ma contro la Bratva è inesperto. La Bratva non combatte lealmente. Sono sporchi e famosi per la loro brutalità.

"Voglio che Gian, Monte e tu andiate a dare supporto ad Ardian". Spero di non sbagliarmi nel fidarmi di Mario. "Lui dovrebbe gestire le famiglie e portarle qui. Voglio garantire la loro sicurezza. Non sono venuti fin qui per essere attaccati dalla Bratva nel nostro territorio".

"Sì, signore", dice Mario.

Si affretta a recuperare Gian e Monte e si dirigono verso l'armeria per imballare il SUV prima di correre fuori dalla porta.

Il silenzio riempie il complesso, anche se non sono solo. Ci sono decine di uomini che mettono in sicurezza la struttura, assicurandosi che nessuno entri o esca senza un permesso.

Prendo una penna e un blocco di carta. Torno al terzo piano e busso alla porta, prima di entrare nella stanza di Aleksandra.

Non è da nessuna parte. La porta del bagno è socchiusa. Mi intrufolo nella camera da letto e sbircio nella stanza dei gemelli. Lei è seduta sul bordo di uno dei letti.

"Hai dimenticato qualcosa?" chiede, lanciandomi un'occhiata.

È più calma di quanto mi aspettassi. È arrivata ad accettare il fatto che resterà qui per un po'?

"Ho pensato che potresti aver bisogno di alcune cose per te e i bambini", dico, porgendole il blocco di carta. La penna potrebbe essere usata come arma, anche se non mi preoccupo che lei possa sopraffarmi facilmente.

"Per quanto tempo resteremo?", chiede.

"Per tutto il tempo necessario". La mia risposta è ambigua. "Scrivi di che taglia di vestiti hai bisogno e farò andare uno dei miei uomini al negozio".

"E Sophia e Liam?", chiede. "Non puoi chiuderli qui dentro a tempo indeterminato. Hanno la scuola e hanno bisogno di interagire con altri bambini".

"Vanno all'asilo", chiarisco. "Se perDono qualche giorno, non è la fine del mondo. Ci saranno altri bambini a breve, sempre che la Bratva non li uccida quando atterrano".

"Non lo farebbero mai", dice Aleksandra, anche se non sembra troppo convinta.

———

Lascio Aleksandra e i gemelli chiusi nella camera da letto. È più sicuro tenerli lì finché non scopro cosa diavolo sta succedendo.

Il telefono squilla mentre scendo le scale.

"Ardian, cosa sta succedendo?", rispondo.

"C'è stata un'esplosione all'aeroporto".

"Dove?", chiedo e trattengo il respiro. Hanno colpito l'aereo? Il terminal? Qualcos'altro?

"Hanno preso di mira un aereo ma hanno colpito quello sbagliato. Immagino che siano arrivate informazioni sbagliate. L'aereo di Jace e Olivia è decollato tardi. Probabilmente ha salvato le loro vite".

Le gocce di sudore mi bagnano la fronte. "Ho mandato una squadra per aiutarti: Mario, Gian e Monte. Se la Bratva ha intenzione di far fuori la famiglia, colpiranno duro".

"Perché non colpire il complesso?", chiede Ardian. "Stiamo riunendo tutti i membri di alto livello della famiglia. Sembra il momento perfetto per la Bratva per attaccare".

"Sì, è per questo che ho rapito Aleksandra e i suoi figli".

"Merda", Ardian sussulta. "Spero che tu abbia pensato bene a questo piano, capo".

CAPITOLO OTTO

Aleksandra

Antonio non è tornato a visitarmi stasera. Non sono sicura del perché ho pensato che l'avrebbe fatto. Ha messo in chiaro che è pieno di cose e che io non sono la sua priorità assoluta.

Bene, ma perché tenerci qui contro la nostra volontà?

Antonio ha mandato una guardia nella mia stanza qualche ora dopo che ho consegnato la mia lista.

Si sente un bussare brusco e mi aspettavo che qualcuno sarebbe entrato senza aspettare la mia risposta, come ha fatto Antonio prima.

"Signora?".

Questo ragazzo ha delle buone maniere. Mi alzo e mi dirigo verso la porta con un sospiro pesante, tirando la maniglia.

"Per te e i bambini", dice, porgendomi quattro borse piene di vestiti. Per quanto tempo Antonio ha intenzione di tenerci rinchiusi in casa sua? Ci sono vestiti per diverse settimane in queste borse.

"Tutto qui?" Sto scherzando e non mi aspetto nient'altro, tranne forse una risposta che probabilmente non avrò da Antonio o dai suoi uomini.

"No, ci sono molte altre borse e alcune scatole di giocattoli al piano di sotto", dice la guardia.

Non fa nemmeno un sorriso.

Almeno i bambini saranno sollevati di avere dei giocattoli, qualcosa da fare. Alcuni fogli di carta nei loro zaini li hanno tenuti occupati a colorare per un'ora. È già più di quello che speravo.

Porto le borse in camera e getto il contenuto sul letto, dividendo e ordinando tutto. Le taglie sono corrette e sono sicura di arrossire nel notare gli indumenti intimi sepolti tra i vestiti nuovi.

Sono colorati e di pizzo. Ora, perché diavolo qualcuno dovrebbe pensare che io abbia bisogno di set di mutandine abbinate e sexy?

Non c'è modo che Antonio mi veda mai più nuda.

I vestiti dei bambini stanno in una borsa separata. Li piego e li impilo per portarli nella stanza adiacente.

"Mi annoio", piagnucola Sophia.

"Anch'io", si unisce Liam.

"Bene, potete aiutarmi a mettere via i vostri vestiti dentro il cassettone". Apro il cassetto inferiore e lascio che i gemelli ci infilino gli indumenti, anche se passano più tempo a dispiegare ogni articolo e ad ammirarlo prima di infilarlo nel cassetto.

Sophia è affascinata dal maglione viola brillante e scintillante e dalle camicette colorate. Liam è stupito dal T-Rex e dai dinosauri sul suo nuovo pigiama. In qualche modo, Antonio è riuscito a conquistarli.

"Signora", la guardia mi chiama dall'altra camera da letto.

Sta portando un'enorme scatola piena fino in cima di nuovi giocattoli.

"Wow, avete davvero esagerato", dico io.

Non sono sicura di cosa dire. Per essere un rapitore, è troppo gentile. Sta cercando di conquistare l'affetto dei miei figli?

"Don Moretti voleva che i gemelli fossero ben curati e anche tu", dice.

"Antonio?" È strano sentirlo chiamare Don.

"Sì", dice la guardia.

"Non ho capito il tuo nome", dico mentre prendo la scatola. Forse se provo a conquistarlo, può aiutarci ad uscire da qui.

"Perché non l'ho detto", risponde bruscamente. "Porterò la cena tra un po'. Stia lontana dai guai, signora".

"Sono Aleksandra", dico.

"Lo so."

Chiude bruscamente la porta, lasciandomi in piedi nella mia camera da letto, con la scatola di giocattoli in mano. La porto nella stanza dei bambini, mettendola sul pavimento perché la esplorino. Ho una mezza idea di non dargli i regali. Non voglio che Antonio compri il loro affetto.

Ma stanno già succedendo così tante cose e almeno una nuova scatola di giocattoli terrà le loro menti lontane da quello che accade intorno a loro. Lo spero.

————

La cena ci viene servita dalla stessa guardia che ha portato i giocattoli e i vestiti. Porta via i vassoi quando abbiamo finito, chiudendo la porta e tenendoci prigionieri.

Perché Antonio sta facendo questo?

Cosa vuole?

Non è facile dormire e nel momento in cui sorge il sole, sono già fuori dal letto e nella doccia. Ci sono saponi nuovi in bagno e un asciugamano fresco e soffice appeso ad un gancio vicino alla doccia.

Mi pulisco, mi vesto e aspetto che i gemelli si sveglino. Non voglio spaventarli, ma loro sono calmi e tranquilli. Molto presto diventeranno ansiosi, stando rinchiusi in camera da letto.

Per quanto tempo saremo prigionieri dei Moretti?

Se Antonio si aspetta che Mikhail offra un riscatto per noi, si sbaglia di grosso.

Non c'è la televisione nella camera da letto, ma c'è una finestra all'estremità opposta della stanza rispetto alla porta. Si affaccia sul cortile, che è relativamente sterile in questo periodo dell'anno.

Non c'è molto da fare. Non ci sono libri nella stanza, nessuna forma di intrattenimento. Antonio sta cercando di annoiarmi a morte?

Almeno aveva in mente gli interessi dei bambini.

Rimangono addormentati mentre il sole splende attraverso le tende. Tengo la porta della stanza adiacente leggermente socchiusa nel caso in cui abbiano bisogno di qualcosa o si agitino. Inoltre, voglio sapere se qualcuno tenta di intrufolarsi nella loro camera da letto.

Non mi fido di Antonio o dei suoi uomini.

Perché dovrei? Ci hanno rapito.

Qualcuno bussa all'ingresso della mia stanza e la serratura scatta. Antonio entra senza aspettare il mio permesso.

È casa sua. Suppongo che non ci sia privacy per me in funzione di sua prigioniera.

"Per quanto tempo hai intenzione di tenerci qui contro la nostra volontà?", chiedo, incrociando le braccia sul petto.

Ho bisogno di proteggere me stessa e i miei figli. Per fortuna loro stanno dormendo e non sento alcun movimento provenire dalla loro camera.

"Tutto il tempo necessario", dice Antonio. "Quando i bambini si svegliano, falli vestire e fai sapere alla guardia che sono pronti. Faranno colazione di sotto con gli altri bambini".

Deve essere arrabbiato. "Hai rapito altri bambini?"

Emette un sospiro esasperato.

Faccio un timido passo indietro, mantenendo la distanza tra noi. Non voglio che mi intrappoli.

"Hai la tendenza a non ascoltare". Il suo sguardo non vacilla mai mentre mi blocca con il suo sguardo. Il suo tono è deciso. "Come ho detto prima, tuo fratello ha minacciato varie famiglie, compresi i bambini", sottolinea. "Sono stati invitati a stare sotto il mio tetto finché la questione non sarà risolta".

"Risolta?", ripeto. "Come pensi di farlo? Mikhail non negozierà mai con te. E se pensi che tenermi qui per il riscatto ti aiuterà, ti sbagli. Preferirebbe sacrificare me e i suoi nipoti piuttosto che darti qualcosa".

Alla Bratva non importa della famiglia in cui sono nati. Tutto ciò che conta sono i loro fratelli, la famiglia in cui sono stati accettati versando sangue.

"Non ti sto tenendo qui come strumento, tesoro. Non sei stata rapita per un riscatto", dice. "Come ti ho detto prima, anche se forse non hai ascoltato, sei qui sotto la mia protezione. Se tu fossi meno che un'ospite in casa mia, pensi che porterei ai tuoi figli giocattoli, vestiti nuovi e offrirei un letto caldo in cui dormire?"

Fisso i suoi occhi marrone scuro. "Non so cosa pensare. Ci hai tenuto contro la nostra volontà".

"Siediti", comanda, facendomi indietreggiare verso il letto.

La potenza che evoca, la sua postura mentre cammina e la sua vicinanza costringono i miei piedi ad inciampare all'indietro.

Trasuda autorità e anche se non voglio fare quello che dice, il mio corpo cede.

"Bene, tesoro".

È contento che mi sia seduta sul bordo del materasso. Mi sovrasta.

Non dovrei lasciarlo avvicinare così tanto. È pericoloso.

"Smettila di chiamarmi così", scatto. Voglio farlo arrabbiare. Se lo faccio arrabbiare, forse deciderà che non ne vale la pena.

Ci lascerà andare?

Gli angoli delle sue labbra si sollevano. "Non sei il mio piccolo tesoro?"

"Non sono il tuo niente!" Come osa pensare di potermi possedere e che io gli appartenga?

La sua mano si alza e, di primo istinto, indietreggio sul letto, temendo che mi colpisca in faccia. È quello che fa Mikhail quando lo sfido.

Invece, la sua mano è forte ma gentile, cattura la mia mascella, costringendo il mio sguardo ad incontrare il suo.

Voglio voltarmi, privarlo del suo desiderio di farmi ascoltare, ma anche se chiudo gli occhi, lo sento. Devo tapparmi le orecchie e cantare forte?

"Tu sei mia, tesoro, e finché non lo accetti, il tuo soggiorno sarà spiacevole".

"È una minaccia?" Il mio labbro superiore si contrae mentre fisso il suo sguardo scuro.

Non si tira indietro. Antonio è calmo, costante e calcolato. È come se avesse già preparato questo momento, ci avesse pensato mille volte e sapesse esattamente come andrà e cosa succederà.

"È una verità che alla fine capirai", dice. La sua presa è stretta sulla mia mascella e l'altra mano afferra i miei capelli, annodandoli.

Mi ha alla sua mercé.

Antonio inclina il mio collo verso l'alto.

Sta per baciarmi? Sono in trappola e anche se trovo rivoltante il pensiero di baciarlo, c'è anche qualcosa di eccitante nella sua forza.

Inoltre, non è che sia la nostra prima volta. E da quello che ricordo, era più caldo di mille soli.

Ma lui non mi bacia. Almeno non ancora.

Osserva la mia reazione, studia le mie labbra e si china più vicino.

Il suo respiro mi stuzzica, indugia contro le mie labbra satinate. "Sapevi che i tuoi uomini hanno bombardato l'aeroporto regionale? Hanno cercato di uccidere un bambino, un ragazzino di pochi anni più grande di Liam".

Le sue parole pungono come veleno. "Non ti credo", dico. "Mikhail non farebbe mai del male ad un bambino".

"No?" Antonio si tira indietro e lascia la presa su di me. Le sue gambe sfiorano le mie mentre è ancora in bilico sul bordo del letto. "Ha ordinato diversi rapimenti di famiglie di membri di alto livello e dei loro figli".

Una pesantezza riempie la stanza.

Non voglio credere ad Antonio, ma Luka mi aveva avvertito che Mikhail stava agendo pericolosamente, cercando vendetta per quello che è successo con

Liam.

"Non è colpa di Mikhail. Hai rubato mio figlio", mi scaglio contro Antonio. Mi alzo e il mio pugno sbatte sul suo petto mentre lo spingo via, fuori dalla mia stanza. "Tu hai iniziato questa guerra!"

Mi afferra i polsi, ma io non mi rilasso.

Le lacrime mi bruciano negli occhi. "Hai preso mio figlio! È tutta colpa tua!"

Antonio non allenta la sua presa mentre io combatto con tutta la mia forza.

Mi fa girare, la mia schiena premuta contro il suo corpo, le mie braccia contro il mio petto, i miei pugni appena sotto il mento, e lui mi intrappola.

Lotto per liberarmi.

Il suo respiro è caldo mentre mi accarezza il collo. "Hai finito?" sussurra.

"Mai!" Sbatto il mio piede sul suo alluce, ma lui non fa una piega.

Perché dovrebbe? Lui ha gli stivali e io sono a piedi nudi. Cerco di girarmi per dargli una ginocchiata all'inguine, ma lui non mi lascia muovere.

"Basta!", abbaia.

"Non prendo ordini da te".

Brontola sottovoce e mi spinge contro il materasso prima di dirigersi verso la porta. "Mario tornerà a controllare i bambini e a prendere un campione di DNA da ognuno di loro".

"Cosa?" Non può essere serio. Se pensa che ci sia qualche possibilità di ottenere la custodia, si sbaglia di grosso.

"Se sono i miei figli, allora non puoi credere veramente che li restituirò ai Barinov e lascerò che la Bratva li cresca".

Scivola fuori dalla mia camera da letto, sbattendo la porta bruscamente dietro di sé. Il chiavistello scatta e sono sicura che stavolta mi ha chiusa dentro.

"Mamma?" La voce di Sophia attraversa la porta adiacente aperta. Ovviamente l'ha svegliata. Il modo in cui è uscito come una furia dalla stanza, probabilmente ha svegliato l'intero complesso.

———

Dopo che i gemelli sono stati lavati e vestiti, provo la maniglia della porta. È chiusa a chiave.

Busso con decisione. C'è una guardia in piedi sul lato opposto della porta?

La serratura scatta e la stessa guardia di ieri sta aspettando fuori dalla porta della camera da letto.

"Sei tu Mario?", chiedo.

Raddrizza le spalle ma non risponde alla mia domanda. "Porto giù i bambini per la colazione", dice, facendo loro cenno perché lo accompagnino fuori dalla camera da letto.

I bambini?

Non chiedo. Supero la soglia e la guardia scuote la testa. "Mi dispiace, i miei ordini erano di accompagnare solo i bambini al piano di sotto".

"Non andranno da nessuna parte senza di me!" Spingo la guardia indietro e afferro Sophia e Liam per un braccio, costringendoli a tornare in camera da letto.

"Mamma", piagnucola Liam. "Ho fame".

"Anch'io", supplica Sophia.

"Vengo con te o ti costringo ad ascoltare due bambini urlanti che hanno fame", minaccio la guardia.

Brontola sottovoce. "Giuro che non vali il mal di testa. Avrebbe dovuto lasciare te e i mocciosi indietro".

"Chiedo scusa?"

CAPITOLO NOVE

ANTONIO

Aleksandra è estenuante da avere intorno.

Prendo due ibuprofene mentre vado in ufficio. I nostri ospiti sono nella sala da pranzo. I bambini stanno facendo colazione al tavolo principale. Abbiamo allungato il tavolo e aggiunto qualche posto a sedere, non lo facciamo spesso.

Ci sono molte camere da letto nel complesso, ma questo non è un hotel o un bed-and-breakfast.

"Come stai stamattina?" Ardian chiede mentre mi accompagna in ufficio.

È così ovvio che Aleksandra mi sta mettendo sotto torchio? Sospiro. Sopravviverò. Ho affrontato di peggio. "Qualche notizia sui russi?", chiedo, spostando la conversazione dalla ragazza e dai due, forse miei, bambini.

"Gian ha fatto entrare una squadra di soldati nel complesso russo prima dell'alba", dice Ardian. Ho ordinato l'attacco e sono consapevole delle circostanze. Non so se Mikhail è stato catturato, ucciso o è fuggito. Non ci sono state notizie dai miei uomini su dove si trovi ora.

"E? Qualche notizia su Mikhail?", chiedo.

"Gian ha contattato via radio circa un'ora fa. Hanno interrogato una mezza dozzina di russi sul posto, ma nessuno ha parlato. Mikhail non era al complesso. Non sappiamo dove sia, ed è improbabile che torni se sa che stiamo sorvegliando il posto".

Mi mordo il labbro inferiore, assaporando il sapore metallico del sangue. "Non può stare via per sempre", dico.

Mi siedo alla scrivania e Ardian prende un posto di fronte.

"Sono d'accordo, ma probabilmente è in una casa sicura", dice Ardian.

"E non abbiamo nessuno che possa dirci la posizione?", chiedo.

"Dimmelo tu", dice Ardian, con le mani piegate in grembo. "Hai la ragazza di sopra. Probabilmente lei lo sa meglio di chiunque altro".

"Non mi metto ad interrogarla", dico. "E nessun altro lo farà".

"Capito", dice Ardian. "Ma se non troviamo Mikhail e non lo fermiamo, non sappiamo cosa farà dopo. Se non ti dispiace la mia sincerità, capo, tutti noi in un unico luogo, è preoccupante".

Il mio sguardo si assottiglia. Non è una cosa problema che non mi è passata per la testa. È una delle ragioni per cui ho insistito nel portare Aleksandra sotto il mio tetto.

"Cosa suggerisci di fare?", chiedo. Ci siamo riuniti in modo da poter fermare i russi, non per dar loro un'occasione per cancellarci tutti in un'unica volta.

"Abbiamo bisogno della posizione della casa sicura. Mikhail è il capo. Sta lavorando con gli altri russi, ma lui è il leader. Se lo facciamo fuori, abbiamo la possibilità di fermare la guerra", dice Ardian.

"Ci penso io. Ho bisogno di tempo".

"Il tempo non è dalla nostra parte, capo", dice Ardian.

———————

Esco dall'ufficio e vado nella sala da pranzo. Sophia e Liam sono seduti al tavolo. Aleksandra ha messo una sedia contro il muro ed è seduta da sola.

Ha trovato il modo di scendere al piano di sotto senza il mio permesso.

Contro il muro opposto, ci sono diversi Don da diverse città, Dante, Alessandro e Jace, che conversano tra loro. Le loro mogli Olivia, Nicole, Paige e Karina, sono in piedi vicino alla finestra che mangiano un boccone mentre chiacchierano.

Aurelio e Moreno stanno insieme, un piccolo piatto in mano mentre finiscono la colazione.

Entrando nella stanza, Aleksandra si alza e si dirige verso di me.

"Tieni anche tutti loro contro la loro volontà?" chiede, praticamente staccandomi la testa.

"Sono ospiti in casa mia. Queste sono le famiglie che tuo fratello Mikhail ha minacciato", dico, fissandola con lo sguardo. "Sai qualcosa sul fatto che hanno cercato di rapire Nova?" Chiedo, indicando la bambina con i capelli biondo fragola e gli occhi azzurri più brillanti.

Aleksandra guarda la bambina anni.

"Quella bimba ha passato l'inferno e pensare che tuo fratello ha ordinato la sua morte".

"Non lo farebbe mai", si schernisce lei.

Le afferro il braccio e la trascino fuori dalla sala da pranzo, conducendola nel mio ufficio. Chiudo la porta così da poter parlare liberamente.

"Ha ordinato diversi colpi ai figli delle famiglie mafiose. Mikhail è un uomo spietato".

"E tu no?" Aleksandra si avvicina. Non sembra minimamente spaventata da me. Se lo è, lo nasconde bene.

"Faccio quello che mi viene richiesto", dico. "Ho rimosso Roberto dalla sua posizione perché rapiva i bambini, vendendoli alle famiglie in modo da poterne ricavare un profitto".

Le sue labbra rubino si stringono e lei mi fissa, i suoi occhi stretti. "Perché sono qui? Perché avvicinarli al pericolo? Se mio fratello è responsabile, non mi sembra saggio averli sotto lo stesso tetto".

Ecco perché lei è qui, come mia assicurazione, in modo che lui non uccida l'intera mafia italiana. Sarebbe facile per lui sacrificare sua sorella e i bambini?

"Allora aiutami a fermarlo", dico, riducendo la distanza tra noi. La mia voce è calma, morbida, rassicurante. Sto cercando di ragionare con lei.

"Anche se potessi farlo, perché dovrei? Mi stai tenendo qui contro la mia volontà".

"Sto tenendo te e i tuoi figli qui per proteggerti, tesoro".

Non si è resa conto del pericolo in cui la mette il ritorno a casa?

Aleksandra incrocia le braccia sul petto. "Chiudermi in una stanza. Come mi sta proteggendo questo? Hai rapito mio figlio. È tutta colpa tua. Questa guerra in corso, l'hai iniziata tu. E ora vuoi il mio aiuto?" Ride cupamente e fa un passo indietro. "Sei da solo".

"Tesoro", dico, cercando di ragionare con lei.

"Non ti sto aiutando e non ti aiuterò mai. Sei un mostro". Aleksandra si gira e si dirige fuori dal mio ufficio.

La lascio andare. Non la inseguo. Non ce n'è bisogno. Non può andarsene e ci sono altri modi per ottenere informazioni.

Se non parla, userò i bambini.

———

I bambini sono tutti riuniti nel soggiorno vicino al camino.

Ho permesso ad Aleksandra di accompagnare i gemelli. È sbagliato tenere una madre lontana dai suoi bambini. E anche se Sophia e Liam non sono neonati, sono comunque i suoi figli.

Il fuoco sfrigola e scoppietta. Chiedo a Mario e Monte di portare i giocattoli che ho acquistato per i gemelli così che li possano condividere con gli altri bambini che restano a dormire.

Gli altri Don e i loro stretti collaboratori mi raggiungono nell'ufficio.

"Dimmi che hai un piano. Sarebbe meglio che stare seduti ad aspettare che Mikhail ordini il suo prossimo attacco", dice Dante.

È frustrato e stufo della situazione.

Lo siamo tutti.

"So che siete preoccupati per le vostre famiglie. È per questo che ci siamo riuniti, per impedire alla Bratva di attaccare le nostre famiglie e distruggere i nostri affari", dico.

"E la ragazza russa a colazione. Chi è?", chiede Dante. Ha gli occhi più scuri che abbia mai visto, freddi e brutali.

"Lei è off-limits", avverto. "Un ospite sotto la mia protezione". Non ho bisogno che gli uomini si facciano delle idee su cosa potrebbero fare per farla parlare.

"Una ragazza russa sotto la tua protezione?" Moreno si fa beffe della cosa. È il secondo di Dante ed è stato invitato perché sua figlia, Nova, è stata recentemente minacciata dalla Bratva. "Sembra un problema".

"Ha con sé i suoi figli", dico, non confidando agli uomini che potrebbero essere anche miei. "E se metterla sotto il nostro tetto impedisce a Mikhail di attaccarci, è una saggia decisione da prendere".

"Hai rapito la ragazza?", chiede Don Rinaldi.

"Alessandro, ti assicuro che lei non sarà un problema per te o per la tua famiglia". Non ho bisogno che lui si angosci o che il suo muscolo e interrogatore, Aurelio, reagisca.

"Alessandro non ha famiglia al di fuori dei Rinaldi", dice Aurelio. Incrocia le braccia sul petto. Una smorfia attraversa i suoi lineamenti. "È di mio figlio che mi preoccupo, Ashton. Uno dei Bratva lo ha aggredito con un coltello al parco giochi. Ha minacciato mio figlio, il che è una minaccia per tutti noi".

Aurelio lascia cadere le mani e le stringe in pugni. "Ucciderò Mikhail se c'è lui dietro l'imboscata. Fammi entrare in una stanza con lui e sarò l'ultima cosa che quell'uomo vedrà".

La mia responsabilità è quella di mantenerli calmi e permetterci di unirci per fermare la Bratva. Abbiamo tutti un interesse e un nemico comune, ma dobbiamo usare il nostro cervello, non i muscoli, per superare in astuzia i russi.

Alzo le mani. "Aurelio, se uccidiamo Mikhail, ci sono altri russi che prenderanno il suo posto".

"Cosa suggerisci? Una tregua?", chiede Alessandro. "Sei pazzo se pensi che i russi siano disposti a sostenere un cessate il fuoco".

"Lo faranno se gli offriamo qualcosa che vogliono", dice Dante.

"Ad esempio?" chiedo, non capendo cosa abbia in mente.

"Hai detto che abbiamo una ragazza russa e i suoi figli. Che relazione hanno con Mikhail?", chiede Dante.

È troppo intelligente e astuto per il suo bene. "Ti ho già detto che lei non è una merce di scambio".

"La stai già usando per garantire la nostra sicurezza. Supponiamo di offrirla di nuovo ai russi per una tregua", dice Dante.

Brontolo. Questo incontro non doveva comportare una discussione su Aleksandra. "Non funzionerebbe mai", dico.

"Vale la pena portare la ragazza russa e scoprire cosa sa", dice Moreno. "Non è possibile che sia completamente innocente. È russa".

Come se questo la rendesse il nemico a causa della sua linea di sangue.

"Basta così! Lei è mia ospite e quei bambini sono probabilmente miei", ribatto. "Lei non è una merce di scambio. Non la restituirò a suo fratello".

Il silenzio riempie l'ufficio. Alcuni degli uomini si scambiano sguardi.

Era improbabile che qualcuno di loro sapesse che era la sorella di Mikhail. Mi alzo dalla sedia della mia scrivania. "Ci riuniremo di nuovo tra dieci minuti". Ho bisogno di una pausa e di un drink.

———

"Signore". Mario richiama la mia attenzione nel momento in cui esco dall'ufficio. Mi stava aspettando ma ha scelto di non interrompere la riunione.

"Sì?" Chiedo e gli faccio segno di camminare con me mentre mi dirigo verso il corridoio.

"Mi hai chiesto di andare a tenere d'occhio la ragazza", dice Mario.

Gliel'ho chiesto quando era di sopra a sorvegliare le loro stanze, cosa che non ha fatto nel migliore dei modi considerando che lei è di sotto con i bambini.

"E?" Qual è il suo punto?

"Credo che i suoi figli possano sapere dove si trova il boss russo Mikhail", dice Mario. "Parlavano di una casetta di legno nella foresta, una casa speciale, fuori dalla città".

"Questo non restringe esattamente il campo", dico. "E hanno quattro anni. Dubito che sappiano guidarci fino alla capanna".

"Hai ragione, ma la casa ha dei pannelli solari installati ed è a Saugerties, non troppo lontano dal fiume Hudson".

"Restringi il campo. Di' a Gian di portare un drone lassù se necessario e capire quale proprietà appartiene ai russi", dico.

"Sì, signore".

"Bel lavoro", riconosco, prima di passare davanti al soggiorno. Forse tenere Mario in giro non è stata poi un'idea così terribile.

Aleksandra è seduta sul pavimento, con la schiena contro il muro. Sta leggendo un libro che deve aver trovato sullo scaffale. Le sue ginocchia sono piegate, la sua attenzione sulle pagine. Non sembra notare la mia presenza appena fuori dalla porta.

La luce ambrata del fuoco la avvolge in un bagliore morbido e caldo. È bellissima e il suo silenzio è ancora più delizioso.

Mi affretto a raggiungere Mario mentre si sta dirigendo nella direzione opposta, lontano dal mio ufficio. "Hai preso i campioni di DNA dai gemelli?", chiedo, cercando di essere discreto, anche se sembra che tutti conoscano già il mio segreto.

"Non l'ho fatto", dice. "Posso farlo ora se vuoi".

Non ha senso fare una scenata davanti alle altre famiglie. "Non è necessario. Questa sera, vorrei che ti assicurassi di fare dei tamponi di DNA e che li mandassi subito ad analizzare. Ho già fatto il mio. È nel primo cassetto della mia scrivania".

"Vuoi che passi attraverso i canali non ufficiali?", chiede Mario.

"Voglio i risultati il più velocemente possibile". Se questo significa che ha bisogno di usare una fonte per farlo, non mi interessa.

I gemelli sono probabilmente miei, in base alle osservazioni di Aleksandra, ma ho bisogno di una conferma. Potrebbe prendermi in giro, pensando che li terrò al sicuro se li credo sangue del mio sangue.

CAPITOLO DIECI

Aleksandra

Faccio finta di leggere, seduta vicino al camino. Mi dà il miglior punto di vista, con il muro alle spalle, per vedere i gemelli e la porta.

I ragazzi sono seduti sul pavimento e si raccontano storie, condividendo i racconti delle loro recenti avventure, che sono tutti incontri terrificanti con uomini russi.

Mikhail sembra sempre essere dietro le minacce, le paure che sono state instillate in questi ragazzi. E anche se non sono felice che Liam sia stato rapito, non l'avrei mai augurato a nessun altro.

Il libro non ha la mia attenzione, ma lo tengo appoggiato sulle ginocchia e giro la pagina ogni tanto. Non voglio che nessuno sappia che sto ascoltando le loro conversazioni.

Non credo che ai bambini importi, ma ci sono alcuni adulti, donne che non conosco. Il che significa che non posso fidarmi di loro.

Scorgo Antonio vicino alla porta. Fisso le pagine del libro, sentendo la sua presenza e la sua attenzione su di me.

Non è entrato nella stanza e non mi ha chiamato. Sfoglio la pagina mentre fingo di essere interessata al contenuto.

Scompare nel corridoio e io aspetto un attimo prima di alzarmi. I gemelli non sembrano notare o preoccuparsi del fatto che mi sono alzata.

Mi avvicino alla porta e mi dirigo verso il corridoio, curiosa di sapere cosa sta succedendo. Perché riunire tutte le famiglie della mafia italiana? Hanno intenzione di fare la guerra alla Bratva?

Contatterei Mikhail per avvertirlo, ma se quello che Antonio e i bambini hanno detto è vero, allora c'è lui dietro gli attacchi feroci.

Antonio gira l'angolo e mi sbatte contro. "Cosa stai facendo, tesoro?"

"Sto cercando il bagno", dico, cercando di trovare una scusa ragionevole. Nessuno ha notato che avevo lasciato la stanza.

Non sono più agli arresti domiciliari? O le guardie sono troppo occupate per tenermi d'occhio?

"Ti ci porto io", dice, afferrando il mio braccio. Mi conduce nella direzione opposta, di fronte al soggiorno che avevo appena occupato con i bambini.

Antonio aspetta che io vada in bagno.

"Ok, non devo andare", dico.

I suoi occhi scintillano. "Lo so. Stavi curiosando".

"Non stavo curiosando", rispondo.

"Fammi indovinare. Vuoi un tour".

Mi sta prendendo in giro? "Ti stai offrendo?", chiedo.

La sua mascella è serrata, le sue labbra sono una linea dritta senza alcun accenno di umorismo. "No", dice. "Se vuoi, posso accompagnarti di sopra nella tua stanza o puoi tornare in soggiorno con i tuoi figli".

"Non c'è molta scelta", dico e guardo la stanza con i bambini. "È vero?"

Antonio mi guarda come un bambino che sta prendendo tempo per andare a letto. Guarda il suo orologio. "È vero cosa, tesoro?"

"Mikhail è responsabile di aver traumatizzato tutti i bambini lì dentro".

Si appoggia al muro, con le braccia sul petto. "È eccessivo rivendicare tutte le responsabilità dei lavori fuori da New York City", dice Antonio. "Ma sì, si è affiliato con altre organizzazioni di Bratva per terrorizzare gli italiani, in particolare i loro bambini".

Non voglio crederci, ma con quello che Luka mi ha detto, tutto combacia. "Mikhail non è al complesso", dico.

"Lo sappiamo già. Abbiamo colpito l'edificio stamattina presto, prima dell'alba".

Io sussulto. "Ci sono state delle vittime?" Anche se non sono affezionata a mio fratello, ci sono alcuni uomini per cui ho ancora rispetto, come Luka.

"Non posso parlarne con te", dice Antonio.

"Forse per te sono solo soldati, ma io sono cresciuta con quegli uomini. Sono la mia famiglia".

Il suo sguardo si stringe mentre si china più vicino. "Abbiamo preso alcuni in ostaggio, li abbiamo interrogati a casa loro", dice e fa un sorriso. "Ma sono vivi. La maggior parte di loro".

"La maggior parte di loro?" gracido.

"Uccidiamo solo quando è assolutamente necessario. Non per sport", dice Antonio. "Hai l'indirizzo della casa sicura a Saugerties?"

Temporeggio per un momento. Sto tradendo Mikhail e la Bratva. Se lo dico ad Antonio, non posso più tornare indietro.

Mi fissa, aspettando l'indirizzo.

"Ti ci porto io", dico.

Lui sbuffa al mio suggerimento. "Col cavolo. Resterai qui con i tuoi figli. I miei uomini non hanno bisogno di fargli da babysitter".

"Ci sono molte altre persone in giro per tenerli d'occhio", suggerisco. Non devono essere per forza le sue guardie.

"La risposta è no". Antonio è fermo nella sua decisione.

"Bene, allora dovrai trovare un altro modo per ottenere l'indirizzo".

Mi afferra per un braccio e mi trascina attraverso il corridoio, spingendomi dentro una stanza. Sbatte la porta dietro di noi, lasciandoci soli.

È una biblioteca, con librerie che svettano su due pareti e un davanzale trasformato in un angolo lettura.

Non lo considero un uomo che legge. Figuriamoci in una stanza così invitante e solare. "Questa era la biblioteca di Roberto?" Non corrisponde alla mia idea del mafioso italiano, il mostro che ha ordinato di prendere e vendere mio figlio.

"No, è stata creata molto prima che Roberto diventasse Don", dice Antonio. "Questa casa, il complesso, è in famiglia da generazioni. Secondo Mario, questa era una stanza dei giochi. Quando Roberto scelse di non avere figli, la convertì in una biblioteca. Ha voluto che la finestra venisse imbarcata e che ogni prova di ciò che era questa stanza venisse distrutta".

"Ma la finestra è ancora lì, così come l'angolo", dico, indicando il posto tranquillo per leggere.

"Mario ha assunto degli appaltatori per riprogettare la stanza, ma ha sempre creduto che il Don avrebbe desiderato un erede".

"Perché dovrebbe pensarlo?", chiedo. Un uomo che rapisce bambini per vivere non mi sembra un padre adatto.

Antonio fa un passo verso la finestra. "Non è insolito per un Don desiderare un figlio, per tramandare il trono, ma Roberto non ha mai iniziato una relazione con nessuno".

Fissa fuori dalla finestra.

Antonio vuole una relazione? Spera che Liam prenda il posto di Don quando non sarà più in grado? Mancano anni, ma il pensiero assillante continua a scorrere nel retro della mia mente.

"E tu sei diverso?", chiedo.

"Spero di esserlo", dice Antonio. Si sposta per incontrare il mio sguardo. "L'indirizzo della casa sicura, tesoro. Ne ho bisogno". Il burbero è tornato.

Il tradimento brucia attraverso di me mentre gli sussurro l'indirizzo.

Si precipita fuori dalla biblioteca, lasciandomi da sola.

Significo qualcosa per Antonio o mi ha usato solo per ottenere le informazioni che voleva?

Io rimango lì, inchiodata, in uno stato di stordimento.

Cosa ho fatto?

Ho contribuito all'esecuzione di Mikhail?

Antonio non sarà gentile con mio fratello. È un boss della mafia. Non posso aspettarmi che si presenti, suoni il campanello e chieda di parlare come gli uomini.

Mi precipito fuori dalla biblioteca. Se avverto Mikhail, allora Antonio è come se fosse morto. Ma se rimango in silenzio, mio fratello sarà torturato o, peggio, assassinato.

Non ci sono vincitori in guerra.

Devo fare qualcosa e intrufolarmi nel retro del suo veicolo non funzionerà questa volta. Forse posso chiamare Mikhail e suggerirgli di arrendersi prima che la guerra si intensifichi e tutti muoiano.

La Bratva non si arrende. Immagino non lo faccia nemmeno la mafia, il che mi mette in una situazione difficile.

Il sangue è sangue. Mikhail potrebbe essere un mostro, ma è un mostro che conosco, quello con cui ho più familiarità.

Non avrei mai dovuto dire ad Antonio dove si nasconde.

Antonio non si trova da nessuna parte. C'è un'ondata di confusione all'estremità opposta del corridoio. Mi intrufolo in una stanza vicina e cerco un telefono.

Non c'è traccia di una linea telefonica fissa.

Usano solo i cellulari nella proprietà? Antonio ha preso il mio quando mi ha portato qui.

Mi intrufolo da una stanza all'altra. Di nuovo, nessun segno di una linea telefonica. Non posso andarmene e anche se riuscissi a scappare, i miei figli dovrebbero venire con me.

Forse posso rubare il telefono di una delle guardie senza che se ne accorgano?

"Aleksandra, cosa stai facendo qui?", chiede Mario. I suoi occhi si stringono mentre mi guarda, il suo sguardo esamina le mie mani vuote.

Non ho rubato nulla. È questo che lo preoccupa?

"Mi faccio gli affari miei", dico. "Perché hai una passione per seguirmi in giro? C'è un posto dove posso andare? Ci sono dozzine di guardie e un sistema di sicurezza all'avanguardia, a quanto pare. Anche se volessi andarmene, dubito che potrei uscire".

Non ha senso dirgli la verità. Non è probabile che mi consegni il suo cellulare e se è distratto, forse posso prenderglielo dalla tasca. Mi avvicino; se ho intenzione di rubargli il telefono, non posso farlo dall'altra parte della stanza.

"Sarebbe meglio se tornassi nella tua stanza al piano di sopra", dice Mario.

Ora è la mia occasione. Il mio labbro inferiore sporge in un broncio mentre cammino attraverso la stanza, chiudendo la distanza tra di noi. Intenzionalmente, lo colpisco con il gomito, distraendolo mentre gli rubo il telefono.

Mario mi afferra il polso e mi fa girare, con il suo telefono in mano.

"Questo lo prendo io", dice e rilascia la sua stretta sul mio polso, solo abbastanza a lungo per afferrarmi il braccio e trascinarmi fuori nel corridoio. "Ho una mezza idea di gettarti nelle segrete".

Ignoro le minacce di Mario.

All'estremità opposta del corridoio c'è Antonio. Devo attirare la sua attenzione. "Antonio, aspetta!" Lo chiamo.

Si gira, sentendo la mia voce, e dice al signore che è con lui di aspettare un momento. Antonio chiude la distanza tra di noi. "Cosa sta succedendo?" chiede, guardando Mario per una spiegazione.

"L'ho trovata che si aggirava furtivamente nel complesso. Ha cercato di rubare il mio telefono, signore".

"E perché vorresti il telefono di Mario?" Lo sguardo di Antonio si fissa sul mio.

Deglutisco nervosamente. La presa di Mario rimane forte sul mio braccio. Non ha alleggerito la sua presa, anche se Antonio è a pochi centimetri da me.

"Devo chiamare l'asilo dei gemelli per dire che non andranno oggi", dico, sperando di cavarmela.

Antonio non si muove dalla sua posizione. "Bel tentativo. Stavi per avvertire Mikhail del nostro arrivo, vero?"

Può leggermi e questo mi spaventa. "Per favore, non fare del male a mio fratello".

"Chiudila a chiave al piano di sopra", ordina Antonio.

"E i gemelli, signore?", chiede Mario. "Cosa vuoi che faccia con loro?"

"Possono stare al piano di sotto con gli altri bambini, purché si tengano fuori dai gua. Nel momento in cui li vedi cercare di sollevare un cellulare o sgattaiolare fuori dalla stanza, li mandi subito di sopra con lei".

I miei figli non hanno idea di cosa stia succedendo. Sono giovani e innocenti e ho intenzione di mantenerli tali.

Mi preoccupa lasciarli soli, incustoditi con gli altri giocatori di mafia. Che siano Don, mogli o bambini, non mi piace molto il pensiero di non poter badare ai miei figli.

Mario mi trascina su per le scale, scortandomi al terzo piano, lasciando Sophia e Liam nel soggiorno con gli altri bambini, ignari di ciò che sta accadendo intorno a loro.

"Per favore, voglio stare con i miei figli", imploro Mario.

Alza gli occhi al cielo e apre la porta della mia camera da letto al terzo piano. "Entra", ordina. "Se ti comporti bene, Antonio potrebbe farti uscire quando torna".

CAPITOLO UNDICI

ANTONIO

I miei uomini si dirigono all'armeria e caricano i veicoli con abbastanza fucili d'assalto e armi.

Mario ritorna dopo aver chiuso Aleksandra al piano di sopra.

"È fatta", dice. "Dove vuoi che vada, capo?"

"Tieni d'occhio i bambini. Non voglio problemi da parte loro. Se i gemelli hanno preso dalla loro madre, potrebbero andare a curiosare in cerca di segreti". Anche se dubito che sia probabile che i bambini di quattro anni possano fare molto, tranne forse fare un po' di casino, non voglio rischiare.

"Signore", Nikki esce dal soggiorno con i bambini. È la moglie di Dante, la madre di Luca, e dalle storie che ho sentito, piuttosto focosa e feroce. Ne ha passate tante all'inizio, quando lei e Dante si sono incontrati.

La rispetto, non è qualcosa che posso dire di tutti.

"Sì, Nikki. Cosa posso fare per te?" Guardo l'orologio. I miei uomini saranno pronti a partire da un momento all'altro.

"Vorrei organizzare un incontro con la ragazza russa, Aleksandra. Abbiamo molto in comune e penso che potrei essere in grado di aiutarti".

"Chi dice che ho bisogno di aiuto?" Fisso Nikki, aspettando la sua risposta.

"Nessuno ha detto niente, signore. Ma è ovvio che è sconvolta e chiuderla al piano di sopra la farà solo infuriare ulteriormente".

Aveva sentito la conversazione? Non avevo intenzione di rendere noto a tutto il complesso che non siamo necessariamente dalla stessa parte.

Odio che Nikki abbia ragione. "Vai avanti", ringhio. Non mi piace avere torto, ed è peggio quando qualcun altro lo fa notare.

"Sono stata nei suoi panni, la figlia di una famiglia mafiosa avversaria, e anche se la sua famiglia è russa e non italiana, posso relazionarmi con quello che sta passando".

"E cosa pensi di ottenere parlando con lei?" Non dubito che condividano una situazione comune, ma Aleksandra è volitiva e non ha intenzione di piegarsi alla mia autorità o ascoltare una ragazza che racconta storie sul suo passato.

"Per cominciare, potrebbe invocare fiducia, signore. Anche se voglio Mikhail morto tanto quanto il resto di noi, ucciderlo non risolve il fatto che ha già cospirato con altre organizzazioni Bratva in tutto il paese. Potrebbe essere una risorsa preziosa se la trasformiamo".

"E tu pensi di avere la capacità di metterla contro la Bratva?"

"Tra tutti i presenti, sono quella che ha più esperienza di allontanamento dalla famiglia", dice Nikki. "Cos'ha da perdere?"

Il mio orgoglio, per cominciare, ma nessuno deve saperlo. E lei ha ragione. Se ho bisogno dell'aiuto di Aleksandra, lei non me lo darà finché non avrò la sua fiducia.

"Che resti tra noi. Hai tempo fino al mio ritorno", dico.

———

"Dovresti rimanere qui", dice Ardian mentre prende la chiave dal gancio. "So che vuoi essere in prima linea e far fuori Mikhail, ma non sei utile da morto".

"Non ho intenzione di morire", dico senza una punta di divertimento. "Stai mettendo in dubbio le mie capacità di soldato?".

"Non voglio offendere nessuno". Ardian è veloce a fare marcia indietro. Non è saggio far arrabbiare un Don. "I leader sono tutti qui per conversare con te ed elaborare un piano per porre fine alla guerra che Mikhail ha iniziato".

"L'ha iniziata Roberto", ammetto. Non è una discussione che farei con chiunque, ma lui è il mio uomo migliore, il mio alleato più fidato e il mio consigliere. "Rubare i bambini, gestire La Culla, è tutta colpa sua".

"Per non parlare del fatto che abbiamo rubato quel ragazzo, Liam, ai Barinov", dice Ardian. "Ho capito. Stai cercando di espiare i tuoi peccati".

Alzo un sopracciglio. "Non ho mai detto questo".

"Portare la ragazza sotto il tuo tetto. O la stai proteggendo o sei innamorato di lei. Forse un po' di entrambi", dice Ardian.

Che faccia tosta! "Non farti uccidere oggi", ribatto. Non sono in vena di discutere di Aleksandra con nessuno. Era già abbastanza fastidioso che Nikki avesse l'audacia di venire da me con il suo suggerimento, ma ora ho Ardian che aggiunge il suo contributo. È fortunato che non gli pianto una pallottola per farlo tacere.

"Farò del mio meglio, capo." Ardian sorride e fa un cenno mentre si dirige verso il SUV.

Ordino ai miei uomini di uscire, prendendo sei veicoli mentre i soldati si preparano a infiltrarsi nel rifugio russo.

Anche se voglio guidare i miei uomini, Ardian ha ragione. Gli altri Don sono venuti a New York per porre fine a questa tirannia, non per combattere. Lasciarli per andare a fermare Mikhail non è il miglior uso del mio tempo come capo.

"Non se ne va, signore?" chiede Mario.

"Ho altre questioni di cui occuparmi. Porta Nikki di sopra, ma non dire ad Aleksandra che sono qui".

"Sì, signore", dice Mario. "Vieni con me". Accompagna Nikki su per le scale e fuori dalla vista.

Mi pizzico il naso. Perché ho lasciato che Aleksandra si insinuasse nel mio cuore? È solo una ragazza con cui ho condiviso una notte selvaggia quasi cinque anni fa.

"Oh, e Mario", gli grido mentre raggiunge la cima del pianerottolo, dove non posso più vederlo.

Scende due scalini più in basso in modo che io abbia la sua attenzione. "Sì, signore?" Obbedisce bene agli ordini. È per questo che a Roberto piaceva averlo intorno?

"Fai fare il test di cui abbiamo discusso il prima possibile".

"Certo, signore".

Ho bisogno di sapere se i gemelli sono effettivamente miei. Prima avrò la risposta, più facile sarà decidere riguardo ad Aleksandra.

CAPITOLO DODICI

Aleksandra

C'è un leggero colpo che riecheggia contro la porta di legno.

Non rispondo, ma non importa. La porta scatta e viene aperta da una delle giovani donne del piano di sotto.

"Posso aiutarti?", chiedo gentilmente. Non credo che si sia persa sulla strada per la sua stanza, la porta era chiusa dall'esterno da una delle guardie.

Inoltre, non ho sentito alcun suono dalle stanze vicine al terzo piano. Probabilmente gli altri ospiti sono tenuti su un altro piano.

"Sono Nikki", dice la giovane presentandosi. I suoi lunghi capelli neri e i suoi profondi occhi ambrati colpiscono. È un po' più vecchia di me, anche se probabilmente non di molto.

"Aleksandra", dico, anche se probabilmente conosce già il mio nome. Immagino di essere sulla bocca di tutti. Beh, almeno al piano di sotto.

Non capita tutti i giorni che un russo si associ con un italiano.

"Ti dispiace se entro?", chiede. Indossa un paio di leggings neri e un maglione marrone scuro che le arriva alle ginocchia. È oversize e sembra piuttosto caldo e comodo.

"Accomodati pure", dico e le faccio cenno di entrare.

Ho scelta?

Cosa vuole?

Attraversa la stanza come se possedesse il posto e si appoggia al bordo del davanzale.

"Ti ha mandato qui Antonio?", chiedo. Avrebbe senso che volesse cercare di ottenere informazioni da me. Non sto cercando di farmi degli amici mentre sono qui. Non voglio stare qui, rinchiusa in questa stanza, rinchiusa nel complesso italiano.

"Mi ha dato il permesso di venire a trovarti, ma non è stata una sua idea quella di farmi salire", dice Nikki.

Sembra sincera anche se l'ho appena incontrata. Prima era al piano di sotto con gli altri ospiti, ma avevo fatto di tutto per tenermi per conto mio ed evitare una conversazione scomoda. Sembra che ora la dovrò affrontare in ogni caso.

"Hai intenzione di dirmi che sono una persona orribile per aver frequentato i russi?" Sto anticipando una rissa. La ragazza non è venuta qui per socializzare e fare amicizia. Ne ha in abbondanza al piano di sotto.

"Sono la tua famiglia", dice Nikki. "Nessuno può biasimarti per la famiglia in cui sei nata".

Perché ho la netta sensazione che mi stia comunque rimproverando?

"Cosa ne sai tu?" Le lancio un'occhiata. "Sei sposata con un Don. Ho ragione?" Non ho bisogno di sapere chi è per vedere il potere che emana. Anche se non riesco a ricordare il nome di suo marito, lo riconoscerei dopo averli visti chiacchierare prima.

Pensa che io sia una minaccia ora che conosco tutte le famiglie italiane?

Se volessi tradirli, tornare dai russi, avrei informazioni sui Don, le loro mogli, i loro figli e i loro stretti collaboratori.

Ma non sono in cerca di sangue.

Voglio che i miei figli siano al sicuro e tornino a casa.

"Dante non mi ha sempre amato. Quando ci siamo incontrati, eravamo nemici di due diverse famiglie mafiose in faida", dice Nikki. Si alza dal davanzale e percorre la lunghezza della stanza.

Serro le labbra, in silenzio. La lascio parlare.

"Ho lasciato la mia famiglia, ho scelto Dante al posto del mio sangue, perché lui aveva a cuore i miei interessi. Mio padre era un mostro, mi ha gettato nella sua operazione di traffico ed era disposto a vendermi al suo nemico, pur di togliermi dalle sue mani".

"Mio fratello non è così".

Nikki smette di camminare. Il suo sguardo si blocca sul mio. "Bene, perché non lo augurerei a nessuno, nemmeno al mio peggior nemico", dice.

È questo che siamo, nemici? Non ci considererei amici e nemmeno conoscenti, ma non ho nessun problema con lei. Non è lei che mi tiene qui contro la mia volontà.

"Grazie?" Non sono sicura di cosa voglia, del perché sia venuta da me a parlarmi della sua famiglia.

"Non conosco bene Antonio", dice Nikki mentre il suo sguardo incontra il mio. "Ma se ti ha portato qui, ti sta proteggendo".

È pazza se crede che Antonio sia un eroe. È un mostro che ha strappato i miei figli e me dalla nostra casa.

Mi rifiuto di darle qualsiasi indicazione su quello che provo. Non mi fido di lei. "Cosa ti fa dire questo?", chiedo.

"Gli uomini come Antonio non si portano a casa belle donne e i loro bambini, a meno che non stiano salvando le loro vite".

"Ci ha rapiti con una pistola. Non mi sembra molto cavalleresco", dico.

Antonio ha tralasciato questo dettaglio quando ha spiegato chi ero e come sono finita sotto il suo tetto?

Sta di fronte a me, a qualche metro di distanza. Nikki non è sembra prepotente, cosa che apprezzo.

"E Dante mi ha comprato ad un'asta matrimoniale", dice Nikki. "Non ero esattamente d'accordo con lui. Per molto tempo ho pensato a lui come al mio rapitore".

"Mi sembra che sia il tuo rapitore", mormoro.

"Non lo è", dice Nikki, il suo sguardo si assottiglia. "Potremmo non pensarla allo steso modo per quanto riguarda la mafia. Io certamente non dirigo la mafia e non vorrei farlo, ma lui è un brav'uomo. Mi tratta bene, protegge nostro figlio Luca ed è un padre meraviglioso. Potrebbe essere difficile immaginare che il Don della famiglia sia un padre amorevole, ma è un brav'uomo. E sospetto che se farai entrare Antonio nella tua vita, scoprirai che non è così diverso".

"Antonio ci ha rapiti", dico io.

Perché pensa che perdonerò e dimenticherò quello che ha fatto?

"Inoltre, non sto cercando un padre per i miei gemelli e certamente non uno che sia il boss della mafia", dico.

Non c'è motivo di dire che lui è il loro genitore biologico. Se non ha sentito le voci, non voglio darle ulteriori informazioni.

Nikki offre un sorriso a labbra strette. Non discute. Si dirige verso la porta e bussa con decisione, indicando alla guardia che ha finito di parlare con me.

"Pensa a quello che ti ho detto", dice Nikki, lanciando uno sguardo verso di me. "Considera ciò che è meglio per i tuoi figli".

"È quello che sto facendo".

Non capisce che tutto quello che voglio è proteggerli dal pericolo? Come posso proteggerli portandoli qui, sotto il tetto di Antonio, con uomini pericolosi che brandiscono armi?

La guardia apre e Nikki esce nel corridoio, chiudendosi la porta alle spalle. Contemplo la possibilità di correre attraverso la porta aperta, spingerla ed evadere dalla camera da letto.

Ma fino a che punto potrei arrivare? I miei figli sono di sotto e l'ultima cosa che voglio è metterli in pericolo.

———

Mi siedo da sola. Non c'è traccia dei gemelli e nessun altro viene a farmi visita tranne la guardia, per consegnare un vassoio di cibo per il pranzo.

"Dov'è Antonio?", chiedo.

"È occupato", dice Mario, mentre mette il vassoio d'argento con il cibo su un piccolo tavolo.

"Voglio vederlo".

"Mangia il tuo pranzo", dice Mario. "Tornerò a recuperare il vassoio tra un'ora".

Chiude la porta. Sono sola con i miei pensieri. Forse dovrei essere grata che mi tenga in un alloggio caldo e confortevole. Ho un letto, un bagno e una stanza separata per i miei figli.

Mio fratello non sarebbe così generoso con un ostaggio. Verrebbero gettati in una cella di prigione.

Ho visto le atrocità che Mikhail ha fatto su diversi uomini che lo hanno tradito. E ciò di cui non sono stata testimone in prima persona, ho visto i resti delle parti del corpo che hanno disseminato il seminterrato della prigione.

Antonio non ha minacciato i bambini. E anche se ci ha preso contro la nostra volontà, non ha fatto del male a nessuno di noi.

Questo non mi rende grata. È ancora un mostro, ma forse è meno terribile di mio fratello, il che non dice molto.

Finisco il panino sul vassoio e sono sorpresa quando Antonio entra nella stanza.

"Tesoro", dice, dandomi un'occhiata.

Il mio cuore accelera.

"Voglio i miei figli", dico, alzandomi dal bordo del letto. Mi avvicino a lui, senza paura.

"I nostri figli", dice, correggendomi.

Stringo le labbra. "Ho bisogno di vederli". Non rispondo alla sua osservazione.

"E lo farai quando saprò che non farai qualcosa di stupido, tesoro", dice Antonio. Si avvicina, chiudendo la distanza tra di noi.

"Smettila di chiamarmi così", scatto.

Perché pensa di potermi dare un nomignolo? Non sono sua.

Un sorriso attraversa i suoi lineamenti, compiaciuto del mio sfogo.

È compiaciuto? È contento di aver trovato un modo per infastidirmi? È meglio che faccia finta che non mi importi e che lasci che mi chiami come vuole?

Guida la sua mano fino alla mia guancia e il suo pollice sfiora una ciocca di capelli dietro il mio orecchio. È gentile e attento.

Gliela scaccio.

"Toglimi le tue sporche zampe di dosso".

I suoi occhi si stropicciano mentre gli angoli delle sue labbra si incurvano in un sorriso. "Ho bisogno della tua assistenza", dice Antonio.

Faccio un passo indietro, ho bisogno di spazio, e piego le braccia sul petto. "E perché mai dovrei aiutarti?" Guardo il vassoio d'argento su un tavolo vicino. Potrei usarlo come arma, facendogli perdere i sensi, e poi prenderlo in ostaggio con la sua pistola?

Non dà nemmeno un'occhiata dietro di sé. "Non pensarci nemmeno".

"Che cosa?", chiedo innocentemente. Non può sapere cosa sto pensando.

"Colpirmi in testa con quel vassoio", dice. "Non pensarci nemmeno".

Beh, non si sbaglia sulla prima parte del mio piano. Lo aggiro per prendere il vassoio. È l'unica arma possibile che posso usare.

Antonio afferra il mio polso e mi fa girare, immobilizzando il mio corpo contro il suo, trattenendomi. "Qualcosa mi dice che ti piace questa posizione, tesoro", sussurra nel mio orecchio.

"Non mi piace niente di te", mormoro.

"Non è quello che gemevi nella doccia".

Gli calpesto l'alluce e mi giro per affrontarlo, sbattendo il mio ginocchio nel suo inguine. "È stato molto tempo fa". Raggiungo la sua pistola attaccata alla cintura. È la mia unica possibilità di uscire da questo inferno.

Geme di dolore e lascia la sua presa su di me, spingendomi via e facendomi cadere all'indietro sul letto. La pistola rimane nella fondina. È più forte e più veloce di me.

"La guardia non ti lascerà andare", dice Antonio e si raddrizza. Se prova ancora dolore non lo dimostra.

"E pensi onestamente che ti lascerei prendere la mia pistola?"

Lui torreggia dall'alto e io mi arrampico all'indietro per evitare di essere intrappolata. Scappo dal lato del materasso per raggiungere la porta.

"Quanto lontano pensi di poter arrivare?", chiede. "La porta è chiusa a chiave. I miei uomini non ti lasceranno sfilare nel complesso per recuperare i miei figli e mandarti per la tua strada".

"Non sono i tuoi figli".

"Vedremo", dice Antonio. "Ho fatto inviare a Mario i test del DNA. Non te ne andrai finché non arriveranno i risultati".

Non oso chiedere quanto tempo ci vorrà o cosa succederà quando scoprirà che è il loro padre biologico.

"È per questo che ci hai rapito? Perché vuoi essere un padre?" Sembra inverosimile anche per Antonio.

"Come ti ho detto prima, ti ho portato qui per proteggerti". Antonio diventa sempre più irritato dalle mie domande. "Preferisci che ti consegni a tuo fratello e che vi lasci dividere insieme una cella nel seminterrato?"

Il mio stomaco cade alla sua ammissione. "Hai Mikhail qui?"

"È il motivo per cui sono venuto nella tua stanza", dice Antonio. "Stavo per chiederti di parlare con lui, ma forse dovrei mettervi in cella insieme. Lui sa che sono il padre dei gemelli?".

"Non sei il loro padre", dico. Anche se biologicamente imparentato, questo non fa di lui il loro padre. Non fa parte della loro vita e non mi aspetto che ci sia mentre crescono.

Antonio afferra il mio braccio. È energico mentre mi trascina attraverso la stanza.

"Dove mi stai portando?" Cerco di liberarmi, ma lui è troppo forte. Uso l'altra mano per cercare di raggiungere la sua pistola, ma lui mi sbatte la schiena contro la porta di legno e mi costringe le mani sopra la testa.

"Tesoro", sussurra nel mio orecchio.

La sua vicinanza costringe il mio corpo a tremare. Prego che non noti la mia reazione.

"So che mi vuoi", respira nel mio orecchio, bloccandomi contro la porta. Il suo corpo è stretto al mio e non è la sua arma che sento contro il mio inguine.

"Sembra che anche tu mi voglia", dico, forzando i miei occhi ad incontrare i suoi mentre lui si tira indietro solo leggermente per fissare il mio sguardo.

Sta per baciarmi?

Il suo respiro si mescola al mio, stuzzicandomi. La sua vicinanza mi eccita e, per quanto sia un mostro, non mi ha fatto male. Antonio non mi ha ancora costretto a fare nulla.

"Se ti avessi voluto, ti avrei avuto", dice. "Pensi che non possa avere tutte le ragazze che voglio, o che desidero?"

"Non sono tua", dico e dondolo forte contro di lui, cercando di liberarmi. Tutto quello che succede è che la sua presa su di me si stringe contro i miei polsi e il suo corpo si preme più forte contro il mio.

"Il tuo corpo non la pensa così, tesoro", dice Antonio con un sorrisetto.

CAPITOLO TREDICI

ANTONIO

Ho Aleksandra bloccata tra la porta della sua camera da letto e me. È come un inferno feroce che brucia a mille gradi e io sono l'unico in grado di spegnere il fuoco.

Voglio farlo?

No, ma non voglio nemmeno bruciare vivo.

"Lasciami," mi ringhia contro.

"Prometti che smetterai di cercare di prendere la mia pistola?" Non ho bisogno che si impossessi della mia arma e la usi su di me o su una delle mie guardie o ospiti.

Lei sbuffa.

Credo che questo sia un no.

"Promettimi che ti comporterai bene e ti accompagnerò a vedere tuo fratello".

I suoi occhi blu sono scuri e intensi. Le sue guance sono di una tonalità simile alle sue labbra rubino mentre espelle un soffio d'aria. "Ok."

Non sono sicuro di crederle, ma non ho molta scelta. Abbandono la presa sui suoi polsi e faccio un passo indietro, assicurandomi che la mia arma sia fuori dalla sua portata.

"La prossima volta che decidi di diventare aggressiva, potrei dover prendere le manette", minaccio.

I suoi occhi si allargano e non riesco a capire se è eccitata o inorridita dalla prospettiva di essere trattenuta.

Busso prontamente alla porta. "Ho finito", dico a Mario e aspetto che lui apra la porta e mi faccia uscire dalla stanza.

Mario apre la porta ed esco per primo, scortando Aleksandra al piano di sotto. La afferro con forza per un braccio, non lasciandola allontanare.

"Posso vedere Sophia e Liam?" chiede mentre la conduco lungo il corridoio fino alla tromba delle scale.

"Dopo la visita a tuo fratello", dico. Se le do quello che vuole ora, difficilmente guadagnerò la sua cooperazione.

Lei è silenziosa. Scendiamo al piano principale e camminiamo attraverso il corridoio fino a raggiungere un'altra porta chiusa a chiave. Lascio la presa sul suo braccio, recupero la chiave giusta e la infilo nella porta, dandole una forte spinta.

Aleksandra è proprio dietro di me. Posso sentire la sua presenza. "Prima tu", dico mentre apro la porta e le faccio segno di scendere per prima le scale del seminterrato.

"Ora fai il cavaliere?"

Scende i gradini, uno alla volta. Il seminterrato ha una luce fioca e ci serve un attimo perché i nostri occhi si adattino completamente.

Mikhail è in una cella da solo. Non abbiamo catturato nessuno dei suoi uomini. Era l'unico nella casa sicura.

Otello fa la guardia. Si trova a pochi metri dalla cella e tiene d'occhio il prigioniero.

"Dacci qualche minuto", dico a Otello.

"Certo, capo", dice Otello. Si dirige verso le scale per una pausa.

Perché Mikhail era l'unico uomo nella casa sicura? Le sue guardie erano fuggite? Lo avevano lasciato indietro?

"Mikhail?" la sua voce si incrina mentre si avvicina alla cella della prigione.

Si trova sul lato opposto e viene avanti verso la porta. "Stai lavorando con lui?" Gli occhi scuri di Mikhail si allargano mentre fa un passo indietro. Si passa una mano sulla testa calva. "Mi sono fidato di te, sorella, e tu mi hai tradito".

Mi avvicino, stando in piedi accanto ad Aleksandra.

"Richiama i tuoi uomini e gli altri capi della Bratva, Mikhail, per porre fine a questa guerra con gli italiani".

I suoi occhi scuri brillano sotto la luce della lampada in alto. "Preferirei morire che aiutare i tuoi uomini", dice Mikhail. Fissa Aleksandra e il suo labbro superiore ringhia mentre la guarda su e giù. "Traditrice".

Incrocia le braccia sul petto. "Non sto lavorando con lui", dice indicando me. "Anch'io sono prigioniera".

"Certo." Mikhail alza gli occhi al cielo. "Sembri proprio una prigioniera. Dove ti fa stare, nella sua camera da letto?"

"Come ti permetti!" Aleksandra si gira verso di me. "Lasciami entrare. Lo ucciderò per te".

Anche se non credo che lo farebbe davvero, è senza dubbio abbastanza esuberante da provarci, ma non ho intenzione di guardarla mentre litiga con suo fratello maggiore.

"Non succederà", dico. Non può davvero volere che la faccia entrare nella sua cella. Deve essere un trucco in modo che lei possa aiutarlo a fuggire. Non mi sorprenderebbe l'idea. Ha già provato a rubarmi la pistola.

Mikhail fa un passo indietro e non sembra minimamente turbato. Ride sottovoce e scuote la testa. "Non mi sarei mai aspettato che una Barinov si scopasse un Moretti. Non sei più una di noi, sorellina".

"Cosa?" La sua voce si blocca in gola e giuro che c'è una lacrima che luccica nei suoi occhi. "Non sto... non stiamo insieme", dice Aleksandra.

"Sei dall'altra parte della cella per convincermi a parlare?" Mikhail chiede con una risata. "Sei morta per me, Aleksandra. Divertiti a giocare alla casa con la tua nuova famiglia. E se decidi di tornare al complesso, posso prometterti che quei piccoli marmocchi non vedranno la luce del giorno".

Si gira per correre su per le scale e io penso di fermarla, ma invece la lascio andare.

"Ti piace tormentare donne e bambini?", chiedo mentre mi avvicino alla cella della prigione. Non apro le porte di ferro battuto. Se lo facessi, potrei ucciderlo a mani nude.

Mikhail allunga le braccia e intreccia le dita dietro la testa. Un momento dopo, le sue braccia cadono di lato. "È meglio che essere rinchiuso in una cella di prigione. Quando uscirò, Antonio, puoi contare sul fatto che verrò a cercare tutta la tua organizzazione".

"Siete già venuti a cercarci. Perché pensi di essere rinchiuso qui?"

"Per sport?" Mikhail ridacchia e si butta sul pavimento. Non c'è un letto.

Non credo che non si impiccherebbe con le lenzuola se gli venisse data l'opportunità. E anche se l'idea è allettante, Mikhail morto non ci aiuta.

Più a lungo rimane nella nostra prigione, maggiori sono le possibilità che la Bratva invada la nostra casa. E tenere Aleksandra non ci salverà minimamente.

Lascio Mikhail. Ci sono abbastanza mafiosi sotto il nostro tetto per gestire un solo uomo.

Trovo Aleksandra in cima ai gradini con la porta chiusa. Non dico nulla, non voglio che suo fratello ci senta. Apro la porta e la lascio uscire al piano principale.

"Antonio", la voce di Aleksandra è morbida e fragile. I suoi occhi sono stropicciati e sta trattenendo i singhiozzi, almeno esteriormente.

La tiro contro il muro, fuori dalla portata dei miei uomini, per un po' di privacy.

Otello sta fuori dall'ingresso della prigione nella sala principale, chiacchierando con Mario. "Ci vediamo dopo", dice Otello a Mario mentre mi fa un cenno e si affretta a scendere nella cantina della prigione per continuare la guardia.

Il suo compito è quello di assicurarsi che non accada nulla al prigioniero a meno che non lo ordini io. Manderò Aurelio, uno dei migliori interrogatori della mafia, e farò accompagnare il mio interrogatore, Jacopo.

Tra i due uomini, prevedo risultati rapidi.

"Siete al sicuro qui. Nessuno dei miei uomini metterà un dito su di te o sui tuoi figli". È questo che la preoccupa? Cerco di calmare i suoi nervi, ma ho paura che sia qualcosa che non posso risolvere rapidamente.

Lei si morsica le labbra e guarda altrove, il suo sguardo lontano e distante. "Per favore, non fare del male a Mikhail. So che è un bastardo, ma è mio fratello". La sua voce si incrina quando finalmente incontra il mio sguardo.

"Ti assicuro che non alzerò un dito su di lui".

Non ti prometto che i miei uomini non lo tortureranno per farlo parlare.

La sua fronte è aggrottata e il suo labbro inferiore trema.

"Hai la mia parola che sarà trattato molto più gentilmente di qualsiasi uomo che la Bratva detiene", dico.

"Questo non è rassicurante", sussurra. "Scuoierebbero vivo un uomo per ottenere informazioni da lui".

Anche se abbiamo altri metodi, non nego che i nostri interrogatori possano essere brutali. "Se risponde onestamente alle domande e divulga informazioni, allora non ha nulla di cui preoccuparsi".

"Non parlerà", dice Aleksandra. "È troppo orgoglioso per tradire la Bratva. Preferirebbe morire".

Non sono d'accordo. Abbiamo avuto uomini che hanno divulgato segreti quando erano trattenuti contro la loro volontà, minacciati e torturati. E anche se potrebbe non preoccuparsi della sua stessa vita, sarebbe devastato se distruggessimo l'intera organizzazione, la sua eredità.

"Non preoccuparti di Mikhail", le assicuro.

La scorto attraverso il corridoio fino al mio ufficio in modo da poter avere un momento da solo con Aurelio e Jacopo. La mia mano è sulla sua schiena mentre la accompagno dentro, accendo la luce dopo aver aperto la porta.

"Stai pensando di chiudermi qui dentro?"

"No, ho solo bisogno di avere un momento da solo con i miei uomini".

"Posso vedere i miei figli?", chiede Aleksandra.

"Te li porterò. Aspetta qui". Le faccio cenno di rimanere qui mentre mi dirigo verso il soggiorno. I gemelli sono seduti con gli altri bambini. "Sophia, Liam, volete vedere vostra madre?"

Saltano su dal pavimento e mi seguono, rimbalzando nel corridoio, fino al mio ufficio.

Apro la porta, li accompagno dentro e la chiudo prima di tornare giù per trovare una squadra che possa interrogare Mikhail con successo.

Anche se potrei farlo io, non voglio il suo sangue sulle mie mani. Non con Aleksandra sotto lo stesso tetto.

———

"Non ha cercato di andarsene, signore", dice Mario mentre mi avvicino all'ufficio.

Ho deciso che non era necessario chiudere la porta a chiave.

Non potrebbe andare lontano e con due bambini rumorosi non riuscirebbe sicuramente a passare senza essere vista.

"Bene", dico.

"Ci sono novità al piano di sotto?", chiede Mario, parlando del prigioniero.

"I miei uomini ci stanno lavorando". Non voglio approfondire. Non c'è niente di specifico da dire fino a quando l'interrogatorio non sarà completato e non sono nemmeno sicuro che Mario sia l'uomo con il quale mi confiderei.

Mi fido di lui al punto da metterlo di guardia ad una porta, ma non è qualcuno a cui divulgherei i nostri segreti. Almeno non ancora.

Rientro nel mio ufficio e rimango in piedi all'entrata, stordito dalla quantità di caos creatosi in poco tempo.

"Non ero sicura di quanto tempo avessi intenzione di tenermi qui", dice Aleksandra.

"Beh, non ci hai messo molto a far correre i tuoi figli come due piccoli tornado", ribatto.

I bambini hanno preso praticamente tutto ciò che non era chiuso nella scrivania. I fogli sono sparpagliati sul pavimento; le graffette vengono lanciate liberamente; le penne sono impilate come una torre.

Aleksandra ha permesso loro di sporcare il mio ufficio?

"Preferisco pensare a loro come ad un uragano", dice Aleksandra con un sorriso sornione.

"Pensi che sia divertente?" Guardo il mio orologio. "Quindici minuti. Questo è il tempo in cui sono stato via".

"Lo so", dice lei con un sorrisetto. "Pensi che abbiano fatto tutto questo da soli? La prossima volta non mi terrai lontana da loro".

Mi sta facendo venire il mal di testa. Mi strofino la fronte e guardo i due bambini che tentano di smontare le penne per fare una pista per i loro veicoli di graffette.

Dovrei punirla, ma a cosa servirebbe? Si è già messa in testa che l'ho rapita. E non posso lasciarla andare, non se i bambini sono miei. Non li vedrei mai più se fosse per lei.

"Preferisci fare compagnia a tuo fratello al piano di sotto?", la minaccio.

I gemelli non hanno idea di cosa sto parlando, ma il colore sparisce dalla faccia di Aleksandra. "Non lo faresti mai", dice.

"Non lo faccio con gli ospiti, ma tu sembri determinata a credere che ti sto tenendo come prigioniera. Se la sistemazione non è di tuo gradimento, allora posso farti spostare al piano di sotto".

"Per favore non farlo", geme. Non implora, ma sono sicuro che si arriverebbe a questo se la trascinassi giù per le scale del seminterrato.

Le faccio cenno di uscire dall'ufficio per un momento. Non voglio che Sophia o Liam sentano la nostra conversazione.

Si alza da dietro la scrivania e si avvicina alla porta, accompagnandomi fuori nel corridoio.

"Signore", dice Mario.

"Dacci un momento", dico, e lui si dirige dall'altra parte del corridoio ma abbastanza vicino nel caso in cui dovessi richiamarlo.

"Dimmi, dove andresti se ti lasciassi andare?" Suo fratello ha messo in chiaro che non è più la benvenuta con la Bratva.

"Casa".

È sciocca a pensare di poter tornare senza che ci siano conseguenze. "Tuo fratello può essere imprigionato, ma le guardie che abbiamo interrogato non prenderanno bene il tuo tradimento".

"Come li avrei traditi?", chiede.

"Sei stata ospite nella mia residenza. Non pensi che non prenderanno bene la tua slealtà?"

Non si rende conto che l'essere sorella di Mikhail ormai non è più importante? La Bratva non è un gruppo di uomini che perdona.

"Venire qui non è stata una mia scelta", dice e indica il mio petto, punzecchiandomi. "Mi hai costretta, mi hai trattenuto contro la mia volontà".

"Non è quello che crede tuo fratello. Come ha detto lui, non sei imprigionata".

Lascia cadere le mani e le piega sul petto. "Non significa che non sono trattenuta contro la mia volontà".

"Se vuoi andare, allora vattene", dico. Abbiamo suo fratello. È quello che volevamo e una delle ragioni per cui le ho chiesto di venire con me.

"Bene", mi sfiora e si dirige verso il mio ufficio.

Spingo la mano contro la porta per evitare che riesca ad aprirla. "Puoi andartene, ma i bambini rimangono sotto il mio tetto finché non arrivano i risultati del test del DNA".

"Cosa? Antonio, no".

"Sono i miei figli".

Le brillano gli occhi. "Per favore, non farlo", mi implora di lasciarla andare via con i gemelli. "Non puoi separarli dalla loro madre".

"Non me lo sognerei mai", dico. "Sei la benvenuta a restare, ma i gemelli non andranno da nessuna parte finché non arrivano i risultati dei loro test del DNA".

"E poi?" sussurra. "Cosa succede se sei il loro padre?" Le sue guance sono rosee, i suoi occhi vitrei. È al limite.

"Voglio la custodia", dico. "Non posso certo lasciarli andare via. La Bratva li cercherà. Non appena tuo fratello capirà che sono i miei figli, li userà per farmi del male".

"Non lo farebbe mai", sussurra lei. "Mikhail non farebbe del male ai bambini. Tutto quello che ha fatto è stato perché mio figlio, Liam, è stato rapito dalla mafia italiana".

Non può credere che tutto quello che è successo possa essere perdonato. "E ora, le minacce che fa?", chiedo. "Credi che siano vuote? Che tu possa tornare a casa e ti lascerà vivere con lui nel suo complesso?"

Lei è silenziosa e la sua schiena è premuta contro la porta. "Non credo che ci lascerà tornare a casa".

Aleksandra non è così sciocca da mentirmi.

"Dovrò trovare un posto nuovo e sicuro. Ma lui non mi farà del male se ti lascio. Non ha bisogno di proteggermi".

Non credo che per Aleksandra sia così facile come lo fa sembrare. "Mikhail vuole sangue e vendetta. Nel momento in cui scopre che i gemelli sono miei, può fare leva su di me per farmi del male. Non gli interessa chi si mette in mezzo ai suoi sporchi piani".

C'è una lotta interna, come una nebbia che si deposita sui suoi occhi mentre lotta con la scelta giusta da fare.

"Per favore, non puoi tenermi rinchiusa qui".

"Non me lo sognerei se tu riuscissi a tenerti in riga", la avverto. "Non voglio essere preso in giro davanti ai miei ospiti. È chiaro?"

Il suo sguardo cade sulle mie labbra, fissandole per un lungo momento. "Sì", sussurra, alzando lo sguardo nei miei occhi. "Non ti deluderò".

"Bene". Faccio un passo indietro, lasciandola tornare nel mio ufficio.

Lei apre la porta e vediamo che i bambini stanno scarabocchiando sulla mia scrivania con il pennarello permanente che hanno trovato.

Meraviglioso.

"Che ne dite se voi tre pulite questo casino e poi raggiungete gli altri in salotto?"

Lascio la porta aperta e faccio un gesto a Mario.

"Tienili d'occhio. Devono pulire l'ufficio e quando hanno finito possono unirsi agli altri ospiti", dico.

Mario scruta l'ufficio, i suoi occhi si allargano. "Sì, signore".

———

Ho promesso ad Aleksandra che non avrei fatto del male a Mikhail, e personalmente non lo farò, ma i miei interrogatori faranno ciò che è necessario e mi aspetto di ricevere informazioni che possiamo usare contro la Bratva.

Con Aleksandra e i gemelli nel mio ufficio, mi affretto ad attraversare il corridoio e a scendere le scale verso la prigione.

Otello si appoggia al muro di cemento di fronte alla cella di Mikhail.

Il russo è seduto su una sedia di legno, con le mani legati dietro la schiena.

Di fronte a lui, Jacopo e Aurelio hanno disposto diversi strumenti di tortura su un tavolo pieghevole.

Jacopo ha in mano una fiamma ossidrica, il fuoco brucia mentre procede a minacciare Mikhail. Il volto del leader della Bratva è insanguinato, ha un occhio nero. Numerosi lividi coprono la sua pelle.

"Puoi porre fine a questo, Mikhail", dico mentre mi avvicino alla cella della prigione.

Otello apre la porta e mi fa entrare.

"Abbiamo solo bisogno della tua cooperazione per porre fine a questa guerra".

"Una guerra che hai iniziato tu", dice Mikhail con un ringhio. "Questa è colpa tua, Antonio! Hai rubato mio nipote".

"Roberto ha ordinato il rapimento di tuo nipote e, nel caso tu non l'abbia notato, non è più lui a comandare. È morto".

"Mia sorella sa che sei un assassino?" Mikhail sorride e c'è una macchia di sangue sui suoi denti.

"Non credo che le interessi, considerando che è una cosa di famiglia. Dicci come fermare gli attacchi alle altre famiglie mafiose. Se vuoi una guerra, puoi averla con me. Lascia fuori i bambini".

Gli occhi di Mikhail sono gelidi. "Abbiamo intenzione di massacrare i tuoi figli e le tue figlie. Ognuno di loro. E se non faccio rapporto ai miei uomini entro un'ora, lo spargimento di sangue aumenterà".

CAPITOLO QUATTORDICI

Aleksandra

Due giorni dopo

Prendo Antonio da parte dopo la colazione. È stato impegnato a intrattenere le altre famiglie mafiose nelle ultime 48 ore, il che mi ha aiutato a stargli alla larga.

I gemelli sono stati con me nel soggiorno durante il giorno e nella camera da letto la sera. Per fortuna Antonio non ci ha più separati.

Consumiamo i pasti con gli altri ospiti e Sophia e Liam sembrano andare d'accordo con gli altri bambini. Io me ne sto per conto mio. Nikki è stata educata e mi ha offerto un caldo sorriso, ma non posso fare a meno di chiedermi se sta cercando di ottenere informazioni per la mafia.

"Sì?", chiede Antonio mentre lo prendo per il braccio e lo conduco fuori dalla confusione.

Le guardie passano oltre mentre puliscono i piatti della colazione, ignorando la conversazione tra noi due. Anche se non mi sembra che ci sia alcuna privacy, non voglio nemmeno essere troppo lontana dai miei figli.

"Voglio vedere Mikhail", dico.

Il suo sguardo incontra il mio. "Non è una buona idea, tesoro." Mi sposta una ciocca di capelli dietro l'orecchio. Il gesto è intimo e dovrei spingere via la sua mano, ma non lo faccio.

"Perché no? Perché non posso vedere mio fratello?"

È sotto la loro custodia da poco più di due giorni. Cosa gli hanno fatto?

"Non ti piacerebbe", dice.

Non dovrei essere sorpresa, ma è un pugno allo stomaco. "Perché, lo hai torturato?" Mikhail può essere uno stronzo a volte, ma non gli augurerei niente di male.

"Ho mantenuto la mia promessa, tesoro. Le mie mani sono pulite", dice Antonio.

"Ordinare di torturare un uomo non è tenere le mani pulite", ribatto. Non sono scema, so che ha degli uomini che interrogano i prigionieri al piano di sotto. La Bratva farebbe lo stesso se fossimo sotto il loro tetto.

"Proprio per questo non hai bisogno di vedere Mikhail", dice Antonio. "Vai, goditi la compagnia dei tuoi figli e dei nostri ospiti. Torneranno presto a casa".

"E io? Quando potrò tornare a casa?"

Non mi interessa quando se ne andranno i suoi ospiti, loro non sono prigionieri. Anche se mi ha permesso di vagare per la sua tenuta, io sono ancora tenuta in ostaggio. Solo perché ho un bel letto e un pasto caldo non toglie il fatto che sia senza la mia libertà.

"Hai sentito Mikhail l'altro giorno. Non ti ha esattamente invitato a tornare al complesso della Bratva", dice Antonio.

Mi morsico il labbro inferiore. L'ho sentito, ma non volevo crederci. "Non dice sul serio", dico. "Sono la benvenuta in casa mia". Sono certa che fosse uno spettacolo, per il bene di Antonio.

"E se non lo fossi? Cosa significherebbe per i tuoi figli?", mi chiede.

Mikhail o i suoi uomini mi ucciderebbero perché credono che io abbia collaborato con gli italiani? La Bratva non fa prigionieri, uccidono qualsiasi uomo che si mette sulla loro strada o mette i bastoni fra le ruote nei loro piani.

È un rischio che sono disposta a correre?

Non si tratta solo della mia vita, ma dei miei due bambini. Non ha senso mentire ad Antonio; sospetto che possa leggermi in faccia ciò che penso. "Non lo so", dico. "Se non lasciate andare Mikhail, allora suppongo che potrei tornare e la mia sicurezza sarebbe assicurata".

"Chi prenderebbe il posto di Mikhail come leader della Bratva?" Chiede Antonio.

Lo sta chiedendo perché vuole informazioni? Ci sono sempre due vice per il Pakhan, il Boss.

Yuri è uno, ma lo è anche Dmitri. E non sono sicura di chi di loro prenderebbe il posto di Mikhail. Non sono al corrente della politica della Bratva. Sono tenuta fuori dalle loro riunioni.

Combatterebbero per la posizione di Pakhan?

"Non so chi potrebbe essere il prossimo capo", dico. Non è una bugia, ma non voglio nemmeno mettere in pericolo la vita di altri uomini. Supponendo che siano ancora vivi dopo che gli italiani hanno attaccato la mia casa.

Non ho avuto nessuna notizia, non ci sono stati tentativi di salvataggio. Stanno lasciando Mikhail indietro e dando per scontato che sia morto? Non gli importa dei miei figli o di me?

Antonio è in silenzio. "I risultati dei test arriveranno questo pomeriggio".

"I risultati del test?"

"I test del DNA che ho fatto eseguire confrontando il mio campione con quello dei bambini".

Esalo un sospiro pesante. Non c'è alcuna possibilità che i gemelli non siano suoi. Antonio è l'unico uomo con cui sono stata quell'estate e non ho più tempo per temporeggiare.

"Cosa hai intenzione di fare dopo aver ottenuto i risultati?", chiedo. Non lo vedo come una figura paterna per Sophia e Liam. Mi accontenterei di lasciare che mandi loro dei regali e una cartolina per il loro compleanno, ma sospetto che pretenderà di più.

Evita di rispondere alla mia domanda. "Cosa intendi fare con tuo fratello? Ha detto chiaramente che non sei la benvenuta a casa sua. Hai anche sentito i bambini delle diverse famiglie. È lui il responsabile degli attacchi agli altri complessi".

"Gli dai troppo credito".

"Ha orchestrato gli attacchi", dice Antonio. "Anche se non ha rapito fisicamente un bambino, è responsabile".

"Proprio come tu sei responsabile del rapimento di Liam". Il circolo vizioso continua. Ci sarà mai una fine?

La sua mascella si stringe. "E mi pento di questa decisione".

"E il fatto di avermi portato qui contro la mia volontà, con i miei figli? Ti penti anche di questo?".

Mi guida in fondo al corridoio, lontano da orecchie che ascoltano. Siamo soli. Non ho la minima paura di lui. Non mi ha fatto del male, non fisicamente. Non ha neanche fatto male ai miei figli, anche se non sono comunque felice di essere qui.

La sua mano è sulla mia schiena e si ferma appena fuori dalla porta del suo ufficio. Non mi conduce dentro. Invece, mi fa appoggiare contro la porta di vetro smerigliato. Il vetro è freddo e mi manda un brivido involontario lungo la schiena.

"Mi dispiace che tu non abbia avuto scelta nel venire qui", dice Antonio. Le sue scuse sembrano genuine. Non è troppo nervoso e non sembra stia cercando di cavarsela con una scusa. "Volevo tenere te e i tuoi figli al sicuro".

"E?"

Ci deve essere qualcosa di più, ci conoscevamo a malapena.

"Con l'inferno scatenato sulle altre famiglie mafiose, avevo bisogno di una merce di scambio nel caso in cui Mikhail avesse deciso di attaccare il nostro complesso".

"Mi hai usato", dico e incrocio le braccia sul petto.

"La Bratva non ha attaccato il complesso, ma non sono nemmeno sicuro che sapessero che eri in nostro possesso. Onestamente, l'intera operazione è stata un casino fin dall'inizio". Antonio si passa una mano tra i capelli.

Voglio sapere cosa intende, ma non lo chiedo. Aspetto e ascolto, sperando che dice di più.

"Come faceva Mikhail a sapere che la nostra famiglia stava volando a New York? Hanno preso di mira l'aeroporto e hanno tentato di distruggere uno degli aerei privati degli italiani quando è atterrato".

"Non lo so. Nikita ha ricevuto una chiamata con gli ordini direttamente da Mikhail", dico. "Era di fretta e mi avrebbe fatto fare tardi per andare a prendere i gemelli all'asilo".

"Capo!" Un signore che indossa una camicia bianca gira intorno all'angolo della sala, piuttosto spettinato. A guardarlo meglio, c'è una macchia di sangue sulla sua manica.

Era con Mikhail?

La mia bocca si secca e voglio correre giù per il corridoio, correre nel seminterrato e scoprire cosa diavolo sta succedendo.

Antonio si allontana da me e si gira per dare al signore la sua completa attenzione. "Il mio ufficio?", suggerisce.

"Sarebbe meglio", dice l'uomo.

"Possiamo continuare questa discussione più tardi", mi dice Antonio.

Mi faccio da parte, sbloccando la porta, e Antonio apre la porta dell'ufficio, facendo entrare l'uomo. La porta si chiude bruscamente dietro di lui.

Il vetro smerigliato rende impossibile vedere qualcosa. La stanza sembra anche insonorizzata. Anche stando fuori, non riesco a sentire una parola scambiata tra i due uomini. Nemmeno smorzata.

Vago lungo il corridoio oltre l'entrata della prigione sotterranea. Anche se volessi scendere di nascosto, ci vorrebbe una chiave.

Inoltre, una guardia era sempre in servizio, il che mi avrebbe reso impossibile parlare con Mikhail da sola. Almeno potrei sapere con certezza le sue condizioni e se è vivo.

La Bratva non avrebbe torturato un uomo per due giorni. L'avrebbero già ucciso.

Non era un segreto che i prigionieri che venivano portati da noi non rimanevano a lungo.

"Aleksandra", dice Nikki, venendomi incontro mentre esce dal soggiorno. "Sembra che tu abbia visto un fantasma. Va tutto bene?" Si avvicina e io non ho nessun posto dove andare, nessun posto dove scappare dalla sua serie di domande.

"Stavo solo parlando con Antonio ma uno dei suoi uomini ha avuto bisogno di lui", dico.

"Andiamo, tienici compagnia". Nikki mi mette un braccio intorno alla spalla e mi riaccompagna nel soggiorno con lei e gli altri.

Le chiacchiere cessano quando entro.

Stavano parlando di me? O sono solo a disagio con la mia presenza? Nemmeno io sono esattamente entusiasta di stare con loro.

Nikki mi offre un posto accanto a lei sul divano. Fino ad ora sono stata da sola o con i gemelli.

"Ciao", dico e faccio un sorriso imbarazzato mentre sprofondo nel divano.

"Queste sono Paige, Karina e Olivia", dice Nikki presentandomele. "Ragazze, questa è Aleksandra".

Sono sicura che sanno già chi sono. Probabilmente ci sono state chiacchiere su di me per giorni. Ho sorriso educatamente ma ho evitato di conversare con gli estranei. Non ho intenzione di rimanere molto a lungo, ma non posso fare a meno di chiedermi quando potrò effettivamente andarmene.

"Dove sono i vostri mariti, fidanzati, padroni?" Non sono sicura di cosa siano gli uomini per queste signore, se sono tenute e trattenute contro la loro volontà come me o se sono felici di stare con loro.

Se sono trattenute contro la loro volontà, forse abbiamo qualcosa in comune e potrebbero essere disposte a combattere per la loro libertà al mio fianco.

"Stanno gestendo gli affari e Aurelio è mio marito", dice Karina. "Anche se non è stato esattamente il matrimonio che sognavo da bambina, Aurelio mi ha salvato la vita. Non posso biasimarlo per quello che è stato. Siamo felici insieme, ma proteggere nostro figlio è della massima importanza".

"Non credo che nessuna di noi abbia condiviso una tipica storia d'amore con i nostri mariti", dice Paige. "Ho incontrato Moreno quando sono stata assunta come tata per sua figlia".

"Nova?", chiedo, ormai conosco più i bambini dei loro genitori.

"Proprio così", dice Paige. "Non avevo idea in cosa mi stavo facendo coinvolgere in quel momento, ma onestamente non ho rimpianti. Rifarei tutto da capo".

"Tuo marito è un assassino", sussurro. "Tutti loro lo sono. Questo non ti dà fastidio?"

Olivia si appoggia all'indietro, la sedia dondola mentre parla. "Tuo fratello ha attaccato le nostre famiglie. Non credo che tu possa parlare". C'è durezza dietro il suo aspetto esteriore e un brivido attraversa il mio corpo.

Queste donne hanno senza dubbio visto tanto quanto me, se non di più, per mano del loro marito. Sono state testimoni di omicidi, rapimenti e interrogatori?

Anche se sono stata al riparo dalle atrocità che la Bratva compie, non sono ignara delle sofferenze che vengono causate. Ma non avrei mai immaginato che coinvolgessero i bambini.

"Olivia", dice Nikki, rimproverando la bionda. "Ho invitato Aleksandra ad unirsi a noi come nostra ospite. Siamo state tutte nella sua posizione, non sapendo di chi fidarci e chiedendoci se siamo state tradite da qualcuno a cui teniamo".

La bionda si schernisce sottovoce. "E dovremmo fidarci di lei? È la sorella di Mikhail Barinov. Per quanto ne sappiamo, sta prendendo appunti sulle nostre famiglie che può riferire ai russi".

Mi sposto sul divano e guardo Olivia. "Non lo farei mai. Contrariamente a quello che potresti aver sentito, non tutti i russi sono dei mostri".

"Non stavo insinuando che tutti i russi sono dei mostri, solo quelli che sono Bratva", dice lei. "E tu, mia cara, sei una principessa Bratva, la sorella del capo".

"Principessa Bratva?" Non posso fare a meno di ridere al titolo, come se indossassi una corona e vivessi lussuosamente per quello che sono.

Pensano di conoscermi, di conoscere la mia famiglia e di sapere com'è la mia vita. Ma si sbagliano.

"Mio fratello può essere il Pakhan, ma non vizia i miei figli con regali o ci permette di vivere sontuosamente sotto il suo tetto. Alcune guardie mi accompagnano ovunque io vada, ma questo mi protegge da uomini come i vostri mariti", dico. "Il nemico".

"Credi ancora che la nostra famiglia sia il nemico?", chiede Paige. "Vi abbiamo accolto a braccia aperte. Persino Antonio ti ha dato un alloggio lontano dal resto degli ospiti".

Ridacchio alla sua osservazione. Crede che siamo ospiti? Forse lo sono, ma un ospite significa che posso andare e venire a mio piacimento, il che non è il caso.

"Cosa c'è di così divertente?" Paige guarda me e poi le altre signore, aspettando una risposta.

Nikki si schiarisce la gola e rompe il silenzio imbarazzante. "Aleksandra non è stata portata qui su invito".

"Sono stata costretta sotto la minaccia di una pistola ad entrare nel veicolo di Antonio", dico. "Io e i miei figli non avevamo altra scelta che seguire i suoi ordini".

"Da quello che posso vedere, lui ci tiene a te", dice Nikki.

"Si preoccupa di Liam e Sophia". Dubito che pensi molto a ciò che potrebbe accadere a me.

"Perché sono i suoi figli?", chiede Paige. Le altre donne la guardano come se si fosse lasciata sfuggire qualcosa che non doveva divulgare. "Cosa? È vero, no?".

"Lasciala in pace", Nikki rimprovera Paige.

"Che ne dici di parlare di te e dei tuoi figli?" Sfido, volendo i riflettori lontani da me.

"Certo, cosa vuoi sapere?" Gli occhi di Nikki si illuminano, un ampio sorriso sul suo viso. "Chiedimi qualsiasi cosa".

"Qualsiasi cosa?" .

Questa donna sembra essere un libro aperto, ma dubito che mi racconterebbe i suoi segreti più intimi. Non che io voglia sapere i suoi sporchi dettagli in camera da letto con suo marito, ma ci deve essere qualcosa che vale la pena scoprire.

Paige è la prima a parlare, fissando Nikki. "Ce l'hai con tuo padre per averti venduto a Dante?"

"Stavo lasciando che Aleksandra facesse le domande", dice Nikki, lanciando uno sguardo a Paige per farle chiudere la bocca.

Questo è un argomento delicato. Bene, ora può sentirsi come mi sentivo io fino a pochi istanti fa. "Quello che ha detto lei", dico, volendo che risponda alla domanda dato che sembra metterla a disagio.

"Bene", dice Nikki e si stiracchia, prendendosi un secondo per rispondere. "Odio mio padre. Non mi ha venduto solo a Dante. Mi avrebbe venduto a chiunque pur di togliermi dai piedi. Mi ha consegnato ai suoi soci per mettermi all'asta, drogarmi e avvelenarmi. È un fottuto bastardo. Ballerei volentieri sulla sua tomba".

Non posso fare a meno di ridacchiare pensando a quell'immagine nella mia testa. Forse noi due possiamo essere amiche se può aiutarmi ad uscire da questo posto.

CAPITOLO QUINDICI

ANTONIO

Salgo le scale dopo aver visitato il prigioniero e aver parlato con Aurelio e Jacopo.

Per ora, abbiamo quello che ci serve: gli obiettivi per la Bratva a Chicago, Los Angeles e appena fuori Breckenridge.

Mi affretto a trovare Dante, Alessandro, Jace e i loro stretti collaboratori per discutere del nostro vantaggio tattico. Dobbiamo colpire mentre abbiamo ancora dalla nostra parte l'elemento sorpresa.

Solo che Mikhail è stato trattenuto per più di due giorni. Ormai si aspettano un attacco? Hanno spostato tutti i loro leader in un altro luogo?

Non conosciamo tutti i loro rifugi, solo quello fuori New York dove abbiamo trovato Mikhail.

I leader discutono su quale pensano che sia la migliore linea d'azione. Abbiamo già attaccato il complesso della Bratva a New York. Lascio la decisione interamente a loro. Sono i loro uomini a rischiare questa volta.

Non vogliamo aprirci ad un altro attacco. Il messaggio è evidente. Dobbiamo porre fine a questa tirannia una volta per tutte.

Mario entra nello studio dove stiamo discutendo le strategie.

"Questo è arrivato pochi minuti fa per te", dice mentre mi porge una busta sigillata.

"Grazie", dico, congedandolo. La sua responsabilità è quella di tenere d'occhio Aleksandra e assicurarsi che non tenti la fuga o che non scenda di nascosto a conversare con suo fratello.

I risultati del DNA sono dentro la busta?

"Scusatemi", dico ed esco dallo studio, dirigendomi verso il mio ufficio e chiudendo la porta.

Giocherello con la busta nelle mie mani. Non sono pronto per la verità, qualunque essa sia.

Se fossi il padre di Sophia e Liam, cosa succede?

Aleksandra mi odierà se imponessi la custodia.

Ma se sono i miei figli, hanno il diritto di conoscere il loro padre. E non sono neanche lontanamente il mostro che è il loro zio Mikhail. È un boss di merda che ama mostrare i suoi muscoli e minacciare chiunque lo guardi storto.

Prendo il tagliacarte dal primo cassetto e strappo la busta. Facendo scorrere il foglio piegato, lo apro per rivelare i risultati.

Sono il padre.

Mi accascio sulla sedia. Il cuore mi martella nel petto. Pensavo che il sollievo mi avrebbe attraversato, ma invece provo una scarica di adrenalina.

Sono un padre.

Sono il loro padre.

Cosa ne so io di bambini? Figuriamoci averne due.

"Cazzo!" Urlo, grato che nessun altro possa sentire il mio sfogo.

Lascio cadere i risultati sulla scrivania e mi pizzico il naso.

Sophia e Liam sono miei. Dovrei essere estasiato, eccitato, emozionato.

Le mie mani tremano e ingoio la bile che mi sale in gola. Non posso più ignorarlo, nascondere la testa nella sabbia non servirà a nulla.

Mi alzo e passo attraverso l'ufficio e lungo il corridoio, facendo notare la mia presenza mentre mi avvicino al soggiorno.

I bambini sono sul pavimento a giocare con un nuovo set di treni che ho fatto consegnare. Sembra che vadano tutti d'accordo, il che è una piacevole sorpresa.

Non che i bambini non stessero giocando bene insieme negli ultimi giorni, ma Sophia e Liam stavano un po' per conto loro. Non sapevo se fosse perché sono gemelli e preferiscono la compagnia l'uno dell'altro o sono solo un po' impacciati socialmente.

Aleksandra è seduta sul divano accanto a Nikki. Olivia, Paige e Karina hanno preso delle sedie e sono sedute in cerchio a chiacchierare di chissà cosa.

Speriamo che non riguardi me.

Avrei dovuto mettere Mario nella stanza con loro, non solo come vedetta, ma per riportarmi qualsiasi informazione condivisa.

"Aleksandra, ti posso parlare?", dico e le faccio cenno di alzarsi e venire da me.

Dà un'occhiata alle ragazze prima di alzarsi. "Va tutto bene?" chiede.

"I gemelli sono miei", dico, spingendole i risultati del DNA come prova che mi ha tenuto nascosta la verità.

"Lo so", dice Aleksandra. Il suo contegno è calmo, e perché non dovrebbe esserlo? Ha avuto più di quattro anni per elaborare questa informazione. Io ho avuto solo pochi giorni per accettare che poteva essere così.

E ora che è ufficiale, il mondo si è capovolto.

"Forse dovremmo sederci da qualche parte e parlare", suggerisce lei.

Annuisco. È tutto quello che posso fare. Le parole non sembrano formarsi e la conduco lungo il corridoio fino ad un corridoio privato e in una delle tante stanze del complesso. Sarebbe stato più semplice invitarla nel mio ufficio, ma mi sentivo soffocare in uno spazio così piccolo.

Questa stanza ha più finestre, è più luminosa anche con le nuvole grigie che coprono il cielo. C'è un assortimento di libri sparsi tra gli scaffali e un divano vicino alla finestra. Mi siedo e lascio spazio ad Aleksandra per unirsi a me.

Si siede all'estremità opposta del divano, girandosi verso di me. "Non mi aspettavo che lo scoprissi in questo modo". La sua voce è morbida, appena sopra un sussurro.

"Come volevi che lo scoprissi? Avevi intenzione di dirmi che avevo due gemelli?". La blocco con lo sguardo e le sue guance bruciano.

"No, per quanto mi riguarda, tu eri il nemico".

Siamo sempre stati su due fronti opposti, dal giorno in cui ci siamo incontrati.

"E la pensi ancora così?" Non sono sicuro del perché mi preoccupo di chiederlo. Non mi aspetto un improvviso cambiamento dopo averla costretta a venire a vivere con me.

"Ad essere onesta, Antonio, sono confusa". Fa scivolare le gambe sul divano, spostandosi verso di me. "Non avrei mai immaginato che Mikhail potesse fare del male ai bambini".

Il suo sguardo si stringe e il suo labbro inferiore sporge leggermente con un broncio.

Sono in silenzio mentre ascolto, voglio che lei si apra con me.

Armeggia con il suo maglione e si fissa i pantaloni, parla ma mette distanza tra di noi non stabilendo un contatto visivo. "Mi fa ripensare a tutto quello che pensavo di sapere sulla mia famiglia e sulla Bratva. Non sto dicendo che li sto rinnegando", chiarisce Aleksandra, "ma non ho mai pensato che prendessero di mira i bambini".

"Per quello che vale, voglio far parte della vita dei nostri figli, ma non ti terrò prigioniera".

Si passa la mano sui pantaloni mentre mi guarda, piena di speranza. "Mi lascerai andare?"

"Sì, ma Liam e Sophia restano qui con me".

"No", Aleksandra sussulta.

"Me li hai tenuti nascosti per quattro anni. Puoi restare o andare, ma i bambini non se ne andranno". Non faccio notare che è pericoloso per loro andarsene perché sono facilmente un bersaglio.

Tira le gambe contro il petto, avvolgendo le braccia intorno alle ginocchia, proteggendosi. Aleksandra non si alza. Non fugge. È perché si rende conto che non c'è nessun posto dove può andare a nascondersi da me?

"Sei un mostro".

"Forse lo sono", dico, lasciandole vincere questa battaglia. "Tuo fratello non è migliore. Vivevi sotto il suo tetto con i miei figli, mettendoli in pericolo".

"Non è giusto!" I suoi occhi si allargano e la sua mascella cade. "Non ho mai messo i bambini in pericolo".

"Come pensi che Mikhail avrebbe gestito la scoperta che un membro della mafia è il padre?".

La sua lingua guizza fuori per leccare le labbra rubino.

"Eri un soldato quando ci siamo incontrati. Gli ho detto la verità, che eri in guerra e non eri qui. Ho solo omesso che lavoravi per la mafia".

Aleksandra mi fa un sorriso accattivante e guarda in basso verso le sue ginocchia. Le sue guance bruciano. È imbarazzata?

"Cosa c'è?", chiedo. La mia mano è morbida e gentile mentre le tocco un braccio. Non voglio che ci sia più un muro tra noi o un vuoto gelido.

"Potrei aver detto a Mikhail che avrei sposato il padre quando fosse tornato a casa", dice Aleksandra.

Il mio cuore accelera. Non c'è alcun dubbio nella mia mente che non intendeva dire quello che aveva detto. Era stato per tenere a bada suo fratello.

Eppure non posso farne a meno. "Sono tornato, tesoro", dico con un sorrisetto. "Non posso pensare che sposarti faccia fermare la guerra tra i russi e gli italiani. Hai intenzione di mantenere la tua promessa?"

Mi fa un sorriso a metà. "Non puoi fare sul serio. Non senza una proposta completa. Mi aspetto fiori, vino, forse anche un aeroplano nel cielo".

"Oh, è tutto quello che serve? Io, in ginocchio?" Sto scherzando, ma voglio trattarla bene. Dopotutto è la madre dei miei figli.

"Sì, potrebbe funzionare". Aleksandra ride e si copre il viso.

Mi sporgo in avanti togliendole la mano con la quale si sta coprendo. "Sei sexy e bella quando ridi. Non coprirlo mai".

Si tira il labbro inferiore tra i denti.

Potrei baciarla e una parte enorme di me desidera assaggiare le sue labbra, sentire il suo corpo contro il mio, ma non così. Non mentre lei è qui contro la sua volontà. "Se non vuoi restare, puoi andartene", sussurro.

"Posso andare? Io e i bambini..."

"No", dico bruscamente. "Puoi andare ma i bambini rimangono qui con me, sotto la mia protezione".

"Non posso lasciare i gemelli, Antonio", sussurra. "Per favore, non farmeli lasciare". I suoi occhi bruciano di lacrime.

Non capisce che non voglio che se ne vada? Mi rifiuto di tenerla contro la sua volontà. Non è un ostaggio. Era qui per tenere al sicuro lei e le famiglie mafiose.

"Non devi andare da nessuna parte", dico, portando il mio palmo al suo mento per incontrare il suo sguardo. "Ti voglio qui, ma non voglio che tu ce l'abbia con me perché ti tengo sotto il mio tetto, nella mia casa".

Le sue labbra si aprono e un soffio morbido di aria le sfugge. "Non posso lasciare i miei figli". Si ritrae dal mio tocco. "Resteremo, ma solo a certe condizioni".

Un sorriso ironico mi sfugge. "Hai delle richieste?".

"Se vuoi metterla così, sì, ho delle richieste", dice Aleksandra. Raddrizza la schiena. Vuole apparire in controllo, più alta, più forte, e le do credito per aver cercato di negoziare con un Don.

"Per cominciare, assolutamente niente sesso tra di noi. Siamo qui, insieme, per fare da co-genitori".

Dire che sono deluso è un eufemismo, ma non pensavo che si sarebbe intrufolata nel mio letto. C'è così tanto disprezzo nel suo sguardo quando mi guarda.

"Sì, che altro?", chiedo.

"Dichiaro l'intero terzo piano come mia ala della casa. Le tue guardie non devono seguirmi o invadere il mio spazio personale".

Cerco di sopprimere una risata al suo tono e al suo suggerimento. Nessun altro risiede attualmente al terzo piano. È una richiesta facile. "Che altro?"

"Sophia e Liam saranno iscritti alla scuola materna alla Manhattan Academy e dovranno avere una vita normale. Hanno bisogno di una stanza dei giochi, di aria fresca all'esterno e di amici a casa".

"Hanno degli amici?" Non voglio prendere in giro i bambini, ma hanno quattro anni.

"Potrebbero avere degli amici", ribatte Aleksandra. "Quando saranno più grandi avranno degli amici e non ho intenzione di tenerli sotto chiave".

Ha ragione.

"Ci sono altre condizioni?", chiedo.

"Sì", dice lei, "esigo la mia libertà di andare e venire a mio piacimento e, infine, non voglio che Sophia o Liam sappiano che tu sei il loro padre".

"Tutto qui? Posso lavorare con te sulla maggior parte delle tue richieste, ma col tempo i bambini scopriranno che sono il loro padre e non mentirò loro se lo chiederanno".

Brontola sottovoce.

"Cos'è che dici?", chiedo. Sono sicuro che fosse un'osservazione sprezzante, ma non ho capito bene cosa ha detto.

Aleksandra stringe le labbra. "Niente", mormora.

"Bene. Ora che abbiamo sistemato questa faccenda, dovresti sapere che ho diverse condizioni per conto mio".

Aleksandra geme e i suoi occhi sono vitrei ma non per la tristezza. C'è frustrazione, un fastidio nel dover seguire le mie richieste.

"Vai avanti", si rassegna.

"Qualsiasi ospite deve essere approvato da me o dal mio secondo, Ardian. Questo include per i bambini o per te".

Apre la bocca, ma poi la chiude e fa un debole cenno. "Bene."

Sospetto che stia trattenendo qualcosa, ma non insisto. "Questo non c'è bisogno di dirlo, ma non devi avere rapporti con la polizia, i federali o chiunque altro per quanto riguarda i nostri affari e quello che puoi o non puoi sentire".

"Non sono una spia. Se volessi far distruggere la tua organizzazione, non andrei alla polizia".

"Buono a sapersi", dico e la tiro più vicino, le sue ginocchia contro il divano, il mio sguardo bloccato su di lei. "Non devi vedere, parlare o comunicare in nessuna forma con la Bratva o con nessuno degli uomini che si associano a tuo fratello".

"Non voglio vederli", dice Aleksandra. "Che altro?"

"Quando tu o i gemelli lascerete il complesso, porterete con voi una guardia del corpo. Non credo che la famiglia di tuo fratello non verrà a cercare te o i bambini".

Lei inclina la testa, appoggiandola sulla parte superiore del divano. "Non è una novità. Sono abituata ad avere una guardia del corpo. Altro?"

Sono sorpreso che non si opponga alle mie richieste, ma forse ha perso ogni speranza.

Delicatamente, guido le sue gambe sulle mie ginocchia.

All'inizio si oppone finché le mie dita non le accarezzano i piedi. "Cosa stai facendo?"

"Cerco di aiutarti a rilassarti", dico.

"Antonio", la sua voce contiene una sfumatura di avvertimento.

Ma non mi dice di fermarmi.

"L'ultima regola che devi rispettare sotto il mio tetto è che non puoi portare un altro uomo a casa".

"Ti aspetti che io sia una suora?" Lei arrotola le labbra tra i denti, ma non si allontana.

"Non ho mai detto questo". La guardo contorcersi contro il divano.

L'ho messa a disagio?

"Non farò sesso con te", balbetta e toglie i piedi dalla mia presa, riportandosi le ginocchia al petto.

"Certo", dico, "hai messo in chiaro le tue regole. Saremo co-genitori".

Il suo sguardo si stringe mentre spinge le gambe dal divano e si alza. "Che mi dici di te? Hai intenzione di portare a casa donne a caso per scopare?".

Ridacchio alla sua osservazione. È gelosa? "Chi ha detto che sono a caso?"

Gli occhi di Aleksandra si allargano con orrore. "Oh mio Dio. Ti stai vedendo con qualcuno?" Il colore sparisce dalla sua faccia mentre si allontana.

La luce del pomeriggio entra a cascata attraverso le finestre, brillando su di lei. "Vieni a sederti", dico e accarezzo il divano accanto a me.

"Allora?" chiede di nuovo. C'è un'urgenza nel suo tono.

Perché le importa se mi vedo con un'altra donna? Ha chiarito che non ci sarà nulla tra noi due. È a causa dei gemelli?

"No", dico e mi alzo dal divano. Mi avvicino a lei, lento e paziente, e le prendo la mano. "Siediti con me". Cerco di nuovo di farla calmare.

Cos'è che la fa agitare così tanto?

Si stringe le labbra e un sospiro morbido le esce dalla bocca.

"Sembri sollevata dal fatto che non sto uscendo con nessuno".

Aleksandra evita il mio sguardo e giocherella con un singolo pezzo di lanugine che è riuscita a scoprire sui suoi leggings neri.

"Non è questo".

"Guardami", dico, e aspetto che la sua attenzione ritorni al mio sguardo.

Dopo un momento, deve rendersi conto che la sto fissando e alza lo sguardo verso di me. "Sì?"

"Perché ti darebbe fastidio se uscissi con qualcun altro?"

"Non mi darebbe fastidio", sbotta lei. "Voglio dire, non mi interessa. Mi sembra solo ingiusto che tu possa trascinare le donne in questo posto e io no".

Un sorrisetto mi incide il viso. "Oh, puoi portare tutte le donne che vuoi nella tua stanza, ma io ho il privilegio di guardare".

Le guance di Aleksandra bruciano e lei rotea gli occhi. "Non è quello che intendevo, e lo sai".

Un ragazzo può fantasticare. "Avrei pensato che dopo aver avuto dei gemelli, non ti sarebbe importato di portare uomini a caso nella camera da letto".

La sua fronte si corruga e lei piega le braccia sul petto. "Non hai il diritto di dettare la mia vita o con chi vado a letto, Antonio".

"No? Stai vivendo sotto il mio tetto, gratuitamente. Stai mangiando il cibo che il mio staff cucina per te. Lavano il tuo bucato. Te la passi dannatamente bene se chiedi la mia opinione".

"Beh, non te l'ho chiesta", scatta, e il suo labbro superiore si acciglia con indignazione. "E dimmi quanto ti devo. Pagherò la mia quota".

La guardo su e giù. "Come hai intenzione di farlo?"

Non ha mai parlato di un lavoro e da quello che avevo capito, viveva sotto il tetto di Mikhail senza alcuna spesa.

"Troverò un lavoro", dice.

"Preferirei che tu restassi a casa con i gemelli, e io provvederò al tuo vitto e alloggio, insieme ad uno stipendio".

Lei si fa beffe del mio suggerimento.

"Cosa?", chiedo.

"Hanno quattro anni. Molto presto andranno alla scuola elementare".

"Sì, ma hanno bisogno di qualcuno a casa che li aiuti con i compiti quando hanno finito a scuola. O assumo una tata per badare a loro o lo lascio fare a te".

"Perché tu sei troppo occupato, certo".

"Cosa ne dici?" Scatto, stanco delle sue buffonate. Ho cercato di essere gentile, caloroso, aperto ai suoi suggerimenti e a ciò che vuole.

Non è facile per me, mostrare questo lato a qualcun altro. L'ho rinchiuso per tutta la mia vita e per lei pensare qualcos'altro sarebbe stupido.

CAPITOLO SEDICI

Aleksandra

Tre giorni dopo

"È finita?", chiedo a Mario. Le famiglie mafiose fanno le valigie e si dirigono nel garage per essere trasferiti all'aeroporto.

"Lo sarà presto", dice.

Anche se mi è permesso attraversare la casa, lui è stato dichiarato la mia guardia del corpo se dovessi lasciare i locali.

Non sono ancora uscita.

Non mi avventurerò fuori finché non saprò che è sicuro. Ho saputo che mio fratello è ancora trattenuto al piano di sotto.

È vivo? La prigione sotterranea è insonorizzata. Non ho sentito urla, né grida, nemmeno un suono dal piano di sotto.

Il che dovrebbe confortarmi. Ma la mafia non prende un leader della Bratva e gli dà solo un buffetto. Senza dubbio sta soffrendo, ma non voglio pensare a quello che gli hanno fatto. La Bratva sarebbe più crudele nelle sue punizioni e negli interrogatori.

Mario aiuta a portare i bagagli degli ospiti ai veicoli. Io aspetto dentro vicino al soggiorno, guardando i gemelli mentre impilano blocchi di legno in torri alte quanto loro.

Non dovrebbe importarmi che gli ospiti se ne stiano andando. Non siamo diventati amici, ma Nikki era stata simpatica e aperta, confortante.

E ora sarò sola con Antonio e i suoi uomini.

Mi passo una mano tra i capelli, con lo stomaco annodato.

"Ti mancheranno", sussurra Antonio mentre arriva da dietro.

Non mi tocca, ma la sua presenza mi fa comunque rabbrividire. Prego silenziosamente che non si accorga della reazione che suscita.

"Era bello avere qualcuno con cui parlare", confesso.

Mi giro per affrontarlo.

"Sai, tesoro, puoi invitare degli amici. Solo non della varietà maschile".

"Preoccupato di avere un po' di competizione?" Sorrido.

Perché gli interessa che io inviti un uomo sotto il suo tetto? A meno che non sia un tipo geloso, il che si adatta all'essere un Don.

Il mio stomaco è sottosopra mentre lo fisso.

È come se fossi di nuovo al liceo, solo che questa volta la posta in gioco è molto più alta.

"No, perché rispetto le regole che hai messo in atto", dice Antonio.

C'è una punta di delusione che mi attraversa. Non dovrebbe importarmi se esce con un'altra donna o con l'intera città di New York.

Solo che non voglio che le sue mire siano rivolte a qualcun altro. Stringo le labbra. "Stai dicendo che io non rispetterei le regole?"

"Non me lo sognerei mai, tesoro", dice Antonio. Il suo respiro stuzzica le mie labbra. È così vicino che posso praticamente sentire il suo calore contro il mio, il suo corpo che sfiora la mia pelle. "E quando ho detto niente uomini in casa, intendevo anche che non devi scoparti uno dei miei uomini".

Fingo di tenere il broncio. "Accidenti, hai scoperto il mio grande piano. Stavo per invitare Mario nella mia camera da letto e...".

"Giuro che è meglio che tu stia scherzando", dice Antonio. Non è minimamente divertito dal mio senso dell'umorismo.

Nemmeno un accenno di sorriso sfiora le sue labbra. Dio, è un tipo geloso.

"Rilassati", dico e gli do una pacca sul braccio. "Il mio corpo è esclusivamente per il mio piacere. Nessun uomo sotto questo tetto lo toccherà".

Giuro che Antonio piagnucola alla mia osservazione. "Dillo di nuovo, tesoro".

I suoi occhi sono diventati più scuri, color cioccolato. Mi avvicino, voglio baciarlo, assaggiarlo, esplorare la sua bocca con la mia lingua.

Ma mi trattengo dal lasciar vincere i miei desideri e impulsi. Gli sfuggo e mi dirigo in soggiorno per controllare i gemelli. Non che abbiano bisogno della mia attenzione, ma ne ho bisogno io ora, o farei qualcosa di cui potrei pentirmi.

———

Non riesco a dormire. Non sono stanca. È come se i miei piedi volessero muoversi, danzare, essere liberati.

E sono ancora solo un uccello in gabbia.

La mia gabbia è un po' più grande. Ho l'intero terzo piano, ma a parte la stanza dei gemelli proprio accanto, il resto delle suite è vuoto.

Antonio ha accettato di trasformare una delle stanze in una stanza dei giochi per i gemelli e con un'altra intende farmi una sorpresa.

Non so cosa pensa che io voglia, ma sono curiosa di vedere i risultati.

Sono appena passate le undici e dovrei sentirmi assonnata, ma sono completamente sveglia, come se avessi bevuto un doppio espresso.

Sgattaiolo fuori dalla mia camera da letto, chiudendo attentamente la porta dietro di me.

Non c'è nessun segno di Mario nel corridoio, il che è un sollievo. Ci sono telecamere di sorveglianza installate all'interno del complesso? Non ne ho viste, ma questo non significa che non siano nascoste.

So che è meglio non ficcare il naso. Sono destinata ad essere beccata anche a tarda notte; alcune guardie sono sveglie a sorvegliare la casa.

I miei passi sono leggeri e silenziosi mentre scivolo silenziosamente giù al piano principale e in cucina. Sono annoiata e la mia mente è sottostimolata, il che è probabilmente il motivo per cui non riesco a dormire. Essere rinchiusa nel complesso non mi ha aiutato per niente.

Il fatto che fuori stia nevicando non mi fa venire voglia di uscire e godermi una passeggiata al caldo.

Non ho stivali da neve o un cappotto abbastanza caldo per le temperature gelide che ci sono fuori.

Almeno il complesso è caldo, confortevole. Vado in cucina e sbircio nel frigorifero. Niente cattura il mio interesse.

Non ho fame. I pasti sono decenti.

Ok, se devo essere onesta, sono più che decenti. Sono abbastanza gustosi e odio ammettere che lo chef di Antonio è molto meglio di quello di Mikhail. Non che direi mai così tanto.

Chiudo il frigorifero e mi intrufolo nel corridoio. C'è un armadietto dei liquori nell'angolo di una delle stanze che avevo visto all'inizio della settimana. Non avevo controllato se fosse chiuso a chiave.

La casa è buia e inciampo senza troppa fatica nel tentativo di trovare l'interruttore della luce.

La mia mano colpisce il muro, e alla fine preme l'interruttore.

Antonio è seduto sul divano, un bicchiere di scotch in mano. "Cosa stai facendo?", chiede.

"Potrei farti la stessa domanda", dico, passandogli accanto mentre mi dirigo verso l'armadietto e mi preparo un drink. Verso metà amaretto e metà seltzer in un bicchiere.

"Siediti", mi dice.

Assaggio il mio drink, assicurandomi che sia di mio gradimento prima di crollare sul divano accanto a lui.

"Quante volte sei venuta qui a rubare il mio alcol?"

Pensa che questo sia un evento regolare? Mi sta accusando di rubare da lui?

Non posso fare a meno di sentirmi offesa dalla sua accusa. "Solo stasera. Hai avuto ospiti a casa di recente...".

"Sto scherzando", dice e fa una smorfia. "Rilassati, tesoro".

La prospettiva che lui scherzi su qualsiasi cosa mi sembra alquanto irreale.

"Giusto", dico e sorseggio il liquido ambrato. È dolce e ottimo. E per il più breve dei momenti, mi permetto di rilassarmi e distendermi mentre mi verso un secondo bicchiere.

Mi siedo accanto a lui sul divano. Giuro che la mia testa è già annebbiata, ma probabilmente sono la sua vicinanza e il suo profumo che mi fanno vacillare. O forse è perché sono stata rinchiusa in casa sua e sto diventando sempre più frustrata sessualmente ogni giorno che passa.

Alcuni giorni odio Antonio e altri giorni vorrei strappargli i vestiti e scoparlo.

Getto la testa indietro e butto giù il liquido più velocemente di quanto possa versarlo.

"Rallenta, tesoro".

"Non voglio", dico e mi alzo, andando verso l'armadietto dei liquori per prendere un terzo drink. Mi formicolano le labbra e ondeggio leggermente i fianchi quando sento lo sguardo di Antonio sul mio culo.

Forse me lo immagino, il suo desiderio per me.

Lo sfioro con il drink in mano quando lui mi afferra per il polso e mi tira sulle sue ginocchia.

"Cosa stai..."

"Hai bevuto abbastanza. Ti sto interrompendo".

"Perché?" Mi lamento e porto il bicchiere alle labbra prima che lui possa prenderlo da me. "Non devo guidare per arrivare al piano di sopra".

"Sì, beh, non sono sicuro che tu possa salire al terzo piano", dice, sembrando più divertito che turbato dalla situazione.

Mi sposto sulle sue ginocchia e i miei fianchi girano mentre cerco di raggiungere l'armadietto dei liquori dietro di lui, ma è inutile finché sono seduta. E Antonio non ha intenzione di lasciarmi alzare.

Le sue mani sono saldamente piantate sui miei fianchi.

"Quanto hai bevuto?", chiedo. Era seduto qui da molto prima che io entrassi, ma stava sorseggiando il suo primo bicchiere di scotch o ne aveva già bevuti diversi quando l'ho trovato?

"Basta", sussurra, fissando il mio sguardo. Posso sentire la tensione tra di noi, il suo cazzo che si gonfia grazie ai movimenti dei miei fianchi.

E dovrei fermarmi. Alzati. Spostati dall'altra parte del divano.

Ma non va così.

Stringo le mie labbra insieme, il mio sguardo bloccato sul suo mentre mi metto a cavalcioni sui suoi fianchi e mi struscio sul suo cazzo.

"Smettila a meno che tu non voglia che ti scopi sul divano", grugnisce.

Voglio che mi scopi? Dio, sì. Voglio sentire il suo cazzo sepolto in profondità dentro di me.

Cosa mi ferma?

Non riesco a ricordare.

Non mi interessa.

La mia bocca si incolla alla sua. Le mie dita tirano la sua camicia bianca, strappando i bottoni, facendola uscire dai suoi pantaloni.

Gli unici suoni che sento sono i suoi gemiti e il mio cuore che batte all'impazzata, il suono è assordante nelle mie orecchie.

La sua lingua si spinge nella mia bocca, prendendo affamatamente il controllo mentre mi ribalta sulla schiena sul divano.

"È questo che vuoi?" sussurra, fissandomi.

"Sì", rispondo avidamente, dandogli il permesso.

Fanculo le regole.

Fanculo a tutti loro.

Le regole sono fatte per essere infrante.

CAPITOLO DICIASSETTE

ANTONIO

Aleksandra sa di miele e vaniglia. C'è una dolcezza sulla sua pelle morbida che mi fa desiderare di affondare i miei denti nella sua carne.

Le mie dita scavano sotto la sua camicia, il mio palmo preme contro il suo stomaco, sfiorando la sua pelle, facendomi strada più in su verso il suo seno.

"Non dovremmo..." piagnucola contro le mie labbra, ma non smette di baciarmi. Tira il mio labbro inferiore tra i suoi denti, incoraggiandomi ad andare avanti.

"Sicuramente non dovremmo", dico dandole ragione. L'altra mia mano stuzzica l'orlo dei suoi pantaloni del pigiama.

Faccio scendere i baci dalle sue labbra al suo collo.

Aleksandra geme e si sposta, dandomi un maggiore accesso. Le sue gambe mi intrappolano, avvolgendomi, tenendomi contro di lei.

"Dimmi di fermarmi", dico, permettendole di terminare ciò che è stato iniziato. I miei baci stuzzicano la sua clavicola mentre le mie dita sollevano la sua maglietta per esporre la carnagione liscia del suo stomaco.

Lei trattiene il respiro mentre le sfilo la maglietta da sopra la testa, lasciandola cadere sul pavimento.

Il suo sguardo incontra il mio, ma le parole non arrivano. Non ci sono suppliche, nessuna ammissione di colpa, solo suoni di piacere mentre le mie labbra accarezzano il suo ombelico.

Guido la lingua sul suo ventre e piano piano le do dei morbidi baci sull'addome, scendendo lentamente verso i suoi slip.

Aleksandra allenta la sua presa su di me in modo che io possa aiutarla a toglierle i pantaloni. Morbidi mugolii e gemiti le escono dal fondo della gola.

"Vuoi che mi fermi?", chiedo, i pantaloni del pigiama sono a metà dei suoi fianchi. Il mio respiro è caldo contro le sue mutandine.

Ha un profumo divino e voglio scoprire quanto sia già bagnata per me.

"Dio, no. Se ti fermi, ti uccido", brontola.

Adoro quanto sia impaziente, quanto mi voglia.

Le strappo via i pantaloni del pigiama e le mutande, lanciandoli dall'altra parte della stanza.

"Ti farò urlare il mio nome, tesoro". La prendo per i fianchi e la sposto in modo da potermi inginocchiare sul pavimento.

Lei geme.

"Cosa?", chiedo, portando le sue gambe intorno al mio collo. Vado piano, facendo durare il momento e ascoltando le sue dolci suppliche.

"Dimmi che vuoi che ti lecchi la figa". Fisso il suo sguardo.

Fa fatica a tenere gli occhi aperti e le parole sembrano difficili da formare. "Leccamela", implora Aleksandra.

Le mie dita circondano le sue labbra, stuzzicandola ed eccitandola. "Mi piace quando parli sporco, tesoro. Dimmi cosa vuoi che ti faccia".

Un mormorio mormora dal fondo della sua gola. Lascio cadere baci morbidi e lenti lungo il suo interno coscia.

"Fallo".

"Cosa?" Sorrido subdolamente, mordicchiando il suo interno coscia mentre mi muovo nella direzione opposta a quella da lei desiderata. Bacio un percorso morbido vicino alla parte posteriore del suo ginocchio, piegando la sua gamba.

"Cazzo", mormora.

Sta brillando per me. È bagnata e l'ho a malapena toccata.

"Vuoi che ti scopi, tesoro?" Sussurro appena sopra la sua figa. La sto stuzzicando, voglio sentirla supplicare e implorare il mio cazzo.

Aleksandra è irrequieta contro il divano e muove i fianchi, indicando la sua risposta.

"Rispondimi", comando. Lei è mia e farà quello che le chiedo.

C'è una lotta interiore mentre cerca di parlare, ma le parole sono rauche. È difficile sentire ciò che mi sta chiedendo.

"Prova ancora", dico e cerco di non sorridere, ma è quasi impossibile. Adoro il fatto di averla resa senza parole.

Fa un respiro pesante, un rantolo mentre trova la sua voce, anche se tremante. "Voglio che mi scopi con la lingua", dice Aleksandra.

Porto la lingua lungo la sua fessura e la tengo ferma mentre lecco, succhio e assaporo la sua dolcezza.

I suoi gemiti sono paradisiaci e lei fa poco per mettere a tacere i mugolii che escono dalle sue labbra. Le do quello che vuole perché segue le mie regole e obbedisce ai miei comandi. È una ricompensa per la sua obbedienza.

CAPITOLO DICIOTTO

Aleksandra

Giuro che sta cercando di uccidermi.

Il desiderio si accumula tra le mie cosce e la sua lingua mi porta ogni sorta di piacere accentuato. Ma non è abbastanza. Con Antonio, non è mai abbastanza.

Come può un solo uomo avere un tale effetto su di me?

Mi arrendo al mio cuore, al mio corpo e alla mia anima, dandogli tutta me stessa.

La sua lingua fa meraviglie, portandomi al limite, stuzzicandomi e suscitando una reazione che non sono preparata a sperimentare. Una dolce liberazione.

È abile con la lingua, le dita, le labbra e tutto ciò che voglio è di più. Di più con lui. Di più stasera. Solo di più.

Sono vicina, sull'orlo del baratro, ma non riesco a lasciarmi andare.

È il padre dei miei figli, il che complica le cose, e non ci ha esattamente lasciato andare liberamente. Anche quando non voglio, sono bloccata nella mia mente.

È tutto un pesante, come una nebbia, spessa e densa. Lo desidero, ma non posso dimenticare quello che ha fatto.

Ma riuscirei a tenergli nascosti i gemelli?

"La tua mente è lontana da qui, tesoro", dice Antonio.

Non ha torto.

Ho dei dubbi, più di quanti ne voglia esprimere, e lui deve percepire la frustrazione e la paura, la preoccupazione che mi affligge.

Antonio si alza e raggiunge la mia mano. "È ora di metterti a letto", dice.

Cerco di prendere i miei vestiti, ma lui li prende prima di me. Mi passa la sua camicia. "Mettiti questa".

"Solo questo?" Squittisco. "E se le guardie mi vedono?"

Un sorriso ironico incontra le sue labbra. "Questo è il punto."

"Vuoi farmi sfilare davanti ai tuoi uomini?" Sono inorridita.

"Voglio che sappiano che mi appartieni, tesoro". Mi tira con forza contro il suo petto, le sue labbra si incollano alle mie come se mi stesse reclamando.

Apro la bocca per obiettare, ma la sua lingua si fa strada oltre le mie labbra mentre lui mi tiene stretta, il suo braccio avvolto intorno alla mia vita. Il mio corpo si scioglie in lui.

Maledetto!

Odio la facilità con cui riesce a conquistarmi, come se fossi un suo giocattolo.

"Non appartengo a nessuno", sussurro mentre finalmente mi libera dalle sue grinfie.

"Mi permetto di dissentire", sussurra, i suoi occhi scintillano con allegria. "Vieni ora. È tardi". Mi guida nel corridoio, tenendo i miei vestiti con una mano.

Trattengo il respiro, aspettando di vedere i suoi uomini che stanno lì a guardare, ma siamo soli.

Faccio un sospiro di sollievo mentre la sua mano si stringe nella mia, conducendomi al terzo piano. Non mi invita a raggiungerlo nel suo letto.

Non so nemmeno dove dorme. Suppongo che abbia una camera da letto da qualche parte al secondo piano.

Non ci sono guardie fuori dalla mia porta. La casa è tranquilla, come se tutto il mondo dormisse. Sono sicura che ci sono guardie ai loro posti, ma non sono più segregata al terzo piano o nella mia camera da letto.

Apre la porta della stanza e mi fa cenno con la mano di entrare.

"Non mi accompagni?" Lo sto stuzzicando. Non so nemmeno perché. Non sono sicura di cosa voglio che succeda. Al piano di sotto abbiamo superato una linea che avevo giurato di non intraprendere più con Antonio.

Ma il mio cuore e il mio corpo non sono in accordo con la mia mente.

Alza un sopracciglio, lascia cadere i miei vestiti nelle sue mani e con facilità mi solleva tra le sue braccia mentre mi porta a letto.

Ci vuole ogni grammo di forza per non ridere. Non voglio svegliare i gemelli. Non hanno bisogno di scoprire Antonio nella mia camera da letto.

Delicatamente, mi mette giù sul materasso, si libra sopra di me, fissandomi, aspettando.

Cosa sta aspettando? Vuole che sia io a fare la prima mossa? Anche lui ha qualcosa in mente?

"La porta", sussurro, lanciando uno sguardo da lui alla porta adiacente. È socchiusa, solo un po', ma non voglio svegliare i gemelli.

Lui fa un cenno affermativo e scivola via dal materasso. Antonio è rapido e silenzioso, mette in sicurezza la porta della camera da letto e poi l'entrata del corridoio, dandoci privacy.

È questo che aveva in mente quando ha detto 'mettermi a letto'? Non mi sto lamentando; non ero sicura di cosa volesse fare. Tuttavia, quello che è successo al piano di sotto era stato un buon indizio.

Il mio stomaco si riempie di farfalle e stringo nervosamente il labbro inferiore tra i denti.

Perché sono nervosa?

Perché Antonio ha questo potere su di me?

Si dirige verso il letto come se fossi la sua preda.

Faccio un respiro nervoso e lui continua ad avvicinarsi, salendo a quattro zampe a cavalcioni su di me, intrappolandomi.

"Antonio", sussurro, fissando il suo sguardo scuro e pesante.

Le sue labbra cadono di nuovo sulle mie. Sembra naturale mentre i nostri corpi si fondono contro il materasso.

La camicia che sto indossando mi arriva alle cosce e le sue dita spingono in alto il tessuto, esplorando ogni centimetro della mia pelle nuda sotto la camicia bianca a cui manca metà dei bottoni.

Le sue mani sono ruvide e forti, sfiorano i miei fianchi ma sono lente nel raggiungere la destinazione che desidero più di tutto.

È la mia rovina.

Divento irrequieta, ansiosa sotto di lui. Lo voglio. Un bacio ne dà due e lo tiro più vicino, più forte, più stretto contro il mio corpo.

"Rallenta, tesoro", sussurra Antonio nel mio orecchio, portando i suoi denti contro il lobo, tirando in modo giocoso.

Gemo alla sua insistenza nel prendermi in giro fino alla morte. Il suo ginocchio scivola tra le mie cosce, aumentando la pressione contro il mio sesso. Sono in fiamme e lui sta aggiungendo carburante.

Le mie dita vagano contro la sua vita, tirando i vestiti, volendo sentire la sua pelle contro la mia.

"Non ancora", dice con più insistenza e afferra le mie braccia, tenendole insieme sopra la mia testa.

Antonio è forte e deciso, ma non prende quello che io non gli do.

"Non verrai finché non ti darò il permesso", sussurra contro il mio orecchio.

Il dolore cresce dentro di me al suo comando.

"No", dico e scuoto la testa. Non può farlo. Controllarmi.

"Sì, tesoro. Se lo vuoi dovrai arrenderti a me".

Mi lamento in segno di protesta. Le mie interiora sono doloranti per il calore intenso, la sensazione di pulsazione è travolgente mentre lui spinge i suoi fianchi contro i miei.

"Mi stai tormentando", gemo lottando per fissare il suo sguardo.

Lui sorride. "Per come la vedo io, mi stai stuzzicando con quel culetto sodo e quel cazzo di ondeggiamento dei fianchi sexy ogni volta che cammini".

"Mi guardi il culo?" Non posso fare a meno di ridere.

"Sono sorpreso che tu non l'abbia notato", dice Antonio mentre le sue labbra incidono un percorso caldo sul mio collo e lungo la mia mascella.

Una mano mi tiene le braccia sopra la testa, ma la sua presa è più allentata di prima. Avvolgo le gambe intorno a lui e lo faccio girare, prendendo il comando a cavalcioni.

"Tocca a me", sussurro con un sorriso sornione mentre striscio lungo il suo busto e rimuovo ogni centimetro di vestiti dal suo corpo, mentre lui solleva i fianchi lasciandomi spogliarlo.

È sexy e ben dotato, più di quanto io stessa ricordi dall'ultima volta che abbiamo scopato anni fa.

Solo la vista del suo cazzo mi fa bagnare ed eccitare. Non che voglia rivelargli questo piccolo segreto. Lo scoprirà presto.

Potrebbe sopraffarmi se volesse, ma invece sta sdraiato lì, mi lascia esplorare il suo corpo. Non oso ammettere che potrebbe conquistare il cuore di qualsiasi donna che desidera solo con il suo aspetto.

Ma c'è anche da dire che il suo carattere e il fatto che è un mafioso potrebbe farle scappare tutte facilmente.

Faccio scorrere le dita sui suoi addominali e lungo il suo stomaco quando lui mi afferra il polso per fermarmi.

"Antonio?" Sussurro, fissandolo.

Non lo vuole?

Ha cambiato idea?

Si avvicina e mi sfiora la guancia con una mano, portando la mia bocca sulla sua. La sua presa su di me è ferma, e anche se voglio credere di essere io quella che ha il controllo, è solo perché lui mi ha dato le redini.

L'altra sua mano rimane sul mio polso e mi fa girare su me stessa. La mia schiena è a contatto con il materasso, le lenzuola calde contro la mia pelle.

Le sue mani si intrecciano con le mie mentre le nostre labbra duellano in un bacio infuocato.

Le dita che erano sulla mia guancia scivolano lungo il mio busto, sfiorando il mio seno, e poi scavano tra le mie cosce, scoprendo la mia umidità.

La mia testa è annebbiata dall'alcol di prima, ma è chiaro come il giorno che lui è ciò che desidero. Sollevo i fianchi dal letto, sfiorandolo, voglio sentirlo sepolto dentro di me.

Il suo tocco è deciso ma gentile, sfrega e accarezza, sfiorando il mio interno cosce con il suo cazzo.

"Preservativo", dico, rompendo il silenzio momentaneo.

Abbiamo già due figli e credo che nessuno di noi due ne voglia altri al momento. Non sono sicura che siamo preparati nemmeno per quello che verrà dopo questo domani.

Lui grugnisce e si sposta da me abbastanza a lungo per raggiungere il comodino.

Estrae una Bibbia dal cassetto.

"Quella non mi impedirà di rimanere incinta", dico.

"Non mi dire", dice con un sorrisetto e la apre per rivelare uno scomparto nascosto contenente una manciata di stranezze, compresi alcuni preservativi.

"Cosa? Non penserai davvero che questo sia un hotel con una bibbia in ogni stanza, vero?", chiede Antonio.

Una piccola parte di me vorrebbe picchiarlo, ma scuoto la testa. "La tua ospitalità non è affatto come quella di un hotel", dico. Non posso evitare il tono sprezzante o l'amarezza che trasuda dalle mie labbra.

"Meglio?" chiede, speranzoso.

Non può essere serio.

"Gli hotel di solito non prevedono di essere trattenuti nella stanza".

Mi lancia un'occhiata prima di aprire il pacchetto di carta stagnola.

Non posso fare a meno di chiedermi se andremo avanti o se la magia si sia rotta.

"Non saresti stata trattenuta se avessi seguito le regole". Non è minimamente pentito. Mi guarda, curioso di sapere se vorrò evitare di andare a letto con lui ora che sembra che ci sia un'accesa discussione. "Lo stiamo facendo?", chiede.

"Dimmelo tu, a quanto pare sei tu quello che comanda", mormoro.

Mi blocca con lo sguardo. "Per come la vedo io, mi hai nascosto i gemelli. Anche tu non sei così innocente, tesoro".

Prendo la presunta Bibbia, e la butto nel cassetto. In fondo alla Bibbia c'è quello stupido biglietto da visita che l'agente federale mi ha dato pochi minuti prima che Antonio mi rapisse.

L'avevo messo lì, preoccupata che se l'avessi buttato nella spazzatura, qualcuno avrebbe potuto passare e scoprirlo.

Il mio stomaco si gonfia.

Lo sguardo di Antonio si indurisce e le sue narici si allargano. Il suo respiro è più forte, più denso, più arrabbiato.

Sta aspettando che io dica qualcosa e spieghi? Dovrei dirgli che i federali sono venuti da me. Non gli ho detto nulla. Come avrei potuto? Antonio ha preso il mio telefono.

Il silenzio riempie la stanza.

"Stai parlando con i federali, cazzo?" Strappa il biglietto e lo esamina per scoprire qualsiasi possibile informazione.

"Non è come pensi", sussurro. Il cuore mi martella nel petto e potrei vomitare l'alcol che ho bevuto poco fa.

La sua risata è scura, sinistra.

Un brivido mi attraversa e non posso fare a meno di preoccuparmi per quello che succederà. Mi metterà nella sua prigione, mi interrogherà, mi torturerà finché non gli dirò quello che vuole sentire?

"Allora dimmi che cazzo fai con il biglietto da visita dell'agente Melinda Malone", dice, leggendo il nome sul davanti.

"Mi ha avvicinato lei", dico.

Non ho motivo di mentire ad Antonio. Non ho fatto nulla di male. Non sono io la cattiva. Lui lo è.

"E tu hai deciso di spiarmi per lei?", chiede Antonio ringhiando verso di me mentre parla. "Avrei dovuto sapere che non stavi facendo niente di buono".

"Io?" Non posso credere alla sua faccia tosta. Raggiungo le lenzuola, sentendomi nuda ed esposta davanti a lui, e anche se pure lui non indossa nulla, improvvisamente mi sento a disagio. "Non sto parlando con lei. Come potrei? Hai preso il mio telefono!"

La sua mascella è serrata. Il suo sguardo si è indurito. "Non significa che l'agente dell'FBI non te ne abbia fornito un altro".

"Fai pure, metti a soqquadro la mia stanza se devi. Non ho niente da nascondere", dico.

Solleva il materasso e io casco a terra mentre rovescia il letto per assicurarsi che non ci sia un telefono nascosto tra la rete.

"Stronzo!"

Non soddisfatto, si dirige verso il comò, lanciando in aria ogni pezzo di abbigliamento.

La mia voce è morbida, fragile. "Sveglierai i bambini", dico.

Probabilmente sveglierà l'intera casa, ma dubito che gli importi di qualcuno tranne che di se stesso.

Dà un'occhiata alla stanza dei bambini e il mio stomaco si inasprisce. Sta per svegliare i gemelli e mettere a soqquadro anche la loro stanza?

C'è un momento di tensione e di silenzio.

Senza parole, aggiusta il materasso ma lascia i vestiti in disordine ed esala un pesante sospiro, prendendo il preservativo e lanciandolo dall'altra parte della stanza. "Tanto per quello che è successo stasera", mormora.

"Non è colpa mia se hai rovinato un momento perfetto".

"Io?" Ride cupamente. "Sei tu quella che ha tutti i segreti, che tiene segreta la tua relazione con l'agente Malone".

"Se fossi stata sua amica, pensi che sarei ancora rinchiusa in casa tua? Forse i segreti che mantengo sono colpa tua. Se tu lasciassi me e i miei figli liberi, non sarei così", dico.

Mi ha rapita dalla strada con una pistola. Non può fingere che non sia successo, che siamo qui grazie ad una relazione felice e sana. Sta delirando se pensa che io lo ami e che voglia stare qui con lui.

Si rimette i boxer prima di prendere i suoi vestiti dal pavimento.

C'è da meravigliarsi che riesca a trovarli con tutta la mia roba sparsa per terra. "Te ne stai andando", dico.

È quello che Antonio fa sempre, combattere e scappare?

"Non è quello che vuoi?" Si gira verso di me.

Stranamente, non è quello che voglio. Lo voglio, ma sembra fuori portata, lontano mille miglia, anche se è a pochi centimetri dal letto.

Voglio le sue scuse. Voglio che la sua rabbia si trasformi da scontento a passione. Voglio credere che non sia un mostro sotto il suo aspetto glaciale.

Apro la bocca e la chiudo rapidamente. Che senso ha dichiarare qualcosa quando lui ha una mafia da gestire e io non sono altro che un oggetto per lui?

"Vai", dico con tutta la convinzione possibile.

Non è vero.

Non voglio che se ne vada. La lotta non è finita, ma emotivamente sono prosciugato.

Voglio che ci aggrovigliamo tra le lenzuola e dimentichiamo che questa stupida discussione sia mai avvenuta. Voglio sentire le sue labbra contro le mie che mi dicono che gli dispiace, che si sbaglia, che si fida di me perché non ho fatto nulla per tradirlo.

Non sono brava nelle relazioni. Devo ringraziare la mia famiglia per questo, e ora ho fatto un casino mandando all'aria qualsiasi cosa stesse finalmente accadendo tra di noi.

Avrei dovuto bruciare quello stupido biglietto da visita o, meglio ancora, gettarlo in strada quando me lo aveva dato.

Antonio senza dubbio mi odierà. Arriverà a disprezzarmi, proprio come fece mio padre con mia madre.

Antonio si china, catturando le mie labbra in un ultimo bacio infuocato. È energico e ruvido. Le sue dita si aggrovigliano nei miei capelli, tirandomi più forte e più stretta con una sfacciataggine che richiede controllo e potere.

Lui è al comando e me lo sta facendo sapere.

Il bacio finisce così rapidamente come è iniziato.

Mi morsico il labbro infeiore. Posso ancora sentirlo contro la mia bocca, il suo respiro che indugia sulla mia guancia, anche se ormai è alla porta.

Apro la bocca e voglio dirgli di non andarsene, che mi dispiace, che lui significa per me più di quanto voglia ammettere. Sono pazza a volerlo, anche dopo il litigio appena trascorso.

Ma non esce nulla, e invece sono lasciata al freddo, da sola, con il silenzio che riempie il vuoto.

CAPITOLO DICIANNOVE

ANTONIO

Non posso continuare a fare così, a litigare con Aleksandra. Non è un bene per i gemelli e certamente non è salutare per la mia sanità mentale.

E se c'è qualche possibilità che mi abbia tradito, la voglio fuori da sotto il mio tetto.

Ho un business da gestire, un'impresa su cui devo concentrarmi, ed è impossibile con i pensieri fugaci di ieri sera che mi rimbalzano nella mente.

Ha bisogno di andarsene. E anche se non voglio che lei esca dalla mia vita o che i miei figli non conoscano mai il loro padre, quale altra scelta ho? Il suo avvelenarli con pensieri spietati, credendo che io li tenga prigionieri, aiuterà solo la sua rabbia e la sua implacabile voglia di fuggire.

Ciò che desidero e ciò che devo fare sono due cose diverse.

Seduto alla scrivania, faccio entrare Ardian nel mio ufficio.

"Mi hai chiamato, capo?" Sta in piedi con le spalle indietro, la sua postura perfetta come se fosse in presenza di un reale. E perché non dovrebbe? Sono il fottuto re del castello. Ancora meglio, lui rispetta la mia autorità.

"Siediti", gli comando e faccio un cenno verso la sedia di fronte alla mia scrivania.

Chiude la porta quando entra nel mio ufficio e scivola sulla sedia. È più a suo agio della maggior parte degli uomini che lavorano per me.

"Qualche notizia sulla Bratva?", chiedo. Lui si occupa della sorveglianza e della ricognizione. Ho bisogno di sapere che ci non saranno ulteriori pericoli se lascio andare Aleksandra e i gemelli.

"Mikhail è tornato a casa", dice Ardian. "Ma tu lo sapevi già".

L'ho lasciato andare. Non perché lo volessi, ma perché era l'unico modo per garantire la stabilità e la pace tra italiani e russi.

Abbiamo fatto un semplice accordo. Lui e la Bratva devono lasciare in pace le altre famiglie mafiose. In cambio, gli viene data la sua libertà.

È un buon accordo, e mettere le altre famiglie al primo posto è quello che fa un buon Don, protegge la sua gente. I miei uomini capiscono che siamo in guerra e sono pronti a resistere alla tempesta quando Mikhail verrà per la rappresaglia.

E lo farà. Inevitabilmente, la guerra non è finita.

"Qualche notizia su Aleksandra?", chiedo.

Voglio sapere se è al sicuro lasciando il complesso o se suo fratello la inseguirà?

"Non sono sicuro di cosa speri di trovare, signore", dice Ardian. "Se stai suggerendo che se ne vada, sospetto che tornerà a casa. Non ha nessun altro posto dove andare e sarebbe imprudente".

Me ne rendo conto e il pensiero di mandarla in una casa sicura è stato considerato, ma non immagino che ci andrà o che vorrà restare sotto la mia protezione.

È difficile cancellare la smorfia dal mio viso al pensiero che qualcosa di terribile accada ad Aleksandra, Liam o Sophia. Mikhail non farebbe mai del male alla sua famiglia, vero?

Mi passo una mano tra i capelli, il mio stomaco fa le capriole. In qualsiasi altra circostanza, nasconderei la mia angoscia, ma non mi preoccupa che Ardian sappia del mio disagio.

"Posso dare un suggerimento, signore?"

Annuisco per fargli elaborare qualsiasi cosa voglia rivelare.

"Abbiamo appartamenti in città che possono essere monitorati e sono fuori dal territorio della Bratva. Potrebbe essere saggio offrirle un posto dove stare e uno stipendio se vuoi che tagli i legami con la sua famiglia".

Stringo le labbra e rifletto sul suggerimento di Ardian.

Non è una brutta idea e io saprei dove si trova e mi assicurerei che sia sempre protetta.

———

Busso con decisione alla porta della camera da letto di Aleksandra prima di entrare. Non aspetto che lei risponda, non deve darmi il permesso. Questa è casa mia. Lei è mia ospite.

Sto aspettando un'esplosione, un grido che mi dica di andarmene, ma invece non si vede da nessuna parte.

La porta del bagno è chiusa, la doccia è in funzione.

Metto la testa nella stanza dei gemelli e vedo che stanno giocando sul pavimento con il nuovo set di treni che avevo comprato loro, tra decine di altri giocattoli.

Studio Liam e Sophia dalla porta. Mi notano a malapena. Almeno non fanno caso al fatto che li sto guardando.

Non hanno idea che io sia il loro padre.

Glielo dico?

Sarebbe infrangere una delle regole di Aleksandra.

Cosa ha detto Aleksandra a Liam e Sophia sul loro padre? Immagino che abbia dato loro la stessa storia che ha raccontato a Mikhail, che lui è via a combattere una guerra, un eroe che un giorno tornerà.

Ma non si aspettava che tornassi o che scoprissi che era incinta.

"Antonio." La sua voce è un sussurro. È morbida e dolce mentre sta dietro di me.

Mi giro sui tacchi e la guardo dalla testa ai piedi. Indossa solo un asciugamano e lo stringe contro il suo petto.

I capelli stanno gocciolando sul pavimento, lasciando una pozzanghera mentre aspetta che io le risponda.

"Vorrei scambiare due parole con te", dico e allungo la mano dietro di me, chiudendo la porta adiacente, offrendoci privacy.

"Posso vestirmi prima?"

"Non ti fermerò", dico e non riesco a nascondere il sorrisetto sulla mia faccia.

Aleksandra sgrana gli occhi e mi spinge verso la porta, facendomi uscire dal corridoio.

Le lascio credere di avere qualche forma di controllo. Se volessi sopraffarla, potrei farlo facilmente.

Faccio un passo indietro, mi avvicino alla porta ma non la apro e non faccio un passo nel corridoio.

Non me ne andrò così facilmente.

La sua voce è chiara: "Vai!", dice di getto.

Questo lato di lei è troppo piacevole e accattivante per abbandonarlo. "Preferirei di no", dico e piego le braccia sul petto. "Inoltre, hai qualcosa di mio che vorrei indietro".

"Cosa?"

"La mia camicia", dico. Il ghigno diventa ancora più luminoso mentre la fisso.

Onestamente non me ne frega niente della camicia. Ce ne sono dozzine nel mio armadio e una camicia può essere facilmente sostituita.

Lei è agitata e si affretta verso il lato del letto, si china, tenendo l'asciugamano stretto nella sua presa. Aleksandra recupera la camicia e me la lancia. "Non so perché ti importa così tanto di quella cosa. Inoltre, manca la metà dei bottoni".

In effetti mancano un bel po' di bottoni nella fretta di ieri sera.

"Sì, suppongo che sia mal messa".

"Te ne vai adesso?" Aleksandra fa un gesto con la mano libera per farmi uscire dalla sua camera da letto.

Bel tentativo, tesoro.

"No", dico e lascio cadere la camicia bianca ai miei piedi.

I suoi occhi si allargano, ma sento che è più per frustrazione e irritazione nei miei confronti che per altro.

Il sentimento è reciproco.

Spero di non rimpiangere la decisione.

I suoi occhi si stringono come se stesse per urlarmi contro o lanciare qualcosa, ma l'unica cosa che ha in mano è l'asciugamano assicurato intorno al suo corpo. Ed è improbabile che lo lasci cadere. La sua presa è come la vita o la morte e non mi permetterà di vederla ancora nuda.

"Sei libera di andartene".

"Cosa?", chiede lei.

Il mio commento la coglie alla sprovvista.

"Tu e i gemelli siete liberi di lasciare il complesso se è quello che vuoi". Non la terrò prigioniera o contro la sua volontà. Portarla qui è stato per la sua sicurezza, non che lei l'abbia mai vista in questo modo.

"Proprio così? Senza condizioni?"

Lei non mi crede, e perché dovrebbe? Non sono l'uomo più disponibile o onesto di New York City.

"Ti farò avere un appartamento in città, un posto tutto tuo. Ci sarà una guardia per assicurarsi che tuo fratello e i suoi uomini non causino problemi a te o ai bambini. Ma voglio conoscere i miei figli", dico. "Tuttavia, non li terrò qui a causa del mio egoismo".

I suoi occhi si stringono e il suo sguardo guizza verso la porta adiacente. "Non è un trucco?" chiede mentre tiene una mano sull'asciugamano e apre la porta della camera da letto adiacente con l'altra mano.

Dà un'occhiata a loro, soddisfatta che stiano giocando tranquillamente insieme.

"Non posso promettere che condivideremo la custodia, ma se vuoi andare a trovarli, possiamo organizzarci", dice Aleksandra.

"Ti lascio a cambiarti e a preparare le tue cose", dico, aprendo la porta del corridoio.

"Antonio." La sua voce è morbida, pensierosa.

L'ho guardata da sopra la mia spalla. "Sì?"

"Grazie".

Non dico una parola. Cosa posso dire? Lo sto facendo per lei, ma non sono del tutto disinteressato. Chiudo la porta ed esco nel corridoio.

Ardian mi sta aspettando. La sua espressione è cupa. Non sono sicuro se disapprova i miei metodi o se c'è qualcos'altro che mi sta nascondendo.

"È fatta?", chiedo.

———

Aleksandra non ha una macchina, nessun mezzo di trasporto da quando l'abbiamo rapita. Odio vedere le cose dalla sua prospettiva, rendendomi conto che mi considera un mostro perché potrei esserlo.

Sono il cattivo - l'uomo dei suoi incubi.

Ma non sono sempre stato così. Roberto mi ha reso quello che sono, spietato. Devo ringraziare lui per aver corrotto la mia infanzia, rubandomi ai miei genitori biologici e crescendomi come se fossi suo.

La mia infanzia è stata incasinata.

E non voglio che questo sia lo stesso per Sophia e Liam.

Invece, darò loro un luogo di rifugio, una casa tutta loro, lontano dalla Bratva e dalla mafia. Potranno avere un'infanzia normale, lontano dalla paura, dal pericolo e dal terrore.

"È tutto quello che ti porti?", chiedo, dando un'occhiata ai gemelli con i vestiti addosso. Aleksandra non si è preoccupata di preparare una valigia per i gemelli o per se stessa.

I vestiti, i giocattoli, tutto ciò che ho acquistato, lei ha scelto di abbandonare.

Non so come pensa di rifornire l'appartamento di vestiti e giocattoli. Lo stipendio che le ho dato copre il cibo e le necessità, ma non un altro guardaroba.

"Non abbiamo bisogno di nient'altro. Grazie", dice con un sorriso a labbra strette. È una recita. Sta facendo uno spettacolo per i gemelli, come se avessero scelto di stare qui per un po' come se questo fosse un bed-and-breakfast.

Guardo Ardian.

Se non prende le valigie, il piano non funzionerà mai.

Ci sono una cimice e un localizzatore cuciti nella fodera del bagaglio, nel caso in cui lei se ne vada appena arrivate all'appartamento.

"Vorrei vederti di nuovo", dico, fissando Aleksandra. Questa non è la fine, neanche per sogno. Sophia e Liam sono miei. Lasciarli andare è la cosa più difficile che abbia mai fatto, ma non è senza motivo.

"Probabilmente non è una buona idea". Mi fissa, con le labbra serrate.

Mi avvicino di più, invadendo il suo spazio personale. Avvolgo le mie braccia intorno alla sua vita, abbracciandola per salutarla, e lascio che le mie labbra si soffermino accanto al suo orecchio. "Sono i miei figli, tesoro".

Lei si tira indietro, ma io non rilascio la mia presa dai suoi fianchi. C'è un guizzo di paura dietro il suo sguardo. Si preoccupa che non la lascerò andare via con i suoi figli?

"Possiamo organizzare delle visite durante le vacanze, i compleanni, questo genere di cose", sussurra. È come se mi stesse supplicando silenziosamente di lasciarla libera e fosse disposta a promettermi qualsiasi cosa per ottenere la sua libertà.

Ma non voglio una promessa vuota.

"Mi piacerebbe", dico, il mio sguardo si fissa sul suo. "Resta qui". Mi districo da lei e mi ritiro in soggiorno per recuperare due orsacchiotti che ho dato ai gemelli e che sono stati abbandonati dai bambini tra la massa di giocattoli e bambini che stavano nel complesso.

Gli orsi di peluche non sono un giocattolo qualsiasi. Sembrano carini e coccolosi ma gli occhi neri e vitrei ospitano una telecamera e due lenti per fornire riprese video di qualità. Un microfono è infilato nell'orecchio di ogni orso e un tracker è annidato in profondità.

Porto i due giocattoli ai gemelli, dandone uno a Liam e l'altro a Sophia.

"Che ne dici di un animale di peluche da portare a casa?", cico, offrendo ai bambini un sorriso caldo e amichevole. Ho passato poco tempo con loro tre insieme. Non c'è da meravigliarsi se sembrano timidi in mia presenza.

Aleksandra apre la bocca ma la chiude rapidamente mentre passo ai bambini i peluche.

"Grazie", dice Liam.

"Come si dice, Sophia?" Aleksandra dice a sua figlia.

"Grazie". Sophia coccola l'orsacchiotto, strofinando i nasi con la pelliccia marrone scuro, e gli dà una stretta.

"Non c'è di che", dico e apro la porta d'ingresso, conducendoli nel garage.

Passo ad Aleksandra un foglio di carta con il mio numero di cellulare. "Memorizzalo nel caso in cui tu abbia bisogno di qualcosa", dico. Anche se dubito che mi chiamerà, voglio che sappia che sono disponibile in qualsiasi momento.

"Grazie".

Mario mi sta alle calcagna, prende le chiavi e ci segue fino al veicolo. Apre la porta posteriore per permettere ai gemelli di salire sul sedile. Il veicolo è già in funzione e il garage è aperto e l'interno è freddo, ma la macchina dovrebbe essere già calda e confortevole.

"Non ci accompagni?" Aleksandra chiede mentre mi fissa, la sua voce morbida, incerta. Si sta assicurando che nessuno ci senta?

"Mario si assicurerà che arriviate sani e salvi all'appartamento", dico. "Ha le chiavi e si assicurerà che sia sicuro prima che voi entriate".

Guarda oltre me sul sedile posteriore verso i gemelli. Sono ignari dei pericoli del mondo che li circonda. Ma lei non può essere ingenua.

"Grazie", sussurra, fissandomi.

"Se mai dovesse cambiare qualcosa, sei la benvenuta a restare qui, con noi, a diventare parte della famiglia". Le sto facendo un'offerta che non faccio a chiunque.

Un invito a diventare parte della famiglia Moretti.

Non mi aspetto che lei accetti.

Fa un leggero sospiro e si sporge in avanti, solo leggermente più vicina. Il linguaggio del corpo parla più di lei, come se mi volesse ma si stesse negando il piacere.

"Non posso farlo", dice Aleksandra.

La tiro stretta contro di me, le mie dita dietro il suo collo mentre schiaccio le mie labbra contro le sue. Voglio che ricordi la sensazione del mio corpo premuto contro di lei, il calore delle mie labbra sulle sue, il calore condiviso tra noi.

La tensione si dissipa e non si ribella al bacio, anzi le sue braccia mi tirano più forte e più vicino.

C'è una scintilla, un guizzo di fuoco che brucia ancora forte tra noi.

Non si estinguerà mai, finché saremo entrambi vivi.

Dovrei mandarla via e giurare di non vederla mai più. Ma non sono pronto per l'addio.

La mia mano nella parte bassa della sua schiena scivola sotto la giacca, voglio che lei senta il desiderio che cresce tra noi. Sposto la lingua contro le sue labbra e lei apre immediatamente la bocca, concedendomi l'ingresso.

Non è l'unica cosa che voglio dentro di lei, ma non posso scoparla nel garage con Mario e i nostri figli che guardano.

Ma per il più breve dei momenti, non me ne frega niente dei gemelli in macchina o di Mario che aspetta l'ordine di riportarla a casa.

Voglio Aleksandra.

Il desiderio è insormontabile. Come una valanga, non riesco a fermarmi. La verità è che non voglio. Desidero prenderla, scoparla e farla mia.

Ma lei non ha più fiducia ed è colpa mia.

Ho catturato Liam.

Rapito loro tre.

C'è da meravigliarsi che non mi abbia colpito a freddo e desiderato la mia morte. Non la biasimo per avermi odiato, ma forse un giorno troverà il perdono dentro di sé per quello che ho fatto.

Rompo il bacio, ponendo fine al calore tra noi.

Lei mugugna, ma la sento a malapena. "Addio, tesoro", dico mentre le faccio cenno di salire sul sedile posteriore con i gemelli.

Le sue labbra sono rosso rubino, gonfie e luccicanti per l'acceso scambio. Non dice nulla. Il suo sguardo si sposta verso il veicolo e lei scivola sul sedile posteriore senza parole.

Ho chiuso la porta e l'ho lasciata andare, concedendole la sua libertà.

Il dolore dentro di me brucia. Non oso ammetterlo a nessuno. È un peso sentire, amare, conoscere la gioia perché il mio più grande nemico ha il potere di portarmi via tutto.

CAPITOLO VENTI

Aleksandra

Ci allontaniamo dal complesso, il motore del veicolo ronza mentre ci allontaniamo dalla città.

Sprofondo nel comodo sedile in pelle e cerco di rilassarmi. Il tempo è freddo, il cielo di un grigio opaco che si espande a perdita d'occhio. Sembra neve, un freddo agghiacciante. Tetro.

Il traffico ci sfreccia accanto sull'autostrada. L'autista si muove ad una velocità decente, ma non siamo affatto veloci. È come se stesse cercando di non essere notato. Questo è probabilmente tipico considerando che è un mafioso. Ha una dozzina di mandati d'arresto a suo carico e sta evitando la polizia?

Non so esattamente come si arrivi all'appartamento, ma stiamo viaggiando da un po' e sembra che siamo diretti fuori città. Antonio non aveva detto che era a New York?

Il mio stomaco si annoda e mi schiarisco la gola, facendo del mio meglio per non mostrare alcun segno di paura.

"Dove ci stai portando?", chiedo all'autista.

Liam e Sophia stanno coccolando i loro peluche, chiacchierando tra di loro, ignari del potenziale pericolo in cui ci troviamo. Sono pieni di sorrisi e di vita.

L'uomo che guida ci ucciderà?

Antonio mi ha detto che ci lasciava andare. Ha dato ordini diversi al suo collega?

Non avrei dovuto accettare ciecamente l'offerta di partire. Non che io abbia intenzione di rimanere nell'appartamento, ma mi darebbe un posto dove dormire mentre scopro chi è a capo del complesso della Bratva.

L'autista non risponde.

Stringo le labbra, cercando di ricordare il suo nome. E anche se voglio raggiungere la maniglia della porta posteriore, non posso aprirla mentre stiamo viaggiando ad alta velocità. Questo supponendo che la porta non sia chiusa con la sicura.

"Mario", dico, provando il suo nome sulla mia lingua.

Mi guarda nello specchietto retrovisore. Il suo sguardo è freddo e duro, proprio come il suo contegno.

Sembra che io abbia ottenuto la sua attenzione.

"Antonio ha detto che l'appartamento era in città", dico più forte e con un po' più di forza e convinzione.

Mi viene incontro il silenzio.

Non offre nessuna scusa, nessuna spiegazione patetica sul perché sta prendendo una strada diversa. Mi ha sentito, il che significa che io e i miei figli siamo in pericolo.

"Dove ci stai portando?", chiedo, cercando di nuovo di ottenere una risposta da lui.

"Zitta!", scatta e preme più forte il piede sul pedale del gas. Il motore ruggisce e sfrecciamo nel traffico, sorpassando altri veicoli.

"Mamma", gli occhi di Sophia si allargano e brillano di lacrime. Avvolge le sue braccia intorno a me, tremando nella mia stretta.

La tiro vicino e la stringo, volendo proteggerla. Gli occhi di Liam sono luminosi e spalancati come quelli di un cervo, ma non si avvicina. È come se stesse cercando di essere coraggioso.

L'ha imparato da Mikhail o da Antonio?

Liam non è stato molto in presenza di nessuno dei due uomini. "Va tutto bene", sussurro ai gemelli, facendo del mio meglio per assicurare che non c'è niente che non va.

Solo che tutto è sbagliato.

Ci stiamo dirigendo lontano dalla città e non ho idea di dove Mario ci stia portando.

———

Non riconosco la zona o l'uscita che prendiamo, dopo aver guidato per diverse ore alla massima velocità in autostrada.

Siamo ancora a New York?

La luce del giorno è svanita, il che non mi dà l'opportunità di vedere gran parte dei dintorni. È buio. Non ci sono luci vicine all'esterno, tranne che per le stelle. Il cielo è limpido, a differenza di quando abbiamo lasciato New York City.

Il veicolo si ferma bruscamente dopo aver viaggiato su strade secondarie, attraverso un terreno montuoso che non conosco.

Sophia è appoggiata al mio fianco, i suoi occhi chiusi, addormentata.

Liam sta appoggiando la testa contro la porta; anche lui sta riposando da un'ora dopo essersi lamentato di avere fame.

Mario spegne il motore e scende dal veicolo. Apre la porta posteriore con uno strattone. "Fuori!", esige.

C'è una pistola nella sua mano destra.

"Per favore, non farlo", dico, supplicandolo di non uccidermi. Se sono morta, non posso proteggere i miei figli. È questo il modo di Antonio di avere accesso ai gemelli senza la mia complicazione?

Sophia si sveglia quando vengo tirata fuori dal sedile posteriore. Sembra assonnata ma timorosa mentre la sua voce trema. "Mamma?"

Voglio mentirle, dirle di tornare a dormire e che va tutto bene. Ma non è così. Niente va bene.

Liam si sveglia e, anche se sta fingendo di dormire, posso vedere il tremore nella sua mano mentre raggiunge la maniglia della porta dell'auto. La tira, ma non si apre.

"Sei una complicazione di cui non abbiamo bisogno", dice Mario. Mi afferra con forza per un braccio e mi tira in piedi per seguirlo.

Chiude la porta posteriore, assicurandosi che i gemelli non lascino il veicolo.

Se scappo, abbandono i gemelli e non è un'opzione fattibile.

"Lasciami andare!", grido, calpestandogli l'alluce, combattendo. Gli sbatto il ginocchio nell'inguine, cercando di prendere la pistola.

La sua presa non si allenta minimamente. Il freddo metallo sfiora la mia tempia quando mi punta la pistola alla testa. "Mi stai rendendo le cose facili", dice Mario con un ghigno.

È difficile vedere nell'oscurità, ma i miei occhi si sono adattati e la macchina è ancora in funzione, i fari puntati nella direzione opposta.

Non posso vedere i gemelli e prego che non stiano guardando. Se Mario mi uccide, non voglio che assistano alla mia morte.

"Perché uccidermi?"

Non ha ancora premuto il grilletto. Ha avuto un sacco di opportunità. Gli piace tirarla per le lunghe, facendomi implorare per la mia vita?

"Stai offuscando il giudizio di Antonio".

Non so cosa voglia dire. Come ho interferito nei suoi affari di mafia?

"Mettiti in ginocchio!" grida, spingendomi nella terra.

Il terreno è gelido come l'aria.

"È questo che vuole Antonio?" Non imploro per la mia vita, ma sono in ginocchio, le mie mani afferrano manciate di terra. Qualsiasi cosa che possa usare per disorientarlo.

Mario si rifiuta di rispondermi.

Antonio non deve sapere cosa sta facendo Mario. Il che significa che ci sono poche possibilità che lui sia il mio salvatore. Siamo in mezzo al nulla, probabilmente per poter scaricare il mio corpo, se non quelli di tutti e tre.

Toglie la sicura, il click mi manda un brivido lungo la schiena.

"Antonio ti ucciderà", dico.

Ha ucciso l'ultimo boss della mafia. Perché non dovrebbe vendicarsi di un uomo che ha ucciso la madre dei suoi figli?

CAPITOLO VENTUNO

ANTONIO

Due ore prima

"Mario sarebbe dovuto tornare a quest'ora", ribatto tra i denti digrignati.

Camminando lungo il corridoio, Ardian è appoggiato con la schiena contro il muro, le braccia conserte sulla sua scrivania.

"Forse aveva una commissione da fare?", non sembra convinto dal suo suggerimento. Ha la fronte aggrottata e si strofina la mascella. "Hai dato ai bambini gli orsacchiotti con la telecamera installata".

Mi affretto nell'ufficio con Ardian alle calcagna. Accendo lo streaming in diretta, ma è difficile vedere qualcosa. La telecamera è scura; il filmato è pixellato.

Recupero le informazioni di localizzazione sul web e il mio stomaco affonda quando vedo che sono molto al di fuori dell'area in cui dovrebbero essere.

"Cosa diavolo stanno facendo in Pennsylvania? Tu ne eri al corrente?"

"Certo che no", insiste Ardian. "Chiamerò Mario e vedrò cosa diavolo sta succedendo". Chiama e aspetta, scuotendo la testa.

Non si preoccupa di lasciare un messaggio. È chiaro che Mario sta tentando di andare via dai radar, ma perché?

Che scopo c'è, a meno che non abbia intenzione di scaricare tre corpi? Ma avrebbe potuto farlo in diversi altri luoghi di New York. Non avrebbe dovuto viaggiare attraverso i confini dello stato per trovare un posto adatto.

Mi passo una mano tra i capelli, il mio stomaco è annodato. Non posso pensare a quello che Mario potrebbe fare. Mi disgusta immaginare che potrebbe fare del male ai miei figli o ad Aleksandra.

"Voglio l'elicottero pronto tra dieci minuti e andiamo a cercare la mia famiglia", dico, dando ordini ad Ardian per gestire i dettagli.

Abbiamo una piazzola per l'elicottero nel cortile di casa e Ardian fa i preparativi in modo che possiamo essere sulla nostra strada.

Mi dirigo verso l'armeria e recupero diverse pistole, munizioni e un giubbotto antiproiettile che indosso sotto la giacca.

Mario ha dimostrato che non ci si può fidare di lui. È probabile che voglia il mio posto sul trono. Lancio un gilet extra ad Ardian proprio mentre termina la chiamata e infila il telefono in tasca. "Tu vieni con me".

"L'elicottero sarà qui tra otto minuti, signore".

"Bene. Ho bisogno di sapere che qualcuno mi guarda le spalle", mormoro mentre ci affrettiamo verso il retro della casa. Mi assicuro il gilet e poi il blazer nero sopra, facendo del mio meglio per nascondere la protezione. L'ultima cosa che voglio è che Mario mi spari alla testa perché ha notato che sto indossando un giubbotto.

Do ordini a Gian e Monte prima di dirigermi fuori dal complesso e fuori per l'elicottero.

"Non avrei dovuto mandare Mario". Perché non l'ho accompagnata io stesso all'appartamento per assicurarmi che fosse sicuro? Ci avrebbe dato l'opportunità di un adeguato addio.

Le pale dell'elicottero sono rumorose mentre ci affrettiamo verso il veicolo, stando curvi.

Il nostro passaggio ci sta aspettando.

Salgo dietro con Ardian e fissiamo le cuffie che aiutano a coprire il suono ambientale intorno a noi e mi permettono di comunicare con il pilota.

Ho un tablet infilato nella tasca della giacca con un live feed per la sorveglianza e la loro posizione mentre si dirige verso ovest. Riferisco le informazioni al pilota mentre cerco di sedermi, ma non c'è niente che possa aiutarmi a rilassarmi.

Il mio piede batte contro il pavimento dell'elicottero. L'ansia sale, mi prude sotto la pelle e mi fa correre il cuore. La cabina è calda, le mie guance sono arrossate e sto facendo del mio meglio per non lasciarmi prendere dal panico, ma il solo pensiero che Mario faccia del male ai miei figli o ad Aleksandra mi uccide.

È per questo che lo sta facendo, per vendicarsi di me per aver ucciso Roberto? È una vendetta?

"Qual è il nostro ETA?". Chiedo al pilota.

"Un'ora e venti".

"Non è abbastanza. Potrebbero essere morti per allora!"

—————

Tengo d'occhio il dispositivo di localizzazione del veicolo e, man mano che ci avviciniamo, il lampeggiamento rosso rallenta sulla mappa.

"Sembra che si siano fermati", dico, dando le coordinate esatte al pilota.

Anche se il filmato è pixellato e problematico, riesco a cogliere pezzi di conversazione, abbastanza per sapere che Aleksandra è ancora viva.

Non posso comunicare con lei attraverso il dispositivo, ma mi offre abbastanza speranza che lei non sia ancora morta, e nemmeno i miei figli.

"Qual è il piano?", chiede Ardian.

Da fuori la finestra, la vista è il buio assoluto. Non c'è nessuna città, nessuna luce, nessuna città vicina.

"A parte uccidere Mario?" Lancio un'occhiata ad Ardian. Il pilota lavora per la famiglia, quindi non mi preoccupo che assista a ciò che stiamo per fare.

Non mi interessa quale scusa Mario abbia escogitato per cercare di tirarsi fuori da questa situazione. È un uomo morto.

Mentre ci avviciniamo, c'è il faro di un veicolo, ma è difficile vedere molto altro.

Ardian mi passa un set di occhiali per la visione notturna.

Ci sono due figure scure in lontananza, una che torreggia sull'altra, una figura più minuta.

"Merda. Sta per ucciderla!" Urlo e apro la porta dell'elicottero mentre ci avviciniamo, allineando la mia arma per sparare prima che Mario lo faccia per primo.

Non siamo minimamente silenziosi o invisibili durante l'avvicinamento. Il rombo assordante del motore e dell'elica non è l'unica cosa che ci tradisce. Il nostro riflettore brilla illuminando la scena sotto di noi, dandomi una chiara visione di Mario.

Non può sentire le mie minacce e i miei avvertimenti sul mettere giù la pistola. Non c'è nessuna spiegazione razionale oltre al suo tradimento che abbia un senso.

Notando che ci stiamo avvicinando a lui, alza la sua pistola e preme il grilletto, spruzzando l'elicottero di proiettili.

"Dovrò tirarmi indietro".

"Col cavolo! Mettici giù!" Grido al pilota.

Mentre l'elicottero ondeggia e si sposta, si nota un movimento nella foresta in basso.

Mario ha dei rinforzi?

Ci sono altri che lavorano con lui e mi tradiscono?

Mario spara altri colpi verso l'elicottero.

Ogni proiettile che spreca per attaccarmi è uno in meno per uccidere Aleksandra, Sophia o Liam.

Può sparare tutti i colpi che vuole.

Il motore dell'elicottero sputacchia mentre la coda vortica e il fumo riempie la cabina.

È pericoloso mirare il colpo mortale mentre il pilota perde il controllo. Siamo ancora troppo in alto per saltare senza ucciderci.

Allineo e premo il grilletto, colpendo Mario alla testa. Il suo corpo crolla a terra.

"Preparatevi all'impatto!" grida il pilota.

Non c'è molto tempo per fare altro che resistere.

CAPITOLO VENTIDUE

Aleksandra

Antonio sta venendo a salvarmi o ad uccidermi?

Voglio credere che sia qui per salvarmi, e lo scontro a fuoco sembra un indizio in quella direzione, ma non posso fare a meno di pensare che voglia tenermi di nuovo in ostaggio dentro casa sua.

L'elicottero scende, schiantandosi contro il terreno. Era già basso quando Mario ha sparato i colpi al motore, facendolo cadere al suolo.

Una palla di fuoco si alza nel cielo.

Per fortuna, l'elicottero non è vicino al veicolo.

Con Mario morto ai miei piedi, prendo la sua pistola e mi affretto alla macchina per far uscire Liam e Sophia.

La porta del lato passeggero è aperta. La macchina è vuota.

Merda!

"Sophia! Liam!" Grido nel vuoto dell'oscurità.

Senza la luce dell'elicottero, l'unico bagliore proviene dalle fiamme e dall'esplosione.

Chi c'era nell'elicottero?

Antonio e i suoi uomini o la Bratva?

La mia testa pulsa e il mio stomaco brontola, ma ignoro tutto, correndo intorno al veicolo cercando i gemelli.

"È sicuro uscire!" Non riesco a vedere niente. È luna nuova e le stelle non offrono abbastanza luce nell'oscurità.

Che siano a tre metri o a un miglio di distanza, non posso dirlo. Non c'è nessun fruscio di foglie o ramoscelli, solo il silenzio.

Dietro di me c'è il crepitio del fuoco, lo scricchiolio e il gemito del metallo sul terreno, il peso dell'abitacolo che si contrae verso il basso, schiacciando tutto.

"Aleksandra!" La voce di Antonio attraversa la notte. Non mi giro per vedere se ci sono altri sopravvissuti.

Non posso abbandonare i gemelli, ma potrebbero essere ovunque. Ho bisogno di luce, qualcosa che mi aiuti a vedere il bosco davanti a me.

Dietro di me, c'è la radura dove è caduto l'elicottero.

Passi pesanti sul terreno, stivali che scricchiolano e due ombre adulte che si avvicinano a me.

Corro?

La fiamma offre abbastanza luce per esaminare i rottami, ma non c'è traccia dei miei figli.

Antonio cammina e uno dei suoi uomini è accanto a lui, zoppicando ma nascondendo bene il dolore mentre cerca di tenere il passo.

"Dove sono i bambini?" grida Antonio.

"Non... erano in macchina", dico, gesticolando verso il veicolo vuoto con la porta socchiusa.

Anche se non mi fido di Antonio, che altra scelta ho? Ho bisogno del suo aiuto per localizzare Sophia e Liam. Fa freddo e non sono vestiti adeguatamente per stare fuori per un lungo periodo.

Antonio inserisce i suoi occhiali per la visione notturna e afferra la mia mano. È energico mentre mi tira nel folto della foresta intorno a noi.

"Resta qui", ordina al suo compagno.

"Cosa stai facendo?", sto ribollendo di rabbia.

Come posso fidarmi di Antonio dopo quello che è successo?

"Ti porto dai gemelli". Non allenta la presa mentre mi trascina attraverso la foresta. "Posso vedere la loro traccia. Si stanno muovendo a nord, verso la strada principale".

Rametti e foglie scricchiolano sotto i miei piedi. I rami bassi mi graffiano la guancia mentre seguo Antonio da vicino.

"Sono insieme?", chiedo, tirando un sospiro di sollievo.

"Sì, ma non sono soli", dice Antonio.

C'è preoccupazione nel suo tono. C'è qualcosa che non mi sta dicendo.

"C'è qualcun altro là fuori?" Non voglio stringere più forte la sua mano, ma lo faccio.

"Sì", sussurra. "Dobbiamo sbrigarci".

Mi trascina al suo fianco, attraverso la foresta nell'oscurità.

Più avanti, si sentono voci e chiacchiere.

"Lasciami andare!" Sophia piagnucola e si dibatte.

Suo fratello è con lei? Stanno entrambi opponendo resistenza? Chi è con loro?

"Resta qui", ordina Antonio.

Non lo ascolto. Sono solo qualche passo dietro di lui, lo tallono, non voglio perdermi nella natura e lasciare che accada qualcosa ai miei figli. Come può aspettarsi che io rimanga a guardare e aspetti che tutto sia finito?

Sophia e Liam devono essere spaventati.

"Fermati lì", grida Antonio.

Anche se è buio, i miei occhi si sono adattati quel tanto che basta per vedere una figura oscura tra i gemelli. Chiunque sia deve avere ognuno di loro che stringe una mano.

"Non sono cazzi tuoi", il suo accento russo permea l'aria.

Riconoscerei quella voce ovunque.

Yuri, il consigliere di mio fratello, il Sovetnik. Cosa sta facendo in mezzo alla foresta con i miei figli? È venuto a recuperarli da Mario e se sì, cosa diavolo sta succedendo?

"No, ma tu hai lavorato con Mario", dice Antonio mentre si avvicina, la sua arma alzata verso Yuri. "Lui è morto e tu sei il prossimo".

"Aspetta!" Grido e mi affretto ad avvicinarmi, voglio vedere Yuri da sola, ho bisogno di sapere cosa diavolo sta succedendo.

"Cosa stai facendo?" Antonio non è minimamente contento che io non stia seguendo i suoi ordini.

Non sono uno dei suoi uomini che può comandare.

Non posso credere che Yuri voglia fare del male ai gemelli. È qui per salvarli? Sapeva del tradimento di Mario con gli italiani? È venuto per portarci a casa?

"Non farebbe mai del male a Sophia e Liam", dico. Ne sono sicura. È stato buono con i gemelli e con me.

"Ha ragione", dice Yuri. È veloce a rispondere, sta cercando di rimediare ad una situazione già tesa.

"Perché dovrei crederti?" Antonio ribolle durante il suo avvicinamento.

"Non dovresti".

Yuri toglie le sue grinfie da Sophia e Liam. Si precipitano verso di me, gettandomi le braccia intorno alla vita, mentre li porto via dal pericolo. Cammino con loro a diversi passi di distanza da entrambi gli uomini.

Nessuno dei due sembra degno di fiducia: la mafia o la Bratva.

Potrei anche scavarmi la tomba, mettendo la mia vita nelle loro mani, chiunque io decida.

Antonio spinge la canna della pistola sotto il mento di Yuri, con la sicura inserita. "Dimmi qual era il piano. Voglio sapere tutto! Chi altro è coinvolto nel tuo piccolo piano per uccidere Aleksandra? Cosa pensavi di fare con i gemelli?".

"Non lavoro per te", abbaia Yuri.

"Ovviamente", dice Antonio. Immagino che stia roteando gli occhi, infastidito dalla risposta di Yuri. Ma un uomo come Yuri non divulga i segreti. "Da chi stai prendendo ordini? Mikhail?"

Come potrebbe prendere ordini da Mikhail? Mio fratello non è morto o detenuto nella prigione di Antonio?

"Fammi indovinare, stai tradendo il tuo capo proprio come Mario ha tradito me", dice Antonio. Sbatte il suo ginocchio sull'inguine di Yuri e gli assesta altri due colpi al petto e un altro al viso.

Yuri non reagisce.

Perché?

Non lo capisco. Voglio proteggere i miei figli dalla violenza, dalla crudeltà e dall'orrore di ciò che hanno già subito per mano di uomini che non vogliono altro che sangue.

Non c'è onore in tutto ciò.

Afferro le mani dei bambini e mi affretto con loro attraverso la foresta, lontano da Antonio e Yuri.

Risuona un colpo di pistola.

Mi blocco momentaneamente, stordita dalla realizzazione che uno di loro è morto.

Nessuno dei due uomini sarebbe abbastanza gentile da dare un colpo di avvertimento. "Andiamo", dico, trascinando Sophia e Liam attraverso la foresta e l'oscurità, di nuovo verso la luce in lontananza. La fiamma ardente dell'esplosione dell'elicottero offre uno sguardo sufficiente per guidarmi lungo la strada.

Siamo vicini all'auto vuota con i fari accesi.

Spingo i gemelli sul sedile posteriore. "Restate qui", li avverto. Chiudo la porta del passeggero e mi affretto a cercare il corpo morto di Mario nel veicolo.

Non si muove, ma ho comunque paura.

E se non fosse morto?

E se Mario mi afferrasse e mi attaccasse?

Espiro e mi accovaccio a terra, cercando le chiavi. Il suo corpo non è più caldo. L'aria fredda ha contribuito a raffreddarlo. Scavo nella sua tasca e recupero le chiavi della macchina.

Non si muove, non batte ciglio. È morto.

"Cosa stai facendo?" La voce di Antonio mi fa sobbalzare.

Sta torreggiando sopra di me e potrebbe porre fine a tutto questo se è quello che vuole fare.

"Hai intenzione di uccidermi?" Sussurro, alzandomi lentamente mentre mi giro per affrontarlo.

Non posso fidarmi di nessuno se non di me stessa.

Con il fuoco che infuria nelle vicinanze, è facile vedere i suoi lineamenti del viso. La sua fronte è aggrottata, la sua mascella stretta in una smorfia. "No." Antonio sembra sia perplesso che offeso dalla mia accusa.

C'è del cremisi sulla sua camicia bianca sotto la tuta nera sul colletto. Se c'è anche del sangue sulla tuta, non riesco a vederlo nell'oscurità.

"Hai ucciso Yuri", dico, incontrando il suo sguardo. Mi rifiuto di rannicchiarmi o di mostrare paura, anche se sto tremando dentro.

"Se l'è cercata", dice Antonio e si pulisce la faccia con la mano. Una macchia di sangue che aveva sfiorato la sua guancia si sparge. "Non era innocente, tesoro".

Il sangue è dovuto all'aver sparato a Yuri o è ferito dall'incidente in elicottero?

"Non puoi saperlo!"

"So che lui e Mario hanno lavorato insieme, il che significa che entrambi hanno tradito i loro capi", dice Antonio. Non sembra minimamente scusarsi per quello che ha fatto. "Ti stavo lasciando libera. È ancora quello che vuoi?"

"Mi hai mentito. Mikhail è vivo? È tornato al complesso russo?" Come ha potuto Antonio tenermelo nascosto? È perché sapeva che avrei voluto tornare a casa?

Antonio si mette una mano in tasca e recupera il suo cellulare.

"Forse dovresti chiamare tuo fratello e scoprire chi c'è dietro gli ordini di Yuri", dice Antonio.

Stringo le labbra. Non voglio credere che Mikhail abbia ordinato a Yuri di farmi uccidere. "Non eseguo i tuoi ordini", dico.

"Tesoro, Mikhail non ti vuole solo morta. Ha intenzione di vendere Sophia e Liam. Yuri è qui con l'ordine di assicurare i gemelli e metterli all'asta. Mario aveva l'ordine di ucciderti e di far sembrare che io fossi coinvolto".

"E chi ha dato questi ordini?", grido.

"Giuro sulla mia vita che non sono stato io", dice Antonio.

Non credo che Mikhail farebbe del male ai gemelli. E Antonio, non ha nemmeno senso che abbia ordinato a Mario di farmi giustiziare. Non quando avrebbe potuto farlo nel suo complesso.

"Allora perché non uccidermi nel retro della macchina?", chiedo. "Mario avrebbe potuto uccidermi senza dover guidare per diverse ore".

"Avrebbe sporcato troppo. Ti rendi conto di quanto sia difficile togliere le macchie di sangue dal cuoio?". Antonio fa una battuta.

Non riesco a capire se sta scherzando o no.

"Come fai a sapere che Yuri voleva vendere i gemelli e che Mikhail è coinvolto?"

"Forse non è stato Mikhail. Potrebbe essere qualcuno che vuole prendere il trono di Mikhail. Ti viene in mente qualcuno che potrebbe volerti morto?", chiede Antonio.

"A parte te?".

Esala un respiro pesante. "Non ti voglio morta, tesoro. E non metterei mai in pericolo la vita dei nostri figli o li venderei".

"Ma li avresti rapiti", dico.

Il suo sguardo si stringe. "Quello era diverso, e mi scuso per quello che è stato fatto, ma è nel passato".

Facile da dire per lui.

Non rispondo, dando un'occhiata oltre lui alla macchina. I gemelli sono dentro e ci fissano dal finestrino, aspettando che li accompagni a casa.

"Addio, Antonio", dico e mi avvio verso la macchina.

"Hai davvero intenzione di lasciarci qui fuori?" chiede, inorridito dal fatto che gli abbia dato buca. "Ardian ha bisogno di cure mediche".

Mi avvicino alla porta anteriore del lato guida e sollevo la maniglia, aprendo la porta.

Cazzo.

"Sbrigati ad entrare nel veicolo", dico, salendo dal lato del guidatore.

Antonio aiuta a sostenere il peso di Ardian mentre lo accompagna alla macchina e al lato passeggero davanti.

Mentre si avvicina alla macchina, è ovvio che c'è sangue ovunque. La sua zoppia è l'ultima delle sue preoccupazioni. Probabilmente morirà dissanguato se non arriva presto in un ospedale.

Antonio lo guida nel sedile anteriore, gli allaccia la cintura di sicurezza in grembo e chiude la porta, andando dalla parte del guidatore. Batte sul finestrino.

"Guido io", dice.

"Col cavolo! Sali sul sedile posteriore". Non sono felice che sia seduto con i gemelli, ma non mi fido di dove ci potrebbe portare.

Quando Antonio non segue i miei ordini, schiaccio l'acceleratore e spingo la macchina in avanti.

"Bene! Bene! Salirò dietro", brontola.

Aspetto che lui salga sul sedile posteriore e sbatta la porta prima di schiacciare di nuovo l'acceleratore, allontanandomi dalla scena di morte dietro di noi.

Guardo nello specchietto retrovisore.

Antonio guarda il suo telefono, la luce dello schermo che illumina gran parte del sedile posteriore.

"Dov'è l'ospedale più vicino?", chiedo, avendo bisogno di indicazioni. Non ho un telefono, quindi il GPS è fuori questione.

"Non lo porteremo in ospedale", dice Antonio.

"Morirà dissanguato se non lo facciamo", dico io.

Come può lasciar morire il suo amico?

"Qual è il piano? Lasciarlo morire dissanguato e poi portare il suo corpo morto e senza vita a casa tua?" Sono a corto di pazienza e Antonio è silenzioso.

Dopo diversi secondi, la sua risposta è chiara. "Gira a destra al bivio".

Seguo i suoi ordini, non perché lo voglia, ma perché non so dove diavolo sto andando e non voglio essere responsabile di un uomo morente.

A differenza di Antonio, io non sono un'assassina.

CAPITOLO VENTITRÉ

ANTONIO

Mando un messaggio ad uno dei miei contatti e ottengo l'indirizzo del medico più vicino che è disposto ad aiutarci.

Non guidiamo per più di un'ora prima di prendere una strada laterale coperta di ghiaia. La corsa è sconnessa e fa sobbalzare il veicolo. Ardian deve nascondere il suo dolore o non è cosciente, perché non sento un suono da lui sul sedile anteriore.

Faccio girare Aleksandra in un vialetto non segnalato pochi minuti dopo.

Aleksandra è silenziosa e le sue nocche sono bianche sul volante. Ogni tanto lancia un'occhiata ad Ardian.

Il suo respiro è debole, affannoso e ha perso molto sangue. Odio ammettere che lei aveva ragione. Mandarlo in ospedale sarebbe stata una scelta migliore, ma non è un'opzione per noi.

I medici sono addestrati a chiamare la polizia e fanno domande. Almeno esistono professionisti che vivono fuori dal radar e si fanno i fatti propri, e l'uomo che stiamo andando a trovare ha perso la sua licenza medica per aver ucciso un paziente. Il suo nome era su tutti i notiziari e anche se preferirei non portare Ardian da lui, quali altre opzioni ci sono?

Non possiamo semplicemente andare in una clinica senza attirare troppa attenzione.

Quando ci fermiamo in una baita remota nel bosco, il mio stomaco si gonfia.

"Resta in macchina", ordino ad Aleksandra.

Nel momento in cui si ferma, il motore è al minimo e io salto fuori dal sedile posteriore, correndo verso la porta d'ingresso.

Posso solo sperare che questa non sia un'imboscata e che l'unico uomo che mi ha tradito stasera sia morto.

Busso aggressivamente sulla porta d'ingresso.

C'è un trambusto dietro la porta e la luce interna si accende dietro le finestre coperte all'interno della cabina.

Un signore viene ad aprire. Indossa una tuta da ginnastica e una camicia di flanella. Sembra più sveglio di quanto avrei pensato, visto il tempo che ha impiegato per rispondere alla porta. Ma non sta brandendo un'arma o minacciandomi per la violazione di domicilio.

"Mi ha mandato Gian", dico per spiegare la mia apparizione alla sua porta d'ingresso.

"Dov'è il paziente?" chiede, dando un'occhiata al veicolo in corsa nel vialetto.

Gian lo ha avvertito che stavamo arrivando?

"Sul sedile anteriore", dico, e lui mi segue fuori in pantofole per accompagnare Ardian nella cabina.

L'aria è fredda e il nostro respiro si condensa.

Ci sono luci intorno alla parte anteriore della sua proprietà, offrendo un leggero bagliore lungo il vialetto oltre ai fari del veicolo che sono illuminati.

Aleksandra non dice una parola.

Sophia e Liam si sono addormentati sul sedile posteriore.

Il dottore sposta lo sguardo da Aleksandra ai gemelli che dormono prima di aiutarmi a portare Ardian dentro. "Mettilo sul tavolo", dice. Non menziona i bambini e non chiede di Aleksandra.

Quanto gli ha detto Gian?

Un tavolo della cucina che è stato liberato e, su un bancone vicino, ci sono le forniture mediche. Stava aspettando il nostro arrivo.

Aiuto Ardian sul tavolo e lo stendo. Il sangue si riversa spargendosi oltre i suoi vestiti strappati e a brandelli.

Il medico esamina le ferite, strappando ulteriormente i pantaloni di Ardian per esporre la carne. Non sono minimamente schizzinoso, ma guardare il medico rimuovere le schegge di metallo non è il mio passatempo preferito.

Mi dirigo verso la finestra, dando un'occhiata al veicolo.

"Quanto tempo ci vorrà, dottore?", chiedo, dando un'occhiata alle mie spalle mentre lui si occupa delle ferite di Ardian. Il dottore ha già inserito una flebo e sta sterilizzando gli strumenti per rimuovere i pezzi di shrapnel.

"Potrebbe essere un'ora", dice. "Dipende da quanto sarà grave il danno dopo che avrò rimosso il metallo conficcato nella gamba. Al momento, gli impedisce di morire dissanguato".

Espiro e percorro la lunghezza della cabina dal soggiorno alla cucina. Lo spazio è piccolo, caratteristico.

"Hai un altro posto dove andare?", chiede il dottore.

Non posso fare a meno di sentirmi ansioso, Mario non stava lavorando da solo. Questo era reso chiaro dalla presenza di Yuri.

E se Yuri sta lavorando con qualcun altro oltre a Mikhail, chi è?

Lo stridio delle gomme che scalciano la ghiaia mi costringe a correre verso la porta e ad aprirla, ma è troppo tardi.

Aleksandra non c'è più.

"Cazzo!" Bestemmio, in piedi con il vento freddo in faccia e il calore della cabina alle mie spalle.

Tiro fuori il telefono dalla tasca e faccio un passo fuori, chiudendo la porta dietro di me per chiamare Gian. Ho bisogno di una macchina e di un altro paio di occhi su di lei.

"Come va, capo?" Gian risponde. "Ce l'hai fatta ad arrivare a casa di Doc?"

"Sì, Ardian è con il medico in questo momento. Ho bisogno che mi mandi una macchina. Aleksandra è andata via con i bambini". Posso rintracciarla con il mio telefono, almeno.

"Hai pensato che forse non vuole essere trovata, signore?", dice Gian.

"Non importa cosa vuole. La sua vita è in pericolo e non voglio che i miei figli finiscano nelle mani sbagliate".

Trovo difficile fidarmi di qualcuno in questo momento, dopo il tradimento di Mario, ma per tutto il tempo mi sono preoccupato della sua fedeltà a me dopo la morte di Roberto. Ha giocato con me, facendomi credere che potevo fidarmi di lui.

Ci sono altri membri della mafia che cercano di pugnalarmi alle spalle quando meno me lo aspetto?

"Procurami un veicolo", dico, ignorando la sua osservazione. Chiudo la chiamata e accedo al software di localizzazione per localizzare Aleksandra e i gemelli.

Non sono andati molto lontano e non sono sicuro di come pensino di arrivare da qualche parte senza una mappa o un GPS che li guidi.

Aleksandra ha dei soldi per fermarsi a fare benzina? E una carta di credito per un hotel? O tornerà da Mikhail dopo tutto quello che è successo ora che sa che è libero?

Farebbe qualsiasi cosa per Sophia e Liam, ma tornare da Mikhail è la scelta peggiore che potrebbe fare.

Il tracker lampeggia lungo la strada principale da cui siamo arrivati. Il veicolo si ferma, o il tracker ha difficoltà a trovare il segnale poiché lampeggia nello stesso punto per diversi secondi. Non sembra che si stia muovendo.

Quanto tempo prima che Gian possa far arrivare un veicolo qui? Probabilmente si metterà in contatto con una concessionaria locale e farà portare un'auto, ma questo richiede tempo e io non sono l'uomo più paziente.

Torno dentro la cabina.

Il medico sta lavorando instancabilmente per salvare la vita di Ardian.

"Ho bisogno di prendere in prestito la tua macchina", dico al medico.

Lui grugnisce e mormora qualcosa di incomprensibile sottovoce.

"Ti comprerò un'auto nuova e ti pagherò il doppio del tuo compenso per aver badato al mio soldato", dico. Non è che non me lo possa permettere.

Mi guarda male e poi fa un cenno verso la porta d'ingresso. "Le chiavi sono appese al muro".

"Grazie", dico.

Odio lasciare il mio uomo indietro, ma non è in condizioni di viaggiare e ha bisogno di essere stabilizzato prima di essere portato a casa.

Le minacce hanno un tempo e un luogo; non è questo il momento.

Devo andare a cercare Aleksandra, Sophia e Liam prima che lei faccia qualcosa di stupido.

———

In pochi minuti, sto seguendo il dispositivo di tracciamento del mio telefono che mi indica il nord su una strada secondaria.

Due serie di binari della ferrovia attraversano la strada principale. E proprio prima che mi avvicini, le luci rosse si accendono. Accelero, ma non c'è modo di arrivare prima del treno.

Schiaccio forte i freni quando mi avvicino ai binari, facendo sobbalzare un po' il veicolo.

"Dannazione!" Sbatto il pugno contro il volante.

Ho la sfortuna di essere fermato non solo da un treno ma da due. Il primo sfreccia alla velocità della luce. L'altro sul secondo set di binari passa a passo di lumaca.

Esamino le mappe GPS, ma non ci sono altre strade che non attraversano i binari e qualsiasi altro percorso aggiungerà almeno un'ora in più al viaggio.

Passo dall'applicazione GPS a quella di localizzazione con la posizione di Aleksandra.

Non c'è nessun segno di movimento, il che significa o che ha scoperto il dispositivo di localizzazione o che sta aspettando qualcosa.

O qualcuno.

Sono impaziente, ma non posso fare molto se non aspettare.

Finalmente i binari si liberano e io schiaccio l'acceleratore, affrettandomi il più velocemente possibile anche se lei ha già un discreto vantaggio.

Più avanti, mentre mi avvicino all'ultimo mezzo miglio, il sole è già sorto. C'è una piccola stazione di servizio sulla destra e riconosco l'auto in cui eravamo prima accostata nel parcheggio.

Mi affretto e spengo il motore prima di saltare fuori dal veicolo. Chiudo le porte e infilo le chiavi in tasca mentre mi dirigo verso l'auto.

È vuota.

Mi precipito nella stazione di servizio, aprendo la porta a vetri, il campanello sulla porta tintinna per annunciare la mia presenza.

Il posto è piccolo e, a meno che non siano in bagno o si nascondano, non avrei difficoltà a individuarli, specialmente Aleksandra.

"Mia moglie e i miei figli si sono appena fermati qui, non può essere più di qualche minuto fa", dico all'uomo dietro il bancone.

"Non ho visto nulla", dice.

Sta mentendo.

Sembra nervoso e i suoi occhi sfrecciano intorno, evitandomi. Guarda brevemente la spazzatura.

Mi incammino verso il bidone e noto gli animali di peluche ridotti a brandelli. Ho la bocca secca alla vista della distruzione degli orsi di Sophia e Liam. Sa che la stavo seguendo, osservando i suoi movimenti.

L'addetto deve sapere qualcosa.

"Scommetto che ha parlato con te", dico e mi avvicino al bancone. Mostro l'arma nella fondina sul fianco per fargli sapere che non sto scherzando.

Il suo sguardo si posa sul telefono vicino al bancone. "Ha chiesto di usare il telefono?" Chiedo, afferrando il telefono fisso prima che lui possa fermarmi. Premo "richiama", sospettando già che abbia contattato Mikhail.

"Aleksandra?" una voce russa risponde alla chiamata. Sembra Mikhail, ma potrebbe essere uno qualsiasi dei suoi compagni.

Non devo chiedere per sapere dove la stanno portando.

CAPITOLO VENTIQUATTRO

Aleksandra

Trenta minuti prima

Un SUV nero si avvicina alla stazione di servizio e il finestrino si abbassa dal lato del passeggero. Esco con i gemelli. Sono lamentosi e irrequieti. Non posso biasimarli per essere stanchi.

"Sali", dice Luka.

"Pensavo che stesse venendo Mikhail a prenderci". Il sole comincia a sorgere, gettando luce sulle montagne e attraverso la foresta.

Per quanto io abbia sempre avuto fiducia in Luka, pensavo lo stesso di Yuri.

"Mikhail sprecherebbe ore della sua intensa giornata per venire a prenderti. Diciamo che ero nei paraggi. Sali", dice.

Apro la porta posteriore e faccio entrare i gemelli nel veicolo. Mi assicuro che la sicura per bambini non sia attivata e poi chiudo la porta, aprendo il lato passeggero per sedermi davanti accanto a Luka.

"Perché eri da queste parti?", chiedo.

"Mikhail voleva che seguissi Yuri". Guarda nello specchietto retrovisore i gemelli. "Dove hanno preso quegli orsi?"

"Antonio", dico e mi acciglio. "Perché?"

Si gira e strappa i giocattoli dalle loro mani.

"Cosa stai facendo?" Sgrido Luka. Non sa niente di bambini? Non può rubare i loro giocattoli senza aspettarsi uno scatto d'ira.

Il labbro inferiore di Sophia è imbronciato e lei tira su col naso, nascondendo le sue lacrime.

Liam piega le braccia sul petto, il suo naso si contrae. "Quello era mio!", grida prima di iniziare a piangere a tutta forza. "Ridammelo!"

Luka tira fuori un coltellino e taglia lungo la schiena dell'orsacchiotto. "Che diavolo stai facendo?" Non c'è modo che i gemelli si calmino ora che lui ha distrutto i loro regali.

Scava nel ripieno e tira fuori un faro rosso lampeggiante. "I regali sono localizzatori. Forse anche attrezzature di sorveglianza". Luka corre nella stazione di servizio e getta gli orsacchiotti nella spazzatura.

Dice qualcosa all'addetto di turno, ma non riesco a sentire lo scambio. Luka non sembra minimamente calmo. Probabilmente sta minacciando l'uomo. Questo non mi sorprenderebbe affatto.

Si affretta a tornare al veicolo.

"Come diavolo facevi a sapere che c'era un localizzatore nei peluche?", chiedo.

È così che Antonio era stato in grado di localizzarci ieri sera? Forse dovrei essere sollevata, ma la rabbia si espande in tutto il corpo. Cos'altro aveva visto?

Da quanto tempo stava sorvegliando me e i miei figli?

"Sapevo che esistevano cose del genere con telecamere per tate. Sembra che tu abbia passato l'inferno", dice, dandomi un'occhiata.

Sbatte la portiera e parte di corsa, portandoci fuori dal parcheggio.

————

Cerco di rimanere sveglia durante il viaggio di ritorno in città, ma sono esausta dopo essere stata svegliata tutta la notte. Per non parlare della scarica di adrenalina del giorno precedente.

Devo davvero sforzarmi per tenere gli occhi aperti.

È difficile fidarsi di Luka dopo quello che è successo con Yuri. Vorrei chiedergli cos'è successo, ma sono troppo stanca.

Io non so dove siamo, ma lui sta usando il GPS del suo telefono per riportarci in città, il che mi offre un po' di conforto.

Il viaggio è lungo e tranquillo.

Alla fine mi addormento, anche se non volevo lasciare che la stanchezza avesse la meglio.

La macchina si ferma bruscamente e i miei occhi si aprono per vedere che siamo appena fuori dal cancello d'ingresso di casa nostra.

Le guardie aprono i cancelli di metallo e ci permettono di entrare nel complesso.

Casa dolce casa.

Mikhail aspetta fuori dalla porta d'ingresso, con la mascella serrata e le mani strette a pugno. Non sembra contento di vedermi.

Pensavo che mi sarei sentita sollevata nel vederlo vivo, ma lo stomaco mi ribolle di ansia.

Luka porta il veicolo fino all'entrata principale e spegne il motore Scendo e apro la porta posteriore perché i gemelli mi seguano.

"Il principe italiano ha spezzato il tuo piccolo cuore?", scherza Mikhail. C'è una sfacciataggine nella sua osservazione, i suoi occhi sono stretti e brillano di qualcosa che non riconosco.

Mi dà un forte schiaffo in faccia, sicuro di lasciare un segno rosso sulla pelle.

Mi metto davanti a Sophia e Liam, cercando di proteggere i miei figli.

"Non essere stupida, Aleksandra. Se vuoi tornare a casa, seguirai le mie regole. Entra!", abbaia e indica la porta.

Accompagno i gemelli nel complesso e lui è alle calcagna proprio dietro di me.

"Bambini, andate di sopra nella vostra stanza", dice. "Devo parlare con vostra madre".

"Sì, zio Mikhail", dice Sophia. Si aggrappa alla mano di Liam e si affrettano a salire l'elegante scala fino alla loro camera da letto.

Li guardo, grata che siano fuori dalla vista prima che Mikhail dica o faccia qualcos'altro che possa spaventarli. Non ho paura di quello che mi farà, solo di quello che potrebbe succedere ai gemelli.

"Fammi indovinare. Hai deciso che hai finito di giocare alla famiglia felice con Antonio", Mikhail ringhia con disgusto.

Esalando un respiro nervoso, ignoro la sua osservazione. Forse avrei dovuto ascoltare l'avvertimento di Antonio e non tornare a casa.

Alzo lo sguardo verso Mikhail. "Dovresti saperlo, Yuri ha tradito la famiglia", dico.

Tutto quello che posso fare è sperare che Mikhail non fosse coinvolto e non fosse a conoscenza di quello che è successo. Che fosse all'oscuro, come Antonio.

"Tu non sai niente", ringhia, e la sua mano si alza una seconda volta per colpirmi in faccia, ma questa volta, mi tiro indietro più velocemente del suo colpo. I suoi occhi si allargano, scioccati. "Mi sfidi, sorellina?"

"Uno degli uomini di Antonio ha cercato di uccidermi e si è alleato con Yuri per vendere i gemelli".

Mikhail sbuffa alla mia osservazione. "Vendere i gemelli? Vuoi dire che qualcuno vuole quei piccoli pestiferi marmocchi?".

"Non parlare così dei miei figli!" Scatto, facendo un passo avanti a lui, senza paura. Potrebbe benissimo schiaffeggiarmi di nuovo per la mia disobbedienza.

Mikhail alza gli occhi al cielo e ignora la mia osservazione. "Non pensare che sia tutto rose e fiori ora che sei di nuovo a casa. Sarai segregata nella tua stanza. Potrai uscire per i pasti, ma non dovrai partecipare a nessuna festa, niente ospiti e certamente non dovrai lasciare i locali. E non pensare di poter vagare liberamente senza una guardia. Non mi fido di te, sorellina. E fai una mossa sbagliata e ti farò dormire nelle segrete".

"Casa dolce casa", mormoro. "Una delle guardie accompagnerà Sophia e Liam all'asilo?" Di solito li accompagno io, ma se Mikhail mi proibisce di uscire, qualcun altro dovrà assicurarsi che siano accuditi.

"Luka se ne occuperà. Ora, vai di sopra", grugnisce Mikhail.

Nikita si occupava di accompagnare i gemelli all'asilo, e io lo accompagnavo. Luka può probabilmente gestire il compito, ma non l'ho mai visto da solo con i gemelli.

Mi dirigo silenziosamente su per le scale di legno e giù per il corridoio verso la mia camera da letto. È presto e sono distrutta.

I gemelli sono dall'altra parte del corridoio nella loro stanza con i letti a castello di legno contro il muro. Apro la porta e li vedo seduti insieme sul letto inferiore, sotto le lenzuola, facendo un fortino.

Dovrei rimproverarli che è troppo presto, che non hanno dormito abbastanza e che dovrebbero mettersi sotto le coperte per qualche altra ora.

Ma non lo faccio.

Sono felici, allegri e non hanno una preoccupazione nel mondo. Non voglio togliere loro quell'innocenza. Sophia e Liam ne hanno già passate tante. Se sono pieni di gioia a casa, chi sono io per portargliela via?

Sono tranquilli e sembrano stare fuori dai guai, quindi li lascio giocare insieme. Chiudendo la porta della loro camera, mi allontano lungo il corridoio ed entro nella mia stanza.

Apro la porta e una vampata di gelsomino riempie le mie narici. C'è una bottiglia di profumo rotta che giace su un lato sul pavimento. Il contenuto si è rovesciato e ha macchiato il legno. La mia stanza è in disordine e non è come l'ho lasciata.

I cassetti sono aperti; i vestiti sono sparsi come se qualcuno stesse cercando qualcosa. Le guardie avevano pensato che fossi coinvolta nel rapimento di Mikhail? È per questo che hanno messo a soqquadro la mia stanza e gettato le mie cose dappertutto?

O erano stati gli italiani quando gli uomini di Antonio avevano fatto a pezzi il posto, cercando Mikhail?

Non mi preoccupo di ripulire il casino, non ora. Chiudo le tende e spengo le luci. Mi infilo sotto le coperte e lascio che la testa si adagi sul cuscino.

Dovrei sentirmi a mio agio, sollevata di essere a casa, ma il mio stomaco è in subbuglio. Mi rigiro e mi rigiro, cercando di dormire qualche ora per scongiurare l'imminente mal di testa che sento già arrivare.

Non funziona.

Tutto quello a cui riesco a pensare è lui.

Antonio.

Perché ci ha lasciato andare via?

Perché Mario mi voleva morta?

Ci sono altri che cercano ancora i miei figli?

Mi giro sulla schiena e fisso il soffitto. Spingendo via le coperte, mi tiro su a sedermi. Voglio delle risposte. No, ho bisogno di risposte, e anche se non credo che

Antonio sia la persona a cui chiedere, forse Mikhail o Luka possono far luce su quello che è successo.

Non credo che Mikhail divulgherebbe più di quello che vuole che io sappia. Non è un uomo che si lascia sfuggire qualcosa che non vuole si sappia.

Scivolo fuori dal letto e prendo un cambio di vestiti dal pavimento prima di dirigermi verso il bagno per una doccia calda. Sono coperta di sporcizia, sia fisicamente che emotivamente. Lavo tutto, lasciando che scenda giù per lo scarico.

Mi vesto e inizio a pulire il casino lasciato sul pavimento, mettendo via i vestiti. C'è poco altro da fare rinchiusa nella mia stanza. La biblioteca è al piano di sotto, ma in camera non c'è un computer, un telefono o una televisione.

Sgattaiolo fuori, i miei passi sono silenziosi lungo il corridoio. Dopo anni in questa casa so quali assi del pavimento cigolano e gemono. Le evito mentre scendo le scale, attenta a non essere vista.

Sono uscita spesso di nascosto contro gli ordini di mio padre durante l'adolescenza. Mikhail probabilmente ricorda la mia vena ribelle, ma non è abbastanza intelligente da mettere una guardia fuori dalla porta della mia camera da letto.

Perché?

Pensa che io sia tornata strisciando e che stia implorando il suo perdono? Mi rifiuto di rannicchiarmi davanti a lui o ad Antonio.

Scendo le scale e mi attardo nel corridoio vicino all'ingresso, aspettando che la via sia libera prima di passare davanti ad una porta aperta.

Un uomo dietro di me si schiarisce la gola.

Se fosse stato Mikhail, mi avrebbe afferrato per il collo e mi avrebbe spinto. Stringo le labbra e mi giro, con le mani davanti a me, piegate insieme.

Luka solleva un sopracciglio mentre mi guarda. "Hai l'ordine di rimanere nella tua stanza".

"A meno che una guardia non mi accompagni", dico, permettendogli di aiutarmi.

Sbuffa sottovoce. "Dove stai andando?" chiede. Tiene la voce bassa, attento a non destare sospetti da parte degli uomini nell'ufficio a pochi metri di distanza.

Anche se non stavo origliando, non sarebbe stato difficile farlo se non fossi stata scoperta. "Alla biblioteca", dico.

Non ho una vera destinazione in mente. Volevo solo uscire dalla mia stanza. Sono stata rinchiuso per troppo tempo e voglio sentirmi come se fossi a casa, come se nulla fosse cambiato e tutto fosse a posto.

Solo che non lo è.

Tutto è cambiato.

Mikhail ha scoperto che sono una bugiarda.

Il padre dei gemelli non è un eroe militare che combatte oltremare e non ho intenzione di sposarlo. Non credo che Mikhail vorrebbe che sposassi Antonio in ogni caso, probabilmente mi farebbe giustiziare prima di permettermi di sposare un leader della mafia italiana.

"Mikhail sta cercando una ragione per punirti, non dargliene una", avverte Luka.

Odio il fatto che non abbia torto. "Vuoi dire che rinchiudermi nella mia stanza non è una punizione sufficiente?" Faccio un sospiro pesante e lui mi afferra il braccio, trascinandomi velocemente oltre l'ufficio aperto con i soldati russi dentro.

Mikhail sta facendo una riunione, ma non so di cosa stiano blaterando, probabilmente stanno cercando di vendicarsi di Antonio.

Finirà mai?

"Non mettere alla prova la pazienza di tuo fratello", avverte Luka. Mi porta nella biblioteca e chiude la porta dietro di noi.

Dalle finestre entra abbastanza luce che si riversa nella biblioteca, quindi non mi preoccupo di accendere una lampada.

"Non ho detto niente ad Antonio sulla famiglia", dico e incrocio le braccia sul petto.

Luka mi guarda dalla testa ai piedi. "Se l'avessi fatto, Mikhail ti avrebbe fatta uccidere".

La mia bocca è secca e stringo le labbra. "Qualcuno mi vuole morta. Yuri faceva parte dell'operazione, cercando di vendere i miei figli". Mi avvicino a Luka. "Dimmi quello che sai".

Le sue spalle si rilassano e mentre io sono teso, lui non trasmette la minima paura o ansia. "Non sono sorpreso. Hai fatto arrabbiare molte persone. Tuo fratello mi ha suggerito di sposarti una volta tornata a casa".

"Cosa?" Rido per l'assurdità della cosa. "Non è possibile. Non lo farebbe mai a te o a me".

"Ti vuole fuori dai piedi e dai guai, lontano da Antonio".

Non sposerò Antonio. Non capiscono che solo perché abbiamo condiviso una notte di passione, non sono legata a quell'uomo?

"Non chiederebbe mai ad uno dei suoi uomini di sposarmi", dico, non volendo crederci.

"È stato tirato in ballo un paio di volte da tuo fratello da quando sei partita e ha scoperto che il padre dei bambini è un italiano".

"È stupido quanto i russi odino gli italiani!" Gemo e mi allontano da Luka, fissando la finestra. "Non ti sposerò".

"Sì, non avrei mai pensato che saresti stata d'accordo", dice. C'è un pizzico di umorismo nel suo tono, come se fosse contento che io non mi pieghi ai capricci di mio fratello maggiore. "Ma Mikhail non accetta la parola no come risposta".

Dimmi qualcosa che non so. "Beh, non può obbligarmi a sposare un uomo che non amo".

"Può", dice Luka, fissandomi con disapprovazione. "Sai che può costringerti a fare tutto ciò che vuole e se gli disobbedisci, gli darai solo una soddisfazione maggiore".

Brontolo sottovoce: "Mikhail è uno stronzo sadico".

"Non ti sbagli", sussurra, assicurandosi che nessuno possa sentirci. C'è un leggero sorriso sul suo volto.

Anche se immagino che nessuno stia ascoltando. "Ma?" Sto aspettando che lui prenda le difese del suo capo.

"È tuo fratello e vuole che tu sia protetta e che i tuoi figli crescano con un padre".

Stringo il mio sguardo. "E tu sei d'accordo con lui? I miei figli hanno bisogno di un padre?". Sono infastidita, come se fossi un premio da comprare e vendere ad un uomo che vuole una famiglia.

Luka si schiarisce la gola. "Non ho mai detto questo. Queste sono le sue parole. Penso semplicemente che potrebbe essere un bene per te stare fuori dal suo tetto, crescere i gemelli in un posto fuori città".

"Pensavo che non avessi intenzione di sposarmi". Non posso fare a meno di chiedermi se sta provando ad usare la psicologia inversa su di me.

"Oh, non lo sto facendo. Sto solo affermando che Mikhail ti controllerà sempre a meno che tu non vada lontano da qui, lontano dal complesso".

Odio il fatto che abbia ragione. Serro le labbra e muovo i piedi. "Dove dovrei andare?" Non ho un dollaro, il mio denaro è vincolato e viene rilasciato solo in piccole quantità con l'approvazione di Mikhail.

Mio padre non mi ha fatto nessun favore quando è morto.

"Se fossi in te chiederei al padre dei gemelli il mantenimento dei figli. Chiedi una somma forfettaria e poi vai il più lontano possibile da New York".

Questa città è l'unica casa che abbia mai conosciuto. Partire senza un lavoro, un posto dove andare, è terrificante. "E perché Antonio dovrebbe darmi un centesimo?"

"Potresti ricattarlo", dice e infila le mani in tasca.

Ha davvero suggerito che io ricatti un mafioso? "Sei più pazzo di Mikhail".

Sta cercando di farmi uccidere? Pensavo che io e Luka fossimo amici. Come minimo, si è sempre preso cura di me e dei miei interessi.

"Cosa? Ha rapito te e i tuoi figli. Potresti minacciare di andare alla polizia a meno che lui non ti dia cinquantamila dollari".

"Questa è estorsione". Non sono una persona innocente, ma non ho intenzione di minacciare Antonio o la sua famiglia. Molto probabilmente finirei morta o mi verrebbero tolti i figli.

CAPITOLO VENTICINQUE

ANTONIO

Tre settimane dopo

Ardian sta riposando nel complesso, con i migliori dottori e medici che si prendono cura di lui dopo l'incidente in elicottero.

Ho aspettato il momento giusto, tenendo d'occhio i russi. Non ci sono state minacce recenti alla mia famiglia o ai miei fratelli italiani.

Tutto è tranquillo.

Quasi troppo tranquillo.

Non ho sentito una parola da Aleksandra. Non che mi aspettassi che rimanessimo amici, ma è la madre dei miei figli e voglio vedere Liam e Sophia.

Ovviamente presentarsi al complesso russo potrebbe essere più stupido di quando l'ho rapita. Potrebbe far scoppiare la prossima guerra tra le nostre famiglie, e al momento abbiamo negoziato la pace. Almeno tra le fazioni nell'area di New York.

Non può durare, ma non sarò io la ragione della sua distruzione. Non con i miei figli sotto il tetto di Mikhail. Ci sono troppi rischi.

"Dove stai andando?", chiede Ardian. È rinchiuso sul divano del soggiorno, disteso.

A me sembra che stia bene, ma cammina con un po' di zoppia che cerca di nascondere. Sono sicuro che gli fa un male cane, ma tutti abbiamo delle cicatrici da battaglia.

"Chi ha detto che sto andando da qualche parte?"

Quell'uomo riesce a leggermi meglio di chiunque altro. Almeno di Ardian mi fido. Dopo il tradimento di Mario, ho smesso di fidarmi degli altri. Per tutto il tempo ho sospettato che potesse voltarmi le spalle, tradirmi, ed essere ancora fedele Roberto, il suo capo.

"Sei vestito più elegante del solito", dice Ardian.

Alzo un sopracciglio. "Stai prestando troppa attenzione a me e non abbastanza a tutto il resto".

"Rimettimi sul campo. Fammi lavorare, capo".

Non posso farlo. È contro gli ordini del medico. Ha almeno un'altra settimana di convalescenza, se non di più. Anche se può gestire qualche piccolo lavoro d'ufficio, di sorveglianza, il tipo di lavoro che può essere fatto tenendo il culo seduto sul divano, non è quello che mi interessa oggi.

"Ho bisogno di informazioni su Aleksandra", dico.

Si passa una mano sul viso. Ardian sta borbottando qualcosa sottovoce, probabilmente su come io sia un idiota ad amare una donna che potrebbe farmi uccidere. Non ha torto.

"Non c'è niente che possa trovare da questo divano", dice Ardian.

"Lo so, quindi sto uscendo". Cerco di rimanere criptico su dove sono diretto. Mi fido di Ardian, ma chiunque altro potrebbe essere in ascolto e non ho bisogno di problemi aggiuntivi. Ne ho già abbastanza.

Ultimamente, i federali stanno girando intorno alla proprietà, pattugliando il quartiere più del solito. Come se stessero cercando qualcosa.

Probabilmente sono dei novellini. Avventati, che pensano di poter far avanzare la loro carriera con un massiccio abbattimento della mafia.

Buona fortuna, cazzo.

Aleksandra potrebbe aver fatto la spia con quell'agente federale?

Ne dubito. Se l'avesse fatto, i federali sarebbero stati dappertutto con un mandato, bussando alla porta di casa. Come minimo mi avrebbero arrestato e accusato di rapimento. E dato che questo non è successo, significa che lei non ha parlato.

Il che è un sollievo.

Forse mi sbagliavo e lei non stava complottando alle mie spalle con l'agente Malone.

"Tornerò tra un'ora, forse due". Non ho intenzione di stare via a lungo. Voglio vedere Aleksandra e i gemelli. Ho bisogno di sapere che stanno bene.

Mi dirigo verso il corridoio e il garage, prendendo un mazzo di chiavi appese.

Ogni tanto guardo l'orologio.

I gemelli usciranno presto dalla scuola materna. Conosco bene la loro routine ed è il momento perfetto per controllare Aleksandra.

Ho bisogno di vederla e sapere che sta bene.

Mi affretto ad attraversare la città e accosto in uno spazio vicino al retro della scuola materna, dove si trova il parco giochi. Non ci sono bambini fuori a giocare. Fuori fa un freddo cane. L'inverno è brutale e la neve comincia a cadere e a coprire le strade.

Mi metto il berretto e i guanti ed esco fuori nell'aria gelida. È ben al di sotto dello zero e la neve è leggera e soffice. Il sole inizia a scendere. Presto sarà buio e le strade saranno ghiacciate e scivolose.

Chiudo la porta della macchina e infilo le mani nelle tasche del cappotto.

Passa uno spazzaneve lungo la strada, sollevando neve e fango. Mi affretto a spostarmi prima che mi inzuppi i pantaloni, ma non sono abbastanza veloce.

Odio l'inverno, cazzo.

Il brontolio di disagio svanisce quando vedo Aleksandra con un cappotto rosso intenso. È lungo e spesso. Ha l'ampio cappuccio tirato su sulla testa e gli stivali invernali abbinati.

Si affretta ad attraversare la strada e poi cammina sul marciapiede scivoloso in fretta per entrare all'asilo.

"Aleksandra", dico, chiamandola.

Lei guarda verso di me. I suoi occhi si allargano.

Ha paura?

Lei scuote la testa e guarda indietro sopra la sua spalla. Il veicolo dall'altra parte della strada è illuminato, i fari accesi, i tergicristalli che puliscono la neve dal finestrino mentre il SUV è parcheggiato con un autista al volante.

La stanno osservando. Mi dirigo lentamente verso di lei e mi siedo sulla panchina vicina. È spolverata di neve, il che non mi aiuta a rimanere asciutto, ma è proprio vicino all'entrata del marciapiede della scuola.

Non posso più vedere il veicolo, il che significa che loro non possono vedere me. Speriamo che non si rendano conto di chi sono. Se lo fanno, siamo entrambi fregati.

Si avvicina a me e mette il piede sulla panchina come se si stesse allacciando gli stivali invernali.

"Non ho molto tempo", dice. "Gli uomini di Mikhail mi stanno guardando. Cosa c'è?"

"Avevo solo bisogno di vederti, di sapere che stai bene". Voglio avvicinarla, avvolgere le braccia intorno a lei e stringerla in un abbraccio. È stupido e folle, ma lei tira fuori qualcosa dentro di me che è estraneo e sconosciuto ma caldo.

Oso dire che potrei amarla. Amo Sophia e Liam. È impossibile non amarli. Sono perfetti. E il fatto che abbia portato in grembo i miei figli è la mia debolezza.

I suoi occhi sono vitrei e rossi. Ha delle occhiaie. Ha dormito abbastanza? Le sue guance sono rosee, ma questo è probabilmente dovuto al freddo. C'è un graffio sul suo collo, ma lei tira su il colletto del cappotto e non riesco più a vederlo.

"Sono... è complicato", dice Aleksandra. "Mikhail organizza una festa di fidanzamento per me tra due settimane".

Ingoio il groppo che mi si forma in fondo alla gola. È questo che vuole? "Ti sposi?"

Almeno ama l'uomo a cui sarà legata?

Tira giù il piede dalla panchina e poi solleva l'altro stivale per fare lo stesso, riannodando i lacci. Sono lunghi e si allacciano dal tallone fino a metà gamba e ci danno qualche momento insieme.

Non è abbastanza.

Voglio vedere i gemelli, abbracciarli, dire loro che possono tornare a casa con me. Ma non sono sicuro che sia quello che vogliono, e mi aspetto che non sia nemmeno quello che desidera Aleksandra.

"Non voglio, ma Mikhail non mi sta dando una scelta".

"Perché mi stai dicendo questo?", chiedo. Se mi presento alla festa, distruggerò tutto ciò che ho lavorato per ottenere. La pace tra i russi e gli italiani sarà interrotta.

Fa una pausa per prendere fiato. Penso quasi che sia perché mi ama, ma non sono pazzo a credere che vorrà stare con me dopo una notte e averla costretta a vivere sotto il mio tetto.

"Perché tu sei il padre dei miei figli e io non sarò a New York dopo il matrimonio. Mi sta spedendo in Russia".

Il mio stomaco crolla all'idea che lei lasci il paese. Non vedrò mai più i miei figli se lei va in Russia. "No, non può farlo".

Mette il suo stivale a terra. Non ha più tempo. Da un momento all'altro la guardia che la sorveglia uscirà dal veicolo se lei perde altro tempo con me. "Devo andare. La festa è tra due settimane al complesso. È alle sette in punto. Per favore, ho bisogno del tuo aiuto".

"Come faccio ad entrare?", chiedo.

Ogni russo mi riconoscerà.

"Suggerirò al mio fidanzato di fare una festa in costume", dice Aleksandra. "Mikhail lo ascolterà". Si precipita all'ingresso dell'asilo e preme il citofono, aspettando di essere autorizzata ad entrare per prendere i gemelli.

La panchina è fredda. L'aria fuori è ancora più fredda, ma mi siedo e aspetto. Voglio vedere Liam e Sophia, anche da lontano.

La neve continua a cadere, più spessa e più velocemente.

Passano diversi minuti prima che Aleksandra esca. Ai suoi lati ci sono i gemelli che le stringono le mani mentre camminano sul marciapiede e poi aspettano che il traffico si liberi prima di attraversare la strada.

Sophia e Liam non sembrano notarmi. Probabilmente è meglio così. Nessuno dei due sa tenere un segreto e non voglio che Mikhail o i suoi uomini sospettino che sto venendo a riprendermi la mia famiglia.

CAPITOLO VENTISEI

Aleksandra

Nel momento in cui ritorno con i bambini da scuola, Mikhail mi è addosso come se avessi appena rapinato una banca e preso degli ostaggi. "Hai lasciato il complesso senza il mio permesso?"

Mi tolgo la giacca e poi i guanti. I miei stivali sono ancora inzuppati e se li usassi per camminare in giro per il complesso non me lo perdonerebbe mai.

Aiuto Sophia e Liam a togliersi le giacche prima che salgano di corsa le scale insieme per giocare nella loro camera da letto.

Dopo che i bambini sono fuori dalla portata, finalmente rispondo a Mikhail.

Sta lì, battendo il piede sul pavimento di legno, aspettando la mia risposta. Le sue braccia sono piegate sul petto e lui è tutto teso, peggio di Antonio.

"Ho portato una guardia con me", dico, come se questo non violasse le regole. "Non puoi tenermi rinchiusa per sempre".

Può, e lo farà, se vuole, ma non credo che sia quello che desidera. Si prende cura di me nel suo strano modo, ma non significa che devo piegarmi alla sua volontà e fare ciò che mi comanda.

Lui grugnisce e scuote la testa. "La festa di fidanzamento? Sarà un matrimonio in piena regola. Non lascerai la casa finché non avrai un anello al dito".

"Cosa?" Non riesco a credergli. "Mikhail, no, non è giusto".

"Ho finito con le tue buffonate infantili. Scappare via, rifiutare di seguire i miei ordini. Tuo marito avrà il privilegio di punirti e credimi quando dico che non sarà mai abbastanza".

La mia bocca è secca, le mani tremano ma le chiudo a pugno, non voglio che Mikhail assista al dispiacere dato dalle sue minacce.

"Mi costringerai a sposare Luka?" Non è la scelta peggiore. Ci sono uomini che disprezzo che lavorano per mio fratello. Ma non è particolarmente bravo con i bambini.

"Non è una sorpresa, sorellina. Sì, sposerai Luka e lo raggiungerai con i tuoi figli in Russia".

Non posso. Non lo farò. "No, per favore non farlo", lo supplico di cambiare idea. Il fidanzamento mi dava il tempo di temporeggiare, di escogitare un piano per uscire e allontanarmi da Mikhail. Avevo pensato che ci sarebbero stati mesi fino al giorno del matrimonio vero e proprio e al trasferimento fuori dal paese.

"È già fatto. L'ho deciso mentre eri fuori a divertirti con i tuoi figli. Gli accordi sono stati presi".

Stringo le labbra, ho bisogno di escogitare un piano velocemente. Ho detto ad Antonio che avrei cercato di rendere la festa di fidanzamento un ballo in costume.

"Se è il mio matrimonio, allora ho voce in capitolo sul vestito, l'abbigliamento degli ospiti, il tema? Mi piacerebbe fare un tema antico con ospiti in costumi eleganti".

Mikhail ridacchia e scuote la testa. "Sorella, questo matrimonio è per te. Sono felice che tu sia d'accordo, ma no, il tuo fidanzato e i miei uomini si occuperanno di tutte le necessità. Non devi preoccuparti di nulla", dice, e il suo sguardo si stringe. "E non c'è modo che i miei uomini si vestano con qualcosa di diverso da uno smoking. L'ultima cosa di cui ho bisogno è che tu cerchi di vestire una delle cameriere per farla sposare Luka".

"Non lo farei mai. Voglio aiutare ad organizzare il mio matrimonio", dico. Se non è d'accordo con la festa in costume, come farà Antonio ad intrufolarsi nel complesso?

"No!" Mikhail è fermo e autoritario, rendendo chiaro che è lui che comanda. "Lascerai che Luka e gli uomini si occupino della cosa. Se sento che sei coinvolta in qualcosa, ti rinchiuderò nelle segrete fino al matrimonio. È chiaro?"

"Cristallino", ribatto tra i denti stretti.

CAPITOLO VENTISETTE

ANTONIO

La notte prima della festa

Non riesco ancora a capacitarmi del fatto che Aleksandra si stia per sposare e la cosa non sembra minimamente consensuale da parte sua.

Suo fratello bastardo la sta vendendo ad uno dei suoi uomini.

Almeno questa è la mia visione della cosa.

Forse mi sbaglio. Potrebbe preoccuparsi per sua sorella, ma costringerla a sposare un uomo che non ama e spedirla in Russia suona più come un regalo per Mikhail che per lei.

Chi sta per sposare?

Voglio i dettagli. Ho ancora bisogno di elaborare un piano e non posso farlo senza un po' più di conoscenza della festa di fidanzamento.

È così che l'ha chiamata, ma il mio istinto mi dice che sarà più di questo. Se fossi io a costringere qualcuno a sposarsi, userei la festa di fidanzamento come copertura e ordinerei che la coppia si sposi subito.

Mikhail non è ingenuo. Deve sapere che lei vuole uscire e più a lungo lui aspetta, più tempo ha per scappare.

Tutto quello che so, essendo un boss della mafia, mi dice che il matrimonio è domani. La festa è un incentivo per far sì che Aleksandra si adegui.

Ho bisogno di più dettagli. Se si tratta di un matrimonio, è improbabile che gli ospiti siano vestiti in costume. Dubito che il suo fidanzato o Mikhail accetteranno questo suggerimento.

Io e Ardian ci imbattiamo in uno squallido club dall'altra parte della città. È sul territorio russo e non è un segreto che fanno affari qui. Non è elegante né frivolo. Il posto sembra una copertura per il riciclaggio di denaro, e probabilmente lo è, tra le altre cose.

Non che mi interessi.

Ardian sta guarendo e anche se non è in grado di ber, può aiutarmi ad essere i miei occhi e le mie orecchie. Inoltre, apprezzo la sua compagnia e il fatto che mi guardi le spalle.

E sono sicuro che è entusiasta di una serata fuori ad ammirare le ragazze che ballano.

Entrare nel territorio russo è pericoloso, ma sembra l'unica scelta se ho intenzione di ottenere informazioni prima della festa. Ho bisogno di dettagli.

Il club è buio e pago per entrambi mentre entriamo. Non riconosco il buttafuori o il barista. Non che io venga qui spesso.

Non sono un fan del buttare i miei soldi ai russi e ai loro soci, ma il posto serve bevande decenti e le donne offrono una bella vista. Inoltre, c'è sempre l'opportunità di ballare e anche se non ho bisogno di pagare per l'attenzione di una donna, è bello godersi l'intrattenimento ogni tanto.

L'illuminazione è fioca, il che ci aiuta a non attirare l'attenzione. Nessuno ci calcola, e perché dovrebbero quando ci sono molte donne che ballano?

Ci dirigiamo verso un tavolo d'angolo e ci sediamo. La cameriera si avvicina a prendere le ordinazioni. Io prendo uno scotch con ghiaccio mentre Ardian richiede un ginger ale.

Di solito berrebbe più di me, ma tra gli antidolorifici e il fatto che sarà lui a guidare per tornare al complesso, stasera dovrà restare sobrio.

"Non riconosco ancora nessuno", dice Ardian, dando una lunga occhiata al posto.

"Neanche tra le ragazze?", chiedo con un sorriso consapevole. Ho sentito che è uscito con una delle ballerine.

"Sì", dice e ride, distogliendo lo sguardo. Le sue orecchie si arrossano.

Ardian è decisamente andato a letto con una delle ballerine. Immagino che lei non sia qui, però, o la sua attenzione sarebbe su di lei invece che sulla nostra missione.

"Comunque, come vuoi fare? Pagare un paio di lap dance e vedere se le ragazze parlano? O aspettare gli amici di Mikhail?"

"È ancora presto. Possiamo pagare per un ballo, ma non credo che le ragazze sappiano molto". Faccio un cenno con la mano in modo indifferente. "Dagli tempo." So da fonti sicure che la Bratva frequenta questo posto, in particolare diversi uomini di Mikhail. Anche se di solito non andrei nel loro territorio per ottenere informazioni, mi sto scontrando con un muro e ho bisogno di una svolta.

Non posso presentarmi al loro complesso senza un piano per far uscire Aleksandra e i gemelli. L'ultima cosa al mondo che voglio è mettere le loro vite in ulteriore pericolo.

————

Dopo aver bevuto, guardato la lap dance e cercato di ottenere informazioni per più di un'ora e mezza, il manager del club visita il nostro tavolo.

"Spero che voi signori abbiate gradito l'intrattenimento, ma stasera chiudiamo presto".

"Perché?", chiedo, offrendo un sorriso amichevole. Un posto come questo non chiude presto senza un valido motivo.

"Stiamo facendo una festa privata", dice il manager. "Un amico di famiglia ha affittato il club stasera per un addio al celibato. Sfortunatamente, è solo su invito".

"Sei sicuro che non possiamo pagare per un paio d'ore in più? Saremo discreti e staremo per conto nostro". Tiro fuori il mio portafoglio e rivelo diverse banconote da cento dollari.

Non mi preoccupo che gli uomini di Mikhail mi riconoscano.

Forse dovrei preoccuparmi, ma siamo in una cabina d'angolo nel retro, le luci puntano verso il palco. In un angolo buio del club, siamo solo due uomini che si godono lo spettacolo.

CAPITOLO VENTOTTO

Aleksandra

Il giorno del matrimonio

Non ho modo di contattare Antonio di nuovo. Non ho un telefono. Il mio è stato abbandonato a casa di Antonio e Mikhail mi ha proibito di contattare il mondo esterno.

La festa di fidanzamento è stata uno shock.

Sposerò Luka stasera.

E se questo non fosse abbastanza, domani partiamo per la Russia. Un paese che non visito da quando ero bambina. Non è la mia casa e sospetto che non sia nemmeno quella di Luka. Ma Mikhail ha fatto i preparativi, sistemandoci con un posto dove vivere, documenti di viaggio e trasporti.

E Luka sa bene che non deve sfidarlo.

A differenza di Antonio, che rifiuta di inchinarsi a mio fratello o a chiunque altro, Luka non tradirebbe il suo capo.

Per Luka, sarò sempre al secondo posto.

Non si è mai trattato di quello che voglio io. Si è sempre trattato di ciò che è meglio per Mikhail e portarci fuori dal paese e lontano da lui è la sua priorità.

Il personale della casa è indaffarato a prepararsi per il matrimonio, io sto cercando di non vomitare.

Devo mentire a Luka e dirgli che sono incinta del figlio di Antonio?

Dubito che questo possa aiutare. Ha già accettato di essere un padre per Sophia e Liam. Anche se non è particolarmente caloroso o amichevole con i bambini, non ha neanche il cuore freddo.

Ma io non lo amo.

C'è un abito da sposa nella mia stanza, appeso sul retro della porta.

Il sole sta tramontando e tutto ciò a cui riesco a pensare è prendere i bambini e correre. Ma non andremmo lontano senza aiuto.

E Luka non mi aiuterà a fuggire.

Anche se non mi ama, non tradirà Mikhail.

———

Il giorno sfuma nella notte. Indosso il vestito richiesto, non perché lo voglia, ma perché c'è poca scelta. Che io indossi un abito da sposa, una tuta o niente, sarò comunque costretta a sopportare un matrimonio contro la mia volontà.

Il vestito si adatta bene, considerando che non ho avuto voce in capitolo nello sceglierlo o provarlo in precedenza. Ci sono molti abiti nell'armadio della mia camera da letto che probabilmente hanno usato per determinare la taglia.

Ho bisogno di aiuto per chiudere la cerniera posteriore, mi rifiuto di lottare e provare a farlo da sola.

"Mamma!" Sophia urla mentre batte sulla porta con il pugno e apre la porta. Sa che bisogna bussare, ma non capisce il principio di aspettare prima di entrare. E non c'è una serratura dall'interno sulla mia porta.

Chiunque può andare e venire a suo piacimento, il che mi irrita da morire.

Sophia è vestita con un abito giallo margherita. È frusciante e stravagante e lei si gira per mostrarmi come le sta. "Sembro una principessa!", grida ridendo.

Liam entra nella stanza pochi istanti dopo. È incredibilmente affascinante nel suo abito nero e camicia bianca. Il suo viso è accigliato e le sue guance sono rosse.

Calpesta il pavimento di legno e mi porge il suo cravattino abbinato giallo margherita. "Aiuto", dice, spingendola verso di me.

Liam non sembra minimamente contento di vestirsi per stasera e non sono sicura che capisca cosa sta succedendo, che sua madre è costretta a sposare un uomo che non ama.

Ho cercato di proteggere i miei figli, ma non gli ho parlato bene del matrimonio o di Luka.

Devono avere delle domande.

"Siete entrambi incredibili", dico, e mi inginocchio al livello di Liam, fissando il papillon per finire il suo outfit. Se non fossi costretta a sposarmi, mi immergerei un po' di più nell'esperienza, ma tutto quello che posso fare è dare un'occhiata all'orologio.

Antonio si presenterà quando sarà troppo tardi e sarò già sposata con Luka?

Cosa succederà allora? Antonio combatterà per me o mi lascerà andare?

Dal corridoio arriva il rumore di pesanti stivali. Alzo lo sguardo verso la figura incombente nella porta. Mi aspetto di vedere Luka, ma non è lui.

Mikhail è sempre vestito con il suo abito nero, camicia bianca e scarpe nere lucide.

"Sorella", dice con il suo spesso accento russo. È più marcato del mio. Ho passato anni a cercare di non ricordare la famiglia e a confondermi con quelli della città.

Mi morsico le labbra e mi alzo in piedi.

Sophia si affretta dietro di me alla presenza di Mikhail. Può sentire il pericolo che cova in lui?

Liam fissa Mikhail, per nulla spaventato o intimidito. "Perché devo vestirmi come te?", chiede Liam.

Anche se immagino che non sia intenzionale, Mikhail lo guarda ringhiando. È solo il suo modo. Non è per niente bravo con i bambini. Non so come sia possibile che Liam non sia terrorizzato dallo zio.

"Non ti piace come mi vesto?", chiede Mikhail. C'è un pizzico di divertimento nel suo tono e mi preoccupo di come Liam possa rispondere.

Se insulta suo zio, potrebbe benissimo essere punito, e non voglio che questo accada, ma se intervengo, la punizione sarà dieci volte più severa per entrambi.

"Fa caldo", dice Liam e si dimena nel suo vestito. Si toglie il papillon e si sbottona la giacca del vestito.

"Hai sentito il bambino?" Mikhail lancia una frecciatina a Liam. "Un giorno ci si aspetterà che tu indossi un completo e che ti vesta come noi quando prenderai in mano l'azienda".

Non voglio che mio figlio diventi come suo zio o suo padre, il capo della bratva o della mafia. Ma tengo a freno la lingua. So che è meglio non iniziare una guerra con mio fratello.

Il minimo che posso fare è tenere la testa bassa finché non arriva Antonio. Sempre se viene ad aiutarmi. Non so neanche se riuscirà ad entrare nel cancello.

"Voglio essere un astronauta", dice Liam, fissando Mikhail. "Il tuo lavoro è noioso".

Francamente, Liam non ha idea di cosa faccia Mikhail per vivere.

Sono contenta di essere stata in grado di proteggere Liam il più possibile mentre vivevo sotto il tetto di Mikhail. La Bratva non è minimamente riservata o su ciò che fa ai prigionieri.

Alla fine, Liam e Sophia non saranno più ciechi alla violenza. Un'altra ragione per cui devo andarmene finché posso, e trasferirmi in Russia sarebbe solo peggio.

Forse Luka non prenderà più direttamente ordini da Mikhail, ma ci sono altri capi in Russia. La Bratva non fa affari solo a New York City.

Nikita vaga per il corridoio. "Capo", dice, ficcando la testa nella mia stanza.

"Hai sentito cosa dice il bambino?" Mikhail punta il pollice nella direzione di Liam. Fa una risata cordiale come se non fosse minimamente offeso. Non so se è uno spettacolo che sta mettendo su per i suoi uomini, come Nikita, o non è minimamente infastidito dal commento di Liam.

Spero che sia la seconda, ma non sono sicura.

"Cosa c'è?" chiede, dando un'occhiata al suo dipendente.

"C'è un ospite non invitato al piano di sotto", dice Nikita, fissandomi.

Potrebbe essere Antonio? Non si sarebbe presentato alla porta d'ingresso aspettandosi un saluto caloroso.

A meno che non stia cercando di pianificare un diversivo.

CAPITOLO VENTINOVE

ANTONIO

Non sono venuto da solo alla festa, ma Mikhail e i suoi scagnozzi non sanno che ho portato compagnia.

Due dei miei uomini sono nel bagagliaio. Possono tirare la leva per uscire quando nessuno sta guardando.

Nel momento in cui entro attraverso i cancelli aperti, uno sciame di uomini armati che circondano il veicolo.

Una guardia mi grida, la sua pistola alzata al finestrino laterale. "Esci, lentamente!"

Sorrido, compiacendomi della facilità con cui le guardie abboccano all'amo. Sono un ricercato dalla Bratva e i soldati di Mikhail sono fin troppo creduloni.

"Non sono armato", dico e tengo le mani alzate in modo che non mi sparino. Sono il tipo di uomini che prima sparano e poi fanno domande.

"Non mi interessa. Vattene", dice il russo. Lui grugnisce la sua risposta, la barba folta e la fronte serrata. Non sembra minimamente contento di vedermi, come se avessi rovinato la festa.

Bene.

Non hanno idea di cosa ci sia in programma. Ho intenzione di rovinare la loro giornata.

Non ero sicuro che sarei arrivato in tempo. Aleksandra aveva chiarito che sarei dovuto arrivare alle sette, ma non ci voleva molto a sentire i sussurri degli uomini russi che si vantavano di un matrimonio e di mandare i bambini in collegio.

I miei figli.

Luka, il suo fidanzato, si è goduto la sua ultima notte di libertà al club.

Ma qualcosa mi dice che un uomo come Luka non si fermerà dall'avere tutte le donne che vuole, sposato o no.

Perché sta sposando Aleksandra?

Lei ha chiarito che non lo ama, ma lui cosa ci guadagna dall'accordo?

Vengo strappato dal veicolo e gettato sull'erba, faccia a terra.

Il russo mi perquisisce, assicurandosi che non abbia con me un'arma prima di rimettermi in piedi e spingermi dentro la porta d'ingresso.

"Aleksandra!", grido, sperando di attirare la sua attenzione. Voglio che sappia che sono qui e che il piano è in movimento.

"Zitto!" il russo mi afferra i capelli e mi tira la testa indietro. La sua pistola è infilata sotto il mio mento.

Uno dei soldati si affretta a salire le scale.

Sta mettendo al sicuro Aleksandra per assicurarsi che io non possa arrivare a lei o sta recuperando Mikhail?

"In ginocchio". Il russo con la pistola mi spinge di nuovo a terra.

Non sono un uomo che si inginocchia, né ai russi né a nessun altro.

Ma mi costringe sul pavimento di legno e le mie gambe cedono. Se finisco colpito, o peggio, morto, non sono utile ad Aleksandra.

"Ho aspettato questo giorno", dice Mikhail mentre i suoi occhi brillano sotto l'illuminazione a sospensione nell'atrio. Scende le scale come un uomo in missione.

La missione è quella di far sposare sua sorella o di uccidermi? Forse è contento di credere di avere l'opportunità di fare entrambe le cose.

I miei uomini sono riusciti a sgattaiolare fuori dal bagagliaio della macchina senza essere scoperti?

"Per fare cosa, uccidermi?", chiedo. Tento di alzarmi in piedi ma il russo mi butta di nuovo giù, sbattendo iun pugno nel mio stomaco e infilando la sua gamba sotto la mia.

"Non fategli del male!" Aleksandra si affretta a scendere le scale superando uno dei russi, che sta brontolando qualcosa sottovoce.

Mikhail non si volta neanche a guardarla da sopra la spalla. "Dovresti essere di sopra!"

"Lo amo!" Aleksandra si affretta a scendere le scale, divincolandosi mentre un'altra guardia la afferra per un braccio. "Lasciami andare".

È esuberante e vibrante, una forza da tenere in considerazione.

Cerco di non sorriderle, la vista di lei in uno splendido abito da sposa, le guance rosee e un cipiglio sul viso.

È bellissima.

E ho intenzione di farla mia.

"Ami questo pazzo?" Mikhail alza un sopracciglio e mi punta il pollice come se non potesse credere alle parole pronunciate.

Non sono nemmeno sicuro che ci creda lei stessa, ma è chiaro che è disposta a dire qualsiasi cosa per evitare di sposare Luka e trasferirsi in Russia.

Non la biasimo. Io farei lo stesso.

"È il padre dei miei figli, cosa che già sai", dice Aleksandra. Lancia un'occhiata al teppista russo alto che continua ad afferrarla per il braccio.

La ragazza non ascolta.

Focosa.

Feroce.

Esattamente la donna che voglio rivendicare.

L'espressione di Mikhail è cupa e il suo naso si storce in un ringhio. "Preferisci sposare la feccia italiana ed essere ripudiata dalla famiglia piuttosto che accettare la mano di Luka?"

"Non vuole trasferirsi in Russia", dico. Che lei mi sposi o meno non è il punto. Non lascerò che i miei figli salgano su un aereo e si trasferiscano dall'altra parte del mondo.

"Ci sarà un matrimonio", dice Mikhail.

Prima che possa dire altro, lo interrompo. "Aleksandra sposerà me".

"Cosa?", dice lei, guardandomi con occhi larghi, da cerbiatta.

"Sì, scusami?" Mikhail inclina leggermente la testa mentre riflette sull'idea. Guarda la sua sorellina e di nuovo me. "Ti aspetti la mia benedizione?"

"Spero che non ci ucciderai".

Ridacchia come se avessi appena fatto una battuta e piega le braccia sul petto. Mikhail si accarezza la lunga e folta barba mentre considera la mia richiesta.

"Cosa potrei ottenere in cambio se tu sposassi la mia sorellina?", chiede.

È chiaro che vuole qualcosa, ma non sono sicuro di cosa questo comporti. Non ho mai saputo cosa Luka riuscisse ad ottenere dall'accordo, a parte una famiglia e una nuova casa lontana.

Non rinuncerò a nessuno dei miei territori. Se è quello che spera di conquistare, faremo prima ad iniziare una guerra tra le nostre famiglie, di nuovo. Ma sto cercando di essere civile, di rimanere calmo, e anche se non sembro avere la meglio inginocchiato a terra, i miei uomini probabilmente sono già di sopra a salvare i miei figli.

Sto facendo guadagnare tempo.

In più sposerei Aleksandra in un attimo.

Mikhail aspetta la mia risposta.

"Due capre e un bue", dico.

Lui sbuffa e alza gli occhi al mio commento. Mikhail non ha il senso dell'umorismo.

"Non sono in vendita", dice Aleksandra. Si sente insultata.

Bene, allora la mia offerta era credibile.

"Al contrario", dice Mikhail con un sorrisetto malvagio. "Stavo pagando Luka per togliermela dalle mani".

"Cosa?" Gli occhi di Aleksandra si allargano.

Come ha potuto non capire che l'accordo di matrimonio aveva una qualche forma di valore monetario?

Luka non la sposava perché la amava o perché stava cercando di salvarla da suo fratello maggiore. Non poteva essere così ingenua da pensare che il matrimonio fosse qualcosa di più di uno strumento di contrattazione.

"Pensi che mi piaccia tenere te e i tuoi marmocchi sotto il mio tetto? Vi ho tollerato perché siete della famiglia. Ma dopo essere scappati e aver tradito la tua carne e il tuo sangue, ne ho avuto abbastanza".

La mascella di Aleksandra cade. "Non è giusto! Non è quello che è successo", dice, chiarendo subito che non ha tradito suo fratello. È perché vuole ricucire lo strappo tra loro o per qualcos'altro?

Mikhail agita la mano con aria di disprezzo. "Non mi interessano le tue scuse. Tu sposerai Luka a meno che Antonio non voglia cedere il controllo del suo regno".

"Non lo farà mai!" Aleksandra si spinge più vicino a suo fratello, arrivando a fissare il suo sguardo di pietra.

Ha ragione e non ho intenzione di cedere il controllo del mio impero alla Bratva russa. Ma ho bisogno di prendere tempo. Sto aspettando che il mio smartwatch vibri portando un messaggio in codice, un messaggio per farmi sapere che i miei figli sono al sicuro.

Non c'è stato ancora nessun allarme e nessun messaggio, quindi cerco di ritardare l'inevitabile.

Inoltre, più a lungo rimango nell'atrio meno tempo sarò trattenuto nella loro prigione, o peggio, morto.

"Sicuramente, potresti volere più soldi", dico.

"Vuoi comprare mia sorella?" Mikhail chiede con una risata cordiale. "Non ti ho mai preso per il tipo di uomo che pagherebbe per il sesso".

"Non sto pagando per una notte con Aleksandra. Sto pagando per ogni notte con lei per il resto della mia vita".

Aleksandra si agita, i suoi occhi si stringono e non riesco a leggere le sue emozioni. È arrabbiata per il mio suggerimento?

"Quanto?" Mikhail chiede. Fa cenno al suo uomo di portarmi in piedi. "Non faccio affari con uomini che chiedono l'elemosina".

Non stavo supplicando per la mia vita, ma non vale la pena discutere o sprecare il fiato.

"Centomila. Sono abbastanza soldi per finanziare le tue attività", dico. Non è un segreto che la bratva si diletta nel traffico illegale di armi.

Mikhail tira Aleksandra più vicino e le sue dita si aggrovigliano nei suoi capelli. "È la mia unica sorella. Dovrai fare meglio di così", sghignazza.

"Lo raddoppio".

Mikhail lascia la sua presa su Aleksandra e si accarezza la mascella, considerando l'offerta. "Duecentomila. In più, voglio un taglio del dieci per cento sul tuo patrimonio lordo e delle scuse per aver rapito la mia famiglia".

È pazzo e chiede una percentuale dei miei affari. Ignoro la sua richiesta di scuse. I Don non si scusano o si umiliano, anche quando hanno torto marcio.

"Duecentomila, e ce ne andiamo senza iniziare la prossima guerra", minaccio.

Il capo russo sbuffa alla mia proposta. "Guerra? Non puoi vincere una guerra con la Bratva. Non ti ricordi cosa è successo l'ultima volta, cosa abbiamo fatto alle tue famiglie?". C'è un ghigno sulla sua faccia, un luccichio di gioia nei suoi occhi.

È evidente che gode nel torturare donne e bambini, vittime indifese. Farebbe di tutto per ferire le persone più vicine a me e non escludo che possa fare lo stesso con Sophia e Liam.

Ma se sopravvivere significa ignorare la sua osservazione e salvare i miei figli dalla Bratva, allora dovrò perdere questa battaglia per vincere la guerra.

"Abbiamo un accordo?", chiedo in modo brusco. Dietro di lui, in cima alla tromba delle scale, c'è un po' di movimento. Sono Sophia e Liam, ne sono sicuro.

Sono con Ardian e Monte? Se posso individuare facilmente i gemelli, anche un qualsiasi numero di uomini di Mikhail potrebbe notarli.

"Mamma!" Sophia strilla e si precipita giù per le scale con suo fratello proprio dietro di lei. Indossa un vestito giallo brillante e i suoi capelli sono un po' spettinati, con un nastro giallo abbinato in mano.

I miei uomini non si vedono da nessuna parte.

Non possono essere stati catturati, o Mikhail sarebbe stato informato.

Stanno ancora cercando Sophia e Liam nella proprietà?

Liam si precipita al fianco di Aleksandra. Del fumo inizia ad arrivare dalle scale.

L'allarme antincendio suona in modo assordante.

"Dmitri e Nikita, scoprite cosa diavolo sta succedendo. Tutti gli altri fuori", Mikhail grida sopra l'allarme che urta le orecchie.

Aleksandra afferra Liam e io raggiungo Sophia, sollevandola tra le mie braccia mentre ci dirigiamo fuori dalla porta principale con Mikhail e la maggior parte dei suoi uomini in testa.

Due delle sue guardie salgono le scale verso il fumo, tossendo, con le pistole puntate all'unisono.

Ardian e Monte hanno appiccato un incendio al piano di sopra? È per questo che hanno mandato i gemelli al piano di sotto, per proteggerli da ulteriori pericoli?

C'è un incendio o è solo un diversivo?

I miei uomini possono facilmente gestire due dei loro soldati, ma perché sfidare un ordine diretto di recuperare i gemelli e uscire dall'edificio?

"Sei stato tu?" Mikhail ringhia e mi punta il dito contro mentre ci affrettiamo a uscire.

L'aria è gelida e Sophia sta tremando tra le mie braccia. Mi tolgo la giacca e la faccio scivolare sulle sue spalle per aiutarla a riscaldarsi.

Liam ha la faccia sepolta nel petto di Aleksandra. Le sue mani sono infilate contro il suo vestito, facendo del suo meglio per tenersi caldo.

"Lasciaci andare", dico. "I bambini stanno congelando. Lascia che li metta in macchina e li porti a casa".

"Casa?" Mikhail ridacchia con il suo spesso accento russo. "E pensi che sia con te?"

Aleksandra si avvicina a suo fratello e appoggia una mano sul suo braccio. "Lasciami andare con lui".

"Ho promesso a nostro padre che mi sarei preso cura di te. Questo significa che ti sposerai, sorellina".

Mikhail ha in testa l'idea che Aleksandra sia una sposa, che lei voglia sposarsi o meno.

Sophia rabbrividisce tra le mie braccia. Il mio blazer non è sufficiente a tenerla al caldo. L'ultima cosa che voglio è che i miei figli si ammalino perché sono fuori al freddo.

"Lasciami sposare tua sorella. Ti ho già fatto un'offerta generosa", dico.

Cosa ci vorrà per convincerlo che Aleksandra e i bambini stanno meglio con me?

"Per favore, Mikhail. È il padre dei bambini", lo supplica Aleksandra.

"Mikhail!" Nikita chiama, correndo fuori.

Mikhail brontola, si stacca dalla presa di Aleksandra e sale le scale verso il suo soldato. "Cosa hai trovato?", chiede. È rumoroso e non posso fare a meno di chiedermi se i miei uomini siano già usciti. Forse l'incendio è stato un diversivo per farli tornare di nascosto al veicolo.

Ma non era questo il piano. Qualcosa deve essere andato storto.

"Una candela è stata rovesciata nella stanza di Aleksandra. Io e Dimitri abbiamo spento il fuoco, ma la sua stanza ha subito un significativo danno da fumo", dice Nikita. La sua camicia bianca è sporca, coperta di fumo e sporcizia dal fuoco al piano di sopra.

"Datti una ripulita", ordina Mikhail. "Tornate tutti dentro. Fa un cazzo di freddo qui fuori".

Non seguo i suoi ordini. Non sono uno dei suoi uomini. "Porto Aleksandra, Sophia e Liam a casa con me". Ho finito di prendere tempo e di cercare di contrattare con un uomo in cerca di sangue.

I miei uomini devono aver dato fuoco alla camera da letto di Aleksandra nel loro tentativo di fuggire.

Mikhail guarda da me a sua sorella. "È questo che vuoi? Una volta che te ne vai, non puoi più tornare indietro, Aleksandra".

Si avvicina di più a me, il suo corpo sfiora il mio. "Lo amo e i bambini meritano la possibilità di conoscere il loro padre".

Le guance di Sophia sono rosse. Si tira leggermente indietro per fissarmi in faccia. "Conosci il mio papà?" chiede.

"Sono tuo padre", dico, fissando i suoi occhi azzurro chiaro. Lei ha lo stesso sguardo di Aleksandra.

Le guance di Sophia sono rosse e rabbrividisce nel mio abbraccio. Non aspetto la risposta di Mikhail. Stringo la piccola contro di me e afferro il braccio di Aleksandra, spingendola a seguirmi in macchina. La porta posteriore è aperta e mi affretto ad aprire la porta, facendo entrare Sophia mentre Aleksandra aiuta Liam dall'altra parte.

L'orlo dell'abito di Aleksandra è sporco, la cerniera posteriore è aperta a metà della sua schiena. I suoi capelli sono disordinati, il suo trucco è sbavato. È bellissima, ed è fottutamente mia.

CAPITOLO TRENTA

Aleksandra

Ho detto ad Antonio che lo amo?

Lui porta Sophia alla macchina e io guido Liam sul sedile posteriore prima di salire sul lato passeggero.

Dietro, ci sono due seggiolini. Antonio si è preparato a portare a casa i gemelli. Sa a cosa sta andando incontro avendo una famiglia? È pronto ad essere un padre per i miei figli?

Non riesco a smettere di tremare per il freddo gelido che c'è nell'aria. Il mio vestito non è minimamente adatto all'inverno. Per non parlare della mia mancanza di calzature.

Antonio avvia il motore quando è al posto di guida e l'aria fredda esce dalle bocchette. Spingo via le bocchette, puntandole ovunque tranne che su di me.

"Si riscalderà presto", dice.

Sto congelando e le mie mani sono rosse e intorpidite. Guardo i gemelli mentre si allacciano le cinture di sicurezza. Conoscono la routine.

Anche se non sono sicura che capiscano cosa sta succedendo, un giorno sarò in grado di spiegarglielo quando saranno più grandi.

"Sei il mio papà?", chiede Sophia.

Antonio preme il gas e il motore ruggisce. "Spero che voi ragazzi siate tornati", dice.

Quali ragazzi? Ha portato i suoi uomini con sé?

C'è una risposta ovattata e io mi guardo intorno, chiedendomi da dove diavolo venisse.

Il baule?

Antonio guarda il suo orologio mentre vibra con un messaggio di testo. Non riesco a leggerlo dal mio posto, ma immagino che sia una specie di indicazione che è ora di andare.

Mikhail ci ha appena lasciato andare via. C'è qualcosa che non va. Nessuna guardia ci insegue con le armi spianate e mentre Antonio spinge la macchina in avanti verso il cancello, la guardia dall'altra parte apre la porta di metallo e ci lascia andare.

Superiamo il cancello di guardia e io guardo nello specchietto laterale.

Mikhail non si trova da nessuna parte.

"È stato troppo facile", sussurro.

"Sono d'accordo", dice Antonio mentre afferra il volante, con le nocche bianche. Ogni tanto alza lo sguardo nello specchietto retrovisore, come se stesse cercando Mikhail o i suoi uomini che ci seguono.

Ma sanno dove vive.

Non sarà difficile per loro trovarci. E non è finita; conosco mio fratello. Non lascerà le cose in sospeso.

———

Arriviamo di nuovo al complesso. La casa è proprio come l'abbiamo lasciata, tranne che il mio letto è stato rifatto, i miei vestiti messi via e le lenzuola cambiate.

Non ho mai pensato che sarei stata sollevata di essere qui. Forse mi sbagliavo e Antonio non è così male.

"Grazie", sussurro, fissandolo mentre mi soffermo all'ingresso della mia stanza.

È nel corridoio e mi scorta al piano di sopra, ma non sono sicura del perché. Ha intenzione di rinchiudermi o ha qualcosa da dire in privato?

Sophia e Liam stanno giocando nella loro camera da letto, preparandosi per un talent show. Anche se non ho la minima idea di quali talenti abbiano. È dolce che vogliano esibirsi per noi e che abbiano chiuso la porta, facendoci promettere di non entrare perché vogliono che sia una sorpresa.

"Posso entrare?", chiede Antonio.

Faccio solo un'alzata di spalle e un debole sorriso. "È casa tua", dico. Se vuole entrare nella mia stanza, niente lo fermerà.

"Ascolta, so che puoi aver detto quello che hai detto per sfuggire alla presa di tuo fratello. Sei la benvenuta qui per tutto il tempo che vuoi, non ti costringerò a trasferirti in Russia", dice.

Tiro un sospiro di sollievo. "Bene, perché dovrei picchiarti in quel caso. Spero che tu non abbia pianificato di trasferirci da qualche parte fuori dal paese".

"Anche l'Italia?"

"Dimmi che stai scherzando". Non ho il coraggio di scherzare sul fatto di trasferirmi in un paese straniero dopo lo schifo che Luka e Mikhail mi hanno fatto passare recentemente.

Antonio offre un caldo sorriso. "Posso entrare?" chiede di nuovo.

"Sì, certo", dico e faccio un passo indietro verso il letto.

Antonio mi segue dietro e chiude la porta. "Ascolta, dicevo sul serio quando ho detto a tuo fratello. Vorrei che fossimo una vera famiglia".

"Proprio così? Chi sei tu e cosa ne hai fatto dell'uomo che mi ha rapito?".

Non fa nemmeno un sorriso.

"Battuta infelice?" Dico e mi morsico il labbro inferiore. Mi siedo sul materasso in fondo al letto. La rabbia che covavo per Antonio ha iniziato a svanire. Non c'è risentimento per quello che ha fatto, rapirci.

Antonio si avvicina e viene a mettersi sopra di me, aleggiando, incombendo. Ha l'incredibile capacità di farmi venire il mal di pancia.

Faccio un respiro nervoso e prego che non se ne accorga. Il mio cuore mi martella nel petto. Lui è l'unico che ha la capacità di rendermi senza parole.

"Portarti qui la prima volta è stato per proteggerti", dice. Si china più vicino e la sua mano guida il mio mento verso l'alto in modo che io fissi il suo sguardo. "Mi dispiace se ti ho messo a disagio".

Questo è il minimo di quello che ha fatto e io apro la bocca per vendicarmi, ma le sue labbra sono sulle mie nel momento in cui lo faccio.

Il bacio è caldo, appassionato e feroce.

Antonio è forte e il magnetismo tra noi è forte.

Un bacio porta a due, e lo stringo contro di me, tirandolo giù sul letto. Non mi sono mai sentita così bisognosa e disperata in vita mia.

Forse lo amo? Certamente lo desidero e amo i sentimenti che suscita in me. Anche nella rabbia, c'è un'intensità accesa che non si spegne mai.

"Non avrei dovuto andarmene", dico. Non sono un'idiota. Sapevo che c'erano dei rischi nel tornare al complesso della Bratva. Ero stata ingenua a sperare che mio fratello avrebbe lasciato che il passato fosse dimenticato.

E peggio ancora, ho messo in pericolo la vita di Antonio.

Appoggia la sua fronte contro la mia, catturando le mie labbra in un altro bacio bruciante prima di stendermi sulla schiena. Con facilità, mi guida fino alla testata del letto prima di mettersi a cavalcioni su di me, bloccandomi sotto di lui.

Già sento il rigonfiamento nei suoi pantaloni, il suo desiderio che brucia per me.

I suoi occhi sono scuri. Una tonalità più profonda e ricca di cioccolato che scioglie le mie interiora mentre si struscia su di me.

Cazzo.

Mi lascerà morire di una morte lenta e sensuale.

Voglio sentirlo, toccarlo, assaggiare ogni centimetro del suo corpo. Le mie dita seguono le sue braccia e lui afferra i miei polsi, bloccandomi con forza sul materasso.

"Sei mia", ringhia. "Posso fare quello che voglio con te".

Un brivido attraversa il mio corpo.

L'unica notte che abbiamo condiviso anni fa non era andata proprio così, ma odio ammettere che sto morendo dentro, desiderando di esplorare il suo corpo. Il modo in cui parla in modo sporco mi fa venire voglia di spogliarmi subito.

Non crollerò sotto la sua forza, il suo potere.

"Nessuno mi possiede", dico, fissandolo, sfidandolo. Non c'è rabbia o risentimento. Nessuna ostilità, tranne il fatto che lui è più forte di me e io sto lottando per il controllo sessuale.

Si china e morde giocosamente il mio labbro inferiore, tirandolo tra i denti.

Si rende conto di quanto facilmente può far rabbrividire una ragazza?

Il mio respiro esce affannato mentre dondolo i fianchi contro i suoi. Il suo ginocchio offre attrito tra le mie cosce, il vestito è posizionato goffamente con la parte posteriore ancora mezza slacciata e la gonna mi arriva alle ginocchia.

"Non ancora, tesoro", sussurra e sorride verso di me, soddisfatto di sé.

"Per favore." Sembro bisognosa, senza fiato e il mio desiderio è alimentato dal fatto che è passato troppo tempo da quando ho avuto un uomo nel mio letto.

Il mio corpo pulsa e trema mentre lui si struscia contro i miei fianchi, un sorriso consapevole per la soddisfazione di ciò che può fare.

"Voglio vederti venire", respira Antonio.

Le sue parole sono la mia rovina.

Le mie dita dei piedi si arricciano e le mie interiora si stringono, vogliono sentirlo dentro. Completamente vestita, rabbrividisco e ho degli spasmi, il mio corpo prende il sopravvento, trovando la liberazione mentre inarco la schiena.

Mi stringe forte e io non sono in grado di negare l'attrazione fisica, il desiderio che scorre attraverso di me. Non che io voglia farlo.

Voglio questo con Antonio.

Lo voglio.

Il mio cuore corre mentre il mio corpo finalmente si calma. Si solleva da me abbastanza a lungo per aiutarmi a togliere il vestito, liberandomi dell'abito indesiderato ma lasciando le mutandine.

Antonio bacia lungo il mio stomaco, inalando il mio profumo mentre il suo naso sfiora le mie mutandine. "Sei bagnata fradicia", sussurra con un sorriso consapevole.

"Soddisfatto di te stesso?"

"Lo considero un buon risultato, far venire una bella donna tra le mie braccia, con i vestiti ancora addosso", dice Antonio.

Le mie guance si infiammano.

"Non c'è niente di cui vergognarsi", dice e si scosta da me abbastanza a lungo da far cadere i suoi vestiti sul pavimento con il mio abito. "Anche se dovrei suggerire di aspettare fino alla nostra notte di nozze".

Gemo alla menzione di noi che ci sposiamo. Sono stufa di discutere di matrimoni. Perché devo legarmi a qualcuno per il resto della mia vita?

"Sei crudele", ribatto. Sta scherzando, cercando di farmi arrabbiare di nuovo? Perché sta funzionando.

C'è un luccichio consapevole nei suoi occhi. "Perché? Hai già avuto il tuo primo orgasmo della notte", dice Antonio. "Ho capito. Vuoi di più da me".

"Voglio ogni centimetro". sussurro, fissando il suo sguardo scuro.

"Dove lo vuoi?" Antonio chiede. Si china e la sua lingua traccia il mio labbro superiore, senza cedere.

Piagnucolo in segno di protesta. Quest'uomo sarà la mia morte.

"Mi stai uccidendo", gemo, tirandolo più vicino e più stretto, voglio sentire il suo cazzo dentro di me.

Mi sorride e lascia cadere dei baci morbidi e leggeri sulle mie labbra. "Stai esagerando".

"Non avrei mai pensato che saresti stato un tale provocatore, cazzo", brontolo.

Le sue labbra si chiudono, ma un ghigno adorna il suo viso. "E ti piace", sussurra verso di me. "Il tuo corpo non mente".

Mi avvicino per catturare le sue labbra e ci rotoliamo, disperati di prendere il controllo.

Nel momento in cui cerco di sopraffarlo, lui mi immobilizza, ricordandomi che è lui a comandare.

"La tua disperazione è sexy, tesoro", dice Antonio. "Il rossore che si diffonde lungo i tuoi seni. Scommetto che stai soffrendo dentro per me. Non è vero?"

Gli ringhio contro, ma lui ridacchia prima di chinarsi e succhiarmi il collo. "Giuro che se lasci un segno", brontolo, ma la mia determinazione si sgretola. Ho le ginocchia deboli e la sensazione di pulsazione tra le cosce si è intensificata fino a diventare un desiderio che non ricordo di aver mai provato prima.

"Questo è il punto. Ti sto marcando, ti sto reclamando", dice. "Lascia che ogni uomo veda che mi appartieni".

Le sue parole accendono un fuoco che cresce dentro di me.

"Non venire ancora", avverte. "Non finché non ti do il permesso".

Un mugolio esce dalle mie labbra perché sono già in bilico. E lui non mi lascerà cadere nell'oblio, almeno non ancora.

"Per favore". È questo che gli piace sentire? "Voglio sentirti dentro di me".

"Brava ragazza", sussurra, e lo sento stuzzicare il mio ingresso. "Era così difficile da dirlo?"

I miei occhi si chiudono e piego le gambe, dandogli ampio spazio per riempirmi. C'è un dolore che aumenta, ma è un buon tipo di dolore. Mi allunga per adattarsi alle sue dimensioni.

Ho dimenticato quanto fosse grande e come si sente il suo cazzo dentro di me.

L'ultima volta che siamo stati sotto la doccia, è stata rapida e ruvida.

Non è meno rude questa volta, ma è anche attento ai miei bisogni.

Mi sposto sul letto e avvolgo le gambe intorno a lui, trascinandolo più a fondo dentro di me.

"Cazzo", grugnisce. La sua faccia è rossa e lui spinge più velocemente, più forte, facendo arrivare il cazzo più in profondità.

"Voglio guardarti venire", dico, fissandolo. Guido le mie dita lungo la sua schiena, le mie unghie graffiano la sua pelle e scendono fino al suo culo, segnandolo proprio come lui ha segnato me.

"Vieni con me", grugnisce.

Ogni spinta mi porta più vicino al bordo.

La mia schiena si inarca e le mie dita dei piedi si arricciano mentre lui penetra più profondamente che mai. Rabbrividisco e mi stringo al suo cazzo. Le mie interiora tremano e fremono mentre lui si riversa dentro di me.

"Merda", impreco, rendendomi conto che abbiamo dimenticato di usare la protezione.

Antonio impiega un minuto per realizzare che ho detto qualcosa. "Cosa c'è che non va?" chiede.

Scendo dal letto e mi dirigo verso il bagno per pulirmi. Non che serva a molto per prevenire un'altra gravidanza, ma non può far male. "Non abbiamo usato il preservativo", dico alle mie spalle mentre chiudo la porta del bagno dietro di me.

CAPITOLO TRENTUNO

ANTONIO

Un preservativo. È di questo che si preoccupa?

Probabilmente è il fatto che potrebbe rimanere incinta di nuovo. Ma le ho già detto che la sposerei, e voglio essere nella vita di Sophia e Liam.

Apre la porta del bagno quando ha finito. Aleksandra è splendida. C'è uno splendore su di lei e il fatto che sia nuda me lo fa diventare duro. Non riesco a staccare il mio sguardo dal suo corpo.

"Sarebbe la fine del mondo?", chiedo. "Se rimanessi di nuovo incinta?" Non è che stiamo cercando di avere un altro figlio, ma ho perso i primi anni con i gemelli. Non me le perderei di nuovo.

Scendo dal materasso e la tiro nel mio abbraccio, avvolgendo le braccia intorno a lei.

"Ancora?" ride, guardando il mio cazzo.

"È colpa tua; sei così dannatamente bella". C'è un calore che sfrigola tra noi, anche adesso.

"È un problema?", chiede.

La spingo verso il letto, tirandola sulle mie ginocchia. "Assolutamente no", dico e schiaccio le sue labbra con le mie. Voglio divorarla dalla testa ai piedi, scoprire ogni lentiggine e imperfezione che la rende veramente unica.

E ho intenzione di fare proprio questo.

"Mamma!" Sophia batte sulla porta adiacente.

La piccola tigre irrompe senza aspettare e ci fissa con occhi larghi e confusi. Non siamo vestiti.

"Esci!" Muggisco, indicando la porta.

Gli occhi di Sophia si riempiono di lacrime mentre torna in camera sua.

"Guarda cosa hai fatto", rimprovera Aleksandra mentre mi spinge via e attraversa la camera da letto verso il cassettone. Non si rimette l'abito da sposa. Giace sul pavimento.

Prendo i miei vestiti sparsi sul pavimento e tiro su i boxer.

"Io?" chiedo. "Lei è entrata senza aspettare il permesso".

"È una bambina", dice Aleksandra e alza gli occhi al cielo. Già vestita con reggiseno e mutandine, si fa scivolare i pantaloni sui fianchi.

È impossibile non fissare la donna sexy da morire a pochi metri da me.

"Rilassati. Non ha idea di quello che ha visto", dice.

Mi tiro su i pantaloni e poi la camicia. "Ne sei sicura?" Mi passo una mano tra i capelli. L'ultima cosa di cui ho bisogno è traumatizzare il ragazzo.

"Lascia perdere. Se inizia a fare domande, me ne occuperò io", dice Aleksandra.

"Bene, perché non sono pronto per il discorso sul sesso con i gemelli".

"E tu pensi che io lo sia?" Emette un sospiro pesante. "Per fortuna, abbiamo qualche anno prima che avvenga quella discussione".

Mentre io mi abbottono la camicia, Aleksandra si tira su la camicetta. Devo fare appello a tutta la mia forza di volontà per non andare a strapparle i vestiti di dosso.

Apre la porta adiacente e scompare nella camera dei bambini.

Sospiro e aspetto un attimo prima di seguirlo. Non posso evitare la scontrosità e l'irritazione che trasudano da dentro di me. Non sono abituato a stare in mezzo ai bambini, figuriamoci ai miei.

Tutto questo è ancora nuovo per me.

Mi avvicino alla porta aperta e mi appoggio allo stipite, ficcando la testa nella stanza.

Aleksandra è inginocchiata sul pavimento accanto a Sophia. La sua voce è morbida e anche se non riesco a sentire cosa sta dicendo a nostra figlia, sembra che stia aiutando a calmarla.

Sono davvero tagliato per essere un padre? O sto peggiorando le cose tenendoli qui sotto il mio tetto?

"Mi ha urlato contro", dice Sophia, con le guance rosee e il broncio più grande sulla faccia.

"E tuo padre è incredibilmente dispiaciuto per averlo fatto", dice Aleksandra, lanciando un'occhiata oltre la sua spalla.

La mia bocca si asciuga al suono di "papà".

Sto lì in soggezione realizzando che ho due figli. Sono la mia carne e il mio sangue. Certo, sapevo già da un po' di tempo che avevo dei figli, che i gemelli erano miei, ma non mi ero ancora reso conto del fatto che avrei potuto plasmare e influenzare il loro futuro.

È un sacco di roba da assimilare e da accettare.

"Non mi dispiace", digrigno tra i denti stretti.

Gli occhi di Sophia brillano di lacrime.

Cazzo. Sto per farla piangere di nuovo.

Aleksandra si alza e si gira. "Vado a parlargli", dice ai bambini. Si muove alla velocità della luce verso di me, afferra il mio braccio e mi sbatte indietro nella sua camera da letto.

Chiude la porta con il piede, assicurandosi che la conversazione rimanga tra noi.

Bene. Per me va bene.

"Dovrei avere paura di te?", chiedo. Emana vapore e la passione nei suoi occhi mi fa venire voglia di metterla contro il muro e mostrarle chi cazzo comanda.

Lei geme. Ho la straordinaria abilità di frustrarla o forse di farla arrabbiare. Probabilmente un po' di entrambi.

"I ragazzi non sono abituati a questi modi. Devi abbassare i toni o non entreranno mai in sintonia con te".

Cerco di essere gentile, ma non sono la persona più gentile e premurosa. Gestire la mafia non mi permette di essere dolce e cordiale. "Pensi che non me ne renda conto?", chiedo, la mia voce più forte di quanto intenda.

Lei è appoggiata alla porta e io mi sporgo in avanti, spingendo la mia mano contro il materiale di legno, intrappolandola.

"Sto facendo il meglio che posso", dico.

"Beh, fa' di meglio", dice Aleksandra. I suoi occhi sono bloccati sui miei. "Ora che sanno che sei il loro padre, dovrai comportarti da uomo e comportarti come un padre con quei due bambini".

"Cosa pensi che abbia fatto dal giorno in cui ti sei trasferita?", chiedo. Ho chiesto ai miei uomini di mettere al sicuro i giocattoli dei gemelli, i vestiti, tutto ciò che volevano è stato portato nel complesso.

"Il giorno in cui mi sono trasferita?" Ride sottovoce e si rende conto che non sto sorridendo. "Hai uno strano modo di pensare, Antonio".

Mi avvicino di più, il mio respiro si mescola al suo. Ma non la bacio. "Voglio solo ciò che è meglio per i miei figli", dico.

"I nostri figli", mi corregge e spinge con forza la sua mano contro il mio petto, spingendomi indietro di qualche metro. "Devi imparare a smorzare la tua rabbia, l'aggressività, qualsiasi cosa sia che ti tiene a capo della mafia. I gemelli non hanno bisogno di far parte di questa vita".

Faccio un passo indietro, fuori dalla sua portata.

"Hai ragione".

Mi brucia quanto abbia ragione e la rabbia mi lacera dentro. Ucciderei per proteggere i bambini e Aleksandra. Il solo fatto di aver portato Sophia alle lacrime mi fa correre il cuore e mi fa fare una capriola allo stomaco.

Faccio per uscire in corridoio.

"Antonio", dice Aleksandra, chiamandomi.

Mi avvicino alla porta, la mano è già sulla maniglia. Non mi giro, ma aspetto. Le do il tempo di dire qualsiasi cosa debba essere detta.

Ridicolizzerà il modo in cui ho trattato Sophia?

"Hai intenzione di scappare sempre da me?", chiede.

Mi giro per affrontarla e mi appoggio con la schiena contro la porta. "Quando mai sono scappato? Se ricordo bene, mi hai allontanato. Hai tenuto segreto il fatto che eri incinta. Dimmi, Aleksandra, quando sono scappato da te?"

Si blocca per un secondo.

C'è stato un caso in cui me ne sono andato dopo aver trovato il biglietto da visita di quell'agente dell'FBI, ma lei mi ha detto di andarmene.

La sua lingua sfreccia fuori e striscia sul suo labbro superiore. "Hai ragione, ma ora stai scappando. Avere figli non è facile. Non andartene solo perché hai fatto un casino e hai urlato. Accetta la responsabilità".

Sembra proprio una madre che rimprovera un'adolescente. Ma io non sono suo figlio e non sono nell'adolescenza.

"Farai degli errori", dice, la sua voce più morbida, più gentile e più calma. Se uno di noi è razionale, è Aleksandra. Si avvicina a me e districa le mie braccia piegate contro il mio petto.

"Non faccio errori", grugnisco.

Sto aspettando che lei alzi gli occhi al cielo, ma è molto più paziente con me di quanto mi aspettassi. È difficile discutere con lei quando non sta combattendo con me. Questo contegno calmo mi sconvolge.

"Certo che no", dice e alza un sopracciglio. Il suo sguardo è bloccato sul mio, aspettando che io dica qualcosa.

Probabilmente vuole che mi scusi.

Dannazione.

Non chiedo scusa. È un segno di debolezza nella famiglia, la mia famiglia mafiosa. Ma anche Aleksandra fa parte della mia famiglia ora, così come Sophia e Liam.

Sospiro, stringo la mano di Aleksandra e seppellisco la rabbia, mettendola a tacere. Nessuno dovrà mai sapere il potere che lei ha su di me. I miei uomini non mi darebbero il giusto rispetto che mi sono guadagnato.

CAPITOLO TRENTADUE

ANTONIO

Due settimane dopo

Ardian entra nel mio ufficio. "Signore, abbiamo compagnia".

Prima che possa elaborare ulteriormente, Mikhail lo spinge oltre ed entra a grandi passi nel mio ufficio. La sua guardia del corpo lo accompagna, bloccando la porta.

Ardian si affretta lungo il corridoio e posso solo supporre che lo faccia per raccogliere rinforzi e armi.

"Come hai fatto ad oltrepassare il cancello?", chiedo.

Uno dei miei uomini ha accettato di farlo entrare? Non posso fare a meno di chiedermi se qualcun altro mi ha tradito dopo Mario.

C'è un ghigno malvagio sul suo volto. "Non badare a questioni così banali, Antonio". Mikhail si avvicina alla mia scrivania e alla fine si siede di fronte a me. Poggia i piedi sul ripiano di legno, i suoi stivali sono sporchi di neve che lascia sui fogli sparsi.

Spingo il portatile da parte e lo chiudo.

"Cosa vuoi?". Non è qui per una visita di cortesia. Questo non esiste tra noi e non esisterà mai.

"Sono venuto a raccogliere ciò che è mio di diritto. Ti ho dato mia sorella e i suoi figli. Devi ancora pagarmi i duecentomila, e una percentuale del tuo impero".

Mi faccio beffe della sua idea di accordo. Sono un uomo che mantiene la parola data, ma ho la sensazione che non sia qui solo per i soldi.

"Non appena mi darai il numero di conto, ti trasferirò i fondi che abbiamo concordato", dico. Farei qualsiasi cosa per proteggere la mia famiglia, compresi Aleksandra, Sophia e Liam.

"Bene, perché non vorrei dover fare qualcosa di drastico", dice Mikhail e ridacchia. "Ho due uomini che controllano i gemelli all'asilo e un altro ha una pistola puntata sulla tua ragazza. Non fare niente di stupido".

Mikhail si mette la mano in tasca in tasca. "Non sto cercando un'arma", mi assicura e rivela un tablet portatile. Lo gira per mostrarmi lo schermo.

Ci sono filmati di sorveglianza dei gemelli nel parco giochi dell'asilo e i suoi uomini sono visibili appena fuori dal cancello. Fa scorrere lo schermo con la mano e mi mostra il secondo set di filmati, con una pistola puntata su Aleksandra.

È nel retro di un veicolo. È buio. C'è del nastro adesivo sulle sue labbra e le sue mani sembrano legate dietro la schiena.

"Lasciala andare!"

"Non appena avremo i nostri soldi, ogni centesimo", dice Mikhail. Mi consegna un foglio di carta con i suoi numeri di conto corrente per trasferirgli i soldi.

È questo quello che devo aspettarmi ogni mese?

Estorsione e minacce alla mia famiglia.

Mi rifiuto di inchinarmi o di cedere a uomini come Mikhail. Ma devo procedere con cautela per assicurarmi che Aleksandra e i miei figli siano illesi.

"Ti dispiace?", dico puntando verso i suoi stivali bagnati sulla mia scrivania.

Mikhail ridacchia e toglie i piedi dal legno, sedendosi composto. "Non avrei mai pensato che saresti stato così facile da estorcere", dice. Non cerca nemmeno di nascondere il fatto che sta gongolando sotto la sua calma esteriore.

Apro il portatile e cerco di trasferire i fondi sul suo conto bancario. Probabilmente è un conto offshore, irrintracciabile.

"Non ti avvicinerai mai più alla mia famiglia", avverto.

È stato troppo facile per Mikhail arrivare ai gemelli, ad Aleksandra, entrare nel mio ufficio. Quanti dei miei uomini mi hanno tradito? Posso sentire il tradimento bruciare come un inferno furioso. Mikhail sta facendo la guerra e i miei uomini si sono dimostrati sleali.

"Non devi preoccuparti, Antonio. Se continui i pagamenti mensili, non mi vedrai mai più", dice.

Sospiro. "Di quanto stiamo parlando?" Aveva chiesto il dieci per cento lordo, ma non ha accesso diretto ai miei registri finanziari e alle ricevute delle transazioni. Non ci sono tracce cartacee negli affari in cui sono coinvolto e lui lo sa.

"Venti per cento", dice Mikhail. "Sarà un problema?"

La sua guardia del corpo sta sulla porta e guarda dal corridoio verso il suo capo e poi verso di me. Si schiarisce la voce con Mikhail. Posso solo supporre che sia un segnale, ma di cosa?

La pistola della guardia è in bilico sul suo fianco. Il riflesso del metallo cattura il mio sguardo. Non la sta impugnando, il che significa che potrei prendere la mia pistola di riserva sotto la scrivania e far fuori Mikhail e lui. È improbabile che riesca a fare entrambi i colpi prima di essere colpito io stesso da uno o due proiettili.

E sono più preoccupato per Aleksandra e i gemelli. Se faccio una mossa sbagliata, potrebbero morire.

Stringo le labbra. Non mi piacciono le estorsioni. Anche se sono un uomo di mafia, sono anche un uomo di parola. "Eravamo d'accordo sul dieci per cento", dico. Tecnicamente, non ero felice di quell'accordo, ma avrei detto qualsiasi cosa per allontanare Aleksandra e i bambini dal mafioso russo.

Mikhail si appoggia alla sedia. Allunga le braccia e mette le mani dietro la testa. "Beh, il prezzo è salito".

"Scusa?"

Cosa mi dice che non aumenterà di nuovo tra un mese.

"Te ne sei andato con mia sorella e non hai pagato".

Pensa di possedermi. "Sei un uomo morto!" Minaccio, con il cuore che batte contro la cassa toracica.

"Ricorda chi ha iniziato questa guerra", dice Mikhail. "Hai portato la morte sulla porta di casa tua e nelle case dei tuoi fratelli mafiosi. Sei sicuro di volerlo fare di nuovo?".

Il mio labbro superiore si contrae con un ringhio. "Sei un mostro".

"Non peggio di te che rapisci mio nipote e lavori per Roberto". Mikhail non può lasciar perdere.

"Vedi Roberto che gestisce la mafia?" Non confesserò di aver ucciso Roberto. Non posso correre il rischio che Mikhail sia venuto qui con un'altra agenda, indossando un microfono e cercando di incriminarmi.

Dà un'occhiata al mio ufficio dalla sua posizione sulla sedia. "Sembra che tu ti sia comportato bene. Lascia che ti dia un consiglio, fratello". C'è disprezzo nel suo tono, arroganza e rabbia che ribolle in superficie.

"Non voglio i tuoi consigli", dico io.

"Ma dovresti", dice Mikhail. È calmo, e perché non dovrebbe esserlo? Sta ottenendo tutto quello che vuole, cazzo.

"Non scherzare con la Bratva se non sei preparato alla guerra. Il tuo predecessore è stato stupido, credendo di poter vendere Liam, e per cosa, un paio di centinaia di migliaia ad una famiglia ricca che voleva un figlio caucasico? Hai quasi distrutto la tua stessa famiglia e non lo sapevi nemmeno".

Ha ragione, ho fatto un casino, ho iniziato una guerra, ma ci siamo lasciati tutto alle spalle. Non è vero? Avevamo fatto una tregua, un cessate il fuoco, e l'accordo era quello di permettere a Mikhail di tornare nella Bratva a condizione che lui e i suoi uomini lasciassero in pace le altre famiglie mafiose. La sua guerra era con noi.

"Ho pagato i tuoi soldi", dico, girando lo schermo del computer in modo che possa vedere la ricevuta del trasferimento di fondi. "Voglio che Aleksandra venga rilasciata e che lasci in pace i miei figli".

CAPITOLO TRENTATRÉ

Aleksandra

La mia bocca è coperta dal nastro adesivo, le mie mani sono legate con una fascetta dietro la schiena.

"Mi dispiace, Aleksandra, ma tu mi sposi e ci trasferiamo in Russia", dice Luka.

Non l'ho mai visto come un mostro, ma lavora per Mikhail.

Cerco di urlare, supplicare Luka di non farlo, ma il nastro adesivo mi rende impossibile dire qualcosa di comprensibile. Ogni parola è ovattata e borbottata. Potrebbe facilmente mettermi a tacere con la pistola, ma non sembra volermi morta.

Siamo nel retro di un SUV, parcheggiato di fronte all'asilo dei bambini. Due degli scagnozzi di Mikhail stanno guardando i miei figli giocare fuori dal cancello.

Scalcio e reagisco, non permettendo a Luka di avere il controllo su di me.

Hanno già massacrato un uomo, Gian, la mia guardia del corpo.

Giace morto nel veicolo dietro di noi.

Dopo che Luka ha sparato a Gian in testa, mi ha trascinato fuori dal SUV e mi ha spinto nel retro del suo van. Avrei dovuto lottare di più, ma gli altri due uomini con lui, Dmitri e Nikita, hanno detto chiaramente che avrebbero ucciso Sophia e Liam.

Con Dmitri e Nikita dall'altra parte della strada, colgo l'occasione per sbattere tutto il peso del mio corpo su Luka.

Bestemmia in russo e mi ringhia contro, afferrandomi per il collo. "Sto cercando di proteggerti".

Luka è un bugiardo.

Se avesse voluto proteggere me e i miei figli, ci avrebbe lasciato in pace.

Lascia la presa abbastanza a lungo perché io possa usare le gambe per colpirlo al petto. Il mio obiettivo è il suo inguine, ma è un bersaglio mobile, e ciò rende difficile mettere a segno un colpo ogni volta che lo attacco.

"Antonio ti farà del male", dice Luka. Voglio urlargli contro, ma il nastro adesivo rende difficile dire qualcosa ad alta voce.

Mi appoggio alla portiera dell'auto e sbatto con forza le gambe sul sedile posteriore verso Luka. Cerco di raggiungere la maniglia della porta e riesco a strattonarla per aprirla. Potrei raggiungere il marciapiede se riuscissi a spingeremi fuori dalla macchina.

Non appena sono in piedi sulle mie gambe, posso correre.

Ma Luka la pensa diversamente.

Mi afferra le gambe e mi trascina più lontano verso la porta opposta, la mia schiena contro il sedile mentre lui mi sovrasta. Le sue mani salgono intorno al mio collo, soffocandomi.

Urlo e imploro contro il nastro adesivo, ma lui non riesce a capire una parola di quello che dico e nessun altro può salvarmi.

La porta sul retro è leggermente socchiusa, ma non potendo usare le mani non posso reagire, e il suo corpo bloccato contro il mio mi rende incapace di muovermi.

"Morirai, Aleksandra, e poi massacreremo i tuoi figli", minaccia Luka. La sua faccia è rossa, i suoi occhi neri come la notte. C'è un'oscurità dietro di loro che non ho mai visto prima.

Le lacrime bruciano i miei occhi e la mia visione diventa sfocata e poi nera.

Per un secondo, penso che potrei essere morto.

Che è tutto finito.

C'è un'ondata di confusione, di rumore, di voci che non riconosco. Sento solo un ronzio nelle orecchie e non riesco a mettere a fuoco il suono.

Luka non mi trattiene più. Qualcuno lo sta tirando fuori dal veicolo.

È Antonio? È venuto a salvarci?

"Aleksandra", la voce dell'agente Malone si fa strada attraverso la nebbia. Mi toglie il nastro adesivo dalla bocca e mi aiuta a sedermi, slegandomi le mani. "È un bene che abbiamo messo una squadra di sorveglianza all'asilo".

Cercano Antonio o Mikhail?

Respiro a fatica, guardando oltre l'agente dell'FBI mentre una squadra dei suoi uomini ha i membri russi della bratva in manette: Luka, Dmitri e Nikita.

"Sophia e Liam?" Ho bisogno di sapere che sono al sicuro.

"Sono all'interno con gli altri bambini", dice. "Puoi rilassarti. È tutto finito".

È finita? E Antonio?

Ho bisogno di sapere che Mikhail non lo sta tenendo in ostaggio, facendogli del male. Se sono andati dietro ai miei figli e a me, perché non dovrebbero andare dietro a lui?

Ma non posso portare gli agenti federali al suo complesso senza tradire la sua fiducia. Mastico il mio labbro inferiore e scendo dal veicolo.

"Posso vedere i gemelli?", chiedo.

"Certo." Mi porta dall'altra parte della strada e suono il campanello, entrando nell'edificio. L'agente Malone aspetta fuori. Parla con un altro agente mentre io entro nell'asilo.

Chiudo la porta dietro di me e sono sollevata quando mi viene concesso di entrare e vedere i gemelli ignari del dramma che si è appena svolto. Entrambi mi abbracciano e parlano della loro giornata, di come hanno dipinto gli alberi con le dita e hanno imparato a coltivare le verdure.

È un sollievo che siano al sicuro.

"Datemi un secondo", dico ai gemelli e mi avvicino a Kira, la direttrice dell'asilo.

"Sai cosa sta succedendo?", chiede. "Abbiamo avuto alcuni genitori che hanno commentato una retata dell'FBI qui fuori. Hanno paura di uscire con i loro bambini".

È facile mentire. "Non so niente", dico e spero che non ci siano tracce del nastro adesivo che era sulla mia faccia. I miei polsi sono doloranti e lividi, ma lei non può vedere i segni coperti dal mio cappotto invernale. "Mi presteresti il tuo telefono? Ho lasciato il mio a casa", dico.

Devo contattare Antonio e assicurarmi che Mikhail non sia all'interno del complesso.

"Certo", dice Kira. Tira fuori il suo cellulare e io compongo il numero di Antonio. Gli sono grata per avermelo dato e per avermi detto di memorizzarlo.

Squilla e sento un russo burbero: "Pronto?".

Il mio stomaco sprofonda e le mie mani tremano.

È Mikhail.

Chiudo la chiamata. Blocco rapidamente il numero e restituisco il telefono alla direttrice. Se Mikhail tenta di richiamare, si spera che non riesca a raggiungerlo.

"Grazie", dico e offro un debole sorriso.

Accompagno i gemelli fuori e l'agente Malone si trova a pochi metri dall'entrata e sta conversando con un altro agente dell'FBI.

"Agente Malone", dico e porto i bambini con me. Non voglio dire molto davanti a Liam e Sophia, ma abbiamo bisogno di un passaggio per tornare da Antonio e ho bisogno del suo aiuto.

———

Antonio mi odierà. Potrebbe non perdonarmi mai, ma per come la vedo io, la sua sicurezza e la sua vita valgono di più di qualsiasi rabbia che potrebbe riversare su di me.

I gemelli sono seduti nel retro della macchina dell'FBI. Mi trovo con loro e mentre giriamo l'angolo del complesso e ci avviciniamo all'ingresso sorvegliato, mi sporgo in avanti.

"Lascia parlare me", dico.

Per quanto ne so, non hanno un mandato. Sono qui perché li ho invitati e ho chiesto la loro assistenza.

"Aleksandra? Dov'è Gian?" chiede una delle guardie, confusa sul perché non sono con il loro socio.

"I russi lo hanno ucciso", ho detto. "Mikhail sta rispondendo al telefono di Antonio. Hai fatto entrare Mikhail e i suoi uomini nel complesso?".

"Certo che no!", risponde la guardia, sconvolta dal mio suggerimento. Tiene una mano e prende il telefono per connettersi con il complesso. Quando nessuno risponde, ci fa passare.

"Resta in macchina", dice l'agente Malone mentre si avvicinano all'entrata principale.

"Vengo con te". Mi rifiuto di lasciare che i federali mi costringano a restare seduta. "Antonio non si fiderà di voi e Mikhail è mio fratello. Sono il miglior negoziatore che avete e conosco la disposizione dell'edificio. Avete bisogno di me", dico, insistendo per farmi accompagnare dentro.

Fa una pausa per un secondo, considerando la mia richiesta. "I tuoi figli rimangono qui", dice l'agente Malone. Scende dalla macchina e apre la porta posteriore, facendomi uscire.

"Restate qui", dico, dando ai bambini un bacio veloce prima di saltare fuori dal sedile posteriore e chiudere la porta. "Blocca la macchina". Non voglio correre il rischio che Mikhail possa scappare e rapirli i miei figli.

"Già fatto. Pensi che non sappiamo fare il nostro lavoro?", chiede. Brandisce la sua arma e mi fa segno di seguirla mentre saliamo le scale. "Dovresti davvero aspettare in macchina. Questo è contro il protocollo".

Sbuffo alla sua osservazione. "Non saresti entrata se non fosse stato per me", le ricordo testardamente.

"Siamo dalla stessa parte", dice l'agente Malone. "Ma non posso essere responsabile per te se ti sparano".

"Non ti biasimerò né ti denuncerò se è questo che ti preoccupa", scatto.

Aspetta solo che Antonio scopra che l'ho fatta entrare dalla porta principale.

CAPITOLO TRENTAQUATTRO

ANTONIO

"Pensi che una misera paga ogni mese ti permetterà di mantenere la tua famiglia?" Mikhail ridacchia. "Grazie per il piccolo bonus di oggi, ma Luka sposerà Aleksandra e si trasferiranno in Russia", dice.

"Esci da casa mia!"

"Non sei più al comando qui", dice Mikhail. Si alza e mi fa segno di alzarmi dalla scrivania.

"Sei fottutamente pazzo se pensi di poter prendere il controllo della mafia", dico. "Lascia andare Aleksandra e i gemelli".

"In piedi!" Mikhail grida e mi spinge la sua pistola in faccia.

Recupero la mia arma sotto la scrivania brandendo il metallo verso di lui, togliendo la sicura.

Non serve a molto. La sua guardia del corpo è su di me con una pistola e ho due armi puntate sulla mia testa.

"Luka manderà i tuoi piccoli marmocchi in collegio nel momento in cui l'aereo atterrerà in Russia. Sei fortunato che sia stata una sua idea. Gli ho detto che dovrebbe ucciderli", dice Mikhail.

"Nessuno toccherà i miei figli, o brucerò te e i tuoi uomini!"

Mikhail sorride alla mia minaccia, per nulla intimorito dalle mie parole. "Promesse, promesse. Ora, in piedi!" Grida per farmi alzare dalla sedia.

Ringhio mentre mi allontano dalla scrivania.

Dove diavolo è Ardian? Dove sono i miei uomini?

Mikhail si siede sulla sedia di pelle. I miei uomini non si inchineranno mai a lui né accetteranno i suoi ordini.

Gli spari esplodono in fondo al corridoio e io esco dall'ufficio in fretta e furia, con una serie di proiettili che schizzano lungo il corridoio.

Corpi giacciono all'estremità opposta, morti. Sembrano essere gli uomini di Mikhail.

Ardian si sta riparando all'ingresso dello studio, insieme a Monte e Otello.

"Che diavolo sta succedendo?" Abbaio mentre sono in piedi al muro opposto nello studio con loro.

"Mikhail ha portato tutto il suo cazzo di esercito", dice Ardian.

Abbasso lo sguardo e mi rendo conto che c'è del sangue sul pavimento e altri quattro corpi. Afferro un'arma da uno degli individui deceduti. Non che gli mancherà.

"Chi diavolo li ha fatti entrare nel complesso?"

"Hanno scavalcato la recinzione, hanno spento i filmati di sicurezza abbastanza a lungo da permettere ai loro uomini di scalare il perimetro", dice Monte.

"Cazzo", brontolo. Ci stavano aspettando. "Nessuna notizia di Aleksandra o dei bambini?" Ho bisogno di sapere che sono vivi e al sicuro.

Sparo diversi colpi agli uomini russi che invadono la mia casa.

Se Luka vuole sposare Aleksandra, almeno non la ucciderebbe. E Sophia e Liam?

"Niente. Gian non ha risposto al telefono", dice Ardian.

"Questo perché hanno preso Aleksandra in ostaggio". Spiattello le poche informazioni che ho.

C'è del movimento alla porta d'ingresso.

"Altri rinforzi?" Non sono i miei uomini. Sono tutti all'interno del complesso, stanno combattendo per le loro vite.

Ma quando in qua i russi avevano fatto crescere il loro impero a una tale grandezza?

"FBI!" grida una donna, la sua pistola è estratta mentre entra nel mio ufficio con una squadra.

I fottuti russi hanno portato i federali a casa mia?

"Non andrò in prigione", dico, fissando i miei uomini.

"Non essere stupido. Hai una famiglia", mi avverte Ardian. "Se uccidi un federale, ti metteranno in carcere".

Ardian non dovrebbe dare ordini, ma ha ragione. È ragionevole e ha la testa a posto. Non riesco a pensare bene in questo momento.

"Ardian ha ragione", dico e metto giù la mia arma, tenendo le mani in alto. "Ci arrendiamo e risolviamo la cosa insieme".

Gli agenti federali sciamano nel complesso. Arrivano diverse altre squadre, che si fanno largo nell'edificio.

Siamo costretti a terra, con le mani legate dietro la schiena finché gli agenti federali non determinano chi stanno cercando.

Non sono sicuro di quale parte siano qui per proteggere, i russi o gli italiani.

Uno degli agenti dell'FBI mi solleva in piedi. È giovane e probabilmente ancora all'inizio della sua carriera.

"Antonio!" Aleksandra si precipita oltre gli agenti dell'FBI.

L'agente donna mi dà un'occhiata. "Questo è lui? Antonio Moretti?", chiede.

"Sì, agente", dice Aleksandra.

La rabbia brucia attraverso di me. "Agente Melinda Malone?" Ripeto il nome, ricordandolo dal biglietto da visita che ho trovato di sopra.

"È corretto", dice lei. "Sei un uomo difficile da trovare. Girati."

Faccio come dice lei e lei toglie le manette.

Aleksandra ha portato i federali a casa mia?

Vorrei essere arrabbiato, rimproverarla per aver messo in pericolo tutte le nostre vite, ma gli agenti non stanno arrestando i miei uomini. Stanno portando via i russi in manette, ognuno di loro.

"Dove sono Sophia e Liam?" Sono sollevato dal fatto che Aleksandra sia salva, ma ho bisogno di vedere i miei figli. Ho bisogno di sapere che sono vivi e stanno bene, illesi, senza dubbio.

"Vi porterò da loro", dice l'agente Malone, scortando Aleksandra e me fuori.

Fuori fa freddo.

Diversi veicoli si allineano sul prato davanti. Nel sedile posteriore di ogni auto, vedo un russo Bratva arrestato. Sono sollevato nel vedere Mikhail ammanettato, ma per quanto tempo rimarrà dietro le sbarre della prigione?

Sophia ha il naso premuto contro il vetro, guardando il trambusto. Liam è in ginocchio e guarda dal parabrezza posteriore.

L'agente Malone sblocca la macchina e io la apro.

Aleksandra è al mio fianco. Tiro un sospiro di sollievo.

Sophia e Liam escono dal sedile posteriore con occhi larghi e curiosi.

"Cos'è successo?", chiede Liam.

"Questa è una storia per quando sarai più grande", dico.

EPILOGO

Aleksandra

Gli agenti federali vogliono che io testimoni contro mio fratello Mikhail e la mia famiglia russa. Mi è stato detto che la mia testimonianza terrà lui e i suoi uomini dietro le sbarre per molto tempo con l'accusa di rapimento di primo grado e imprigionamento illegale.

Metto mio fratello maggiore dietro le sbarre?

Voglio sentirmi sollevata. Voglio essere libera da Mikhail, Luka e gli altri membri della bratva e non dovermi guardare costantemente alle spalle, preoccupata che vengano a prendermi, che il mio tempo con Antonio sia finito.

Ma mi sembra anche un tradimento verso la famiglia in cui sono nata.

Io e Antonio ora siamo l'uno la famiglia dell'altra. Ha passato del tempo a cercare le sue origini e a cercare di scoprire chi sono i suoi genitori naturali, solo per scoprire che sono morti dieci anni fa in un incidente automobilistico. Non ha fratelli e sorelle e anche se ci sono zie e zii là fuori, non sembra pronto a raggiungere nessuno di loro.

Non lo biasimo. Soprattutto quando ha scoperto che la discendenza di sua madre era italiana, ma suo padre era russo.

Non è una storia che condivide o di cui parla, nemmeno con i suoi uomini.

"Sei pronta?", chiede Antonio, ficcando la testa nella mia nuova biblioteca.

Al terzo piano, mi ha dato non solo una stanza dei giochi per i bambini ma una stanza per me, una biblioteca, stipata dal pavimento al soffitto, dove posso essere lasciata sola quando voglio.

Mi ha lasciato scegliere la vernice, i mobili, i quadri alle pareti e, naturalmente, tutti i libri.

Faccio un respiro nervoso e mi aggrappo all'ultimo romanzo che sto leggendo, una dolce storia d'amore che mi permette di fuggire dalla dura realtà della mia vita. La mia storia non è una di quelle che qualcuno vorrebbe leggere. Un mondo diverso dal mio è qualcosa in cui posso davvero immergermi.

Aspetta vicino alla porta, inclinando la testa verso di me. Antonio è vestito in un formale abito d'affari, come è sempre, professionale.

Io indosso un completo con gonna, i miei capelli sono legati in uno chignon disordinato e devo ancora mettere i tacchi.

Andremo in tribunale.

Ho paura di testimoniare contro Mikhail, Luka, l'intera Bratva russa, ma è qualcosa che farò perché voglio proteggere Sophia e Liam. Ho bisogno di sapere senza dubbio che saranno al sicuro e lasciati in pace.

Prendo un segnalibro e lo infilo nel libro prima di chiuderlo. In piedi, mi stiracchio, aspettando solo di poter tornare a casa presto.

Non voglio affrontare nessuno di loro in tribunale, ma che scelta c'è? Qualcuno deve tenergli testa e non sarò da sola.

Antonio sta testimoniando contro Mikhail dicendo che ha avuto una parte nel mio rapimento, venendo in ufficio per estorcere denaro ed essenzialmente pagare un riscatto per il mio rilascio. Mikhail passerà l'ergastolo invece di pochi anni per il rapimento di primo grado.

"Sei sicuro che Ardian possa guardare i bambini?", chiedo.

"Ho una sorpresa per te", dice.

Non sono sicura di poter sopportare altre sorprese. "Una buona sorpresa?", chiedo. Il mio stomaco mi sta già assalendo. Sono più che nervosa. Sono terrorizzata di andare sotto giuramento. E se mi chiedono della mafia e di Antonio?

Anche se so che Antonio non è sotto i riflettori e sotto processo, non posso fare a meno di pensarci.

"Andiamo", dice e mi prende la mano, conducendomi giù per due rampe di scale.

"Kira", dico e sorrido, sorpresa di vedere la direttrice dell'asilo nel nostro ingresso.

"L'ho assunta per guardare i gemelli mentre siamo in tribunale oggi".

Sono sia scioccata che in soggezione per tutto ciò che Antonio ha fatto. Si china, premendo un casto bacio sulla mia guancia. "Non devi preoccuparti mentre siamo via. Sophia e Liam sono in ottime mani", dice.

———

"Mamma!" Sophia strilla mentre corre verso di me con le dita rosse e blu per aver dipinto sulla tela nella stanza dei giochi.

Liam non mi presta la minima attenzione. È con Kira a costruire un enorme set di costruzioni.

"Diamoti una ripulita", dico con una leggera risatina prima che lei metta la sua vernice gocciolante sul mio abito da tribunale. Se tutto va bene, non dovrò tornare in tribunale e Mikhail e i suoi uomini saranno dietro le sbarre per molto tempo.

Antonio si dirige nella stanza dei giochi per pagare Kira per aver fatto da babysitter ai gemelli e la scorta fuori e giù alla sua macchina.

Dopo che il disastro della vernice su Sophia è stato pulito, le do il più grande abbraccio e la porto giù con Liam per il pranzo.

Il bancone è pulito e vuoto. Prendo il pane dalla dispensa e il burro d'arachidi e la marmellata per fare dei panini ai bambini.

Antonio si mette proprio dietro di me in cucina, le sue braccia intorno alle mie, rendendo difficile preparare un pasto per i due bambini.

"Abbiamo uno chef che può occuparsene", dice Antonio. Le sue mani corrono su e giù per le mie braccia. Il suo respiro mi stuzzica il collo.

"Non mi dispiace. Inoltre, mi dà un certo livello di normalità", dico.

"Qualsiasi cosa tu voglia, tesoro". Preme un morbido bacio sulla mia guancia e si allontana.

La cucina sembra gelida e fredda senza il suo corpo avvolto intorno al mio. Già mi manca il suo calore, il suo corpo e il suo respiro contro la mia pelle.

Mi guardo alle spalle per vedere cosa sta facendo. Antonio prende due bicchieri dal mobile e recupera la brocca dell'acqua dal frigorifero, riempiendoli per i gemelli.

Sophia e Liam si siedono al bancone, salendo sugli sgabelli. Sono silenziosi mentre mangiano, divorando ogni morso del loro panino preferito.

"Vuoi che ti prepari un panino?". Mi offro. Il mio stomaco è ancora in subbuglio dal tribunale. Non ho la minima fame, ma Antonio probabilmente ha uno stomaco di ferro.

"Sto bene", dice e prende la mia mano, facendomi cenno di seguirlo nel corridoio.

"Finite il vostro pranzo. Torno subito", dico ai gemelli.

"Cosa c'è?", chiedo.

Ha stretto le sue mani attorno alle mie come se non volesse lasciarle andare.

"Stai bene?", chiedo. Non l'ho mai visto nervoso, ma sembra mentalmente distante, come se fosse perso nei suoi pensieri.

"Sto benissimo", dice Antonio con un sorriso caldo e rassicurante. "Sono sollevato che sia tutto finito, ma penso che dovremmo parlare".

Il mio stomaco si affloscia. "Parla", ripeto. Non viene mai niente di buono da quelle poche parole.

Lui offre un altro sorriso e rilascia la mia mano abbastanza a lungo per far scorrere le sue dita tra i miei capelli. Spinge una ciocca di capelli dietro il mio orecchio. La sua attenzione è unicamente su di me. È come se il resto del mondo non esistesse per un solo momento.

"Voglio che tu sia felice, Aleksandra".

"Lo sono", sussurro, fissandolo.

"Non voglio che tu stia qui per obbligo o perché ti ho costretta. Voglio che questo sia il posto dove vuoi vivere, dove sei felice di tornare dopo una lunga giornata fuori", dice Antonio.

Non so cosa dire.

Le sue dita si aggrovigliano nei miei capelli sulla nuca. "Voglio che questa sia la tua casa, tesoro. Voglio che cresciamo i gemelli insieme come una famiglia. Un giorno voglio essere tuo marito", dice.

La mia bocca diventa secca. "Vuoi sposarmi?"

Un sorriso storto adorna il suo viso. "Un giorno", dice. "Non credo che nessuno di noi due sia ancora pronto per quello".

Ha ragione.

Se mi chiedesse di sposarlo oggi, probabilmente andrei nel panico e darei di matto. Ma voglio passare il resto della mia vita con lui. So che non è un italiano dolce e innocente. È spietato, astuto e farà qualsiasi cosa per tenere la sua famiglia al sicuro.

È una delle tante cose che amo di lui.

"Non vado da nessuna parte", dico. Ho bruciato i ponti con i russi. Non sono più la mia famiglia. Antonio e i gemelli sono la mia famiglia.

"Bene", sussurra, e io alzo il viso, sfiorando le mie labbra contro le sue.

Lo voglio più di quanto abbia mai voluto qualcosa nella mia vita. Ho bisogno di lui e sono sicura che anche lui ha bisogno di me.

———

Mikhail avrebbe dovuto essere condannato all'ergastolo, ma alla fine la giuria non si è espressa.

Come diavolo ci sono riusciti?

Mikhail ha pagato uno dei giurati?

Non può essere una coincidenza che due degli uomini della giuria fossero russi. Anche se non li ho riconosciuti, questo non significa che non ci siano connessioni. Avrebbe potuto facilmente pagarli o minacciare le loro famiglie.

Deve essere fermato.

"Non posso credere che se la sia cavata", dico e lancio le mani in aria. "Verrà a cercarmi. Non è finita".

"Non lascerò che accada", dice Antonio, tirandomi tra le sue braccia. "Non è così stupido da alzare un dito su di te o sui nostri figli. I federali lo tengono d'occhio e la mia fonte mi dice che hanno un agente disposto ad andare sotto copertura. Stanno cercando informazioni per rinchiuderlo per sempre".

Stringo le labbra. Voglio credere che siamo al sicuro, che è finita, che la follia e il caos avranno fine.

"Non voglio vivere nella paura, Antonio".

Mi blocca con lo sguardo. "E non è necessario. Ho già triplicato il numero di guardie, aumentato la sicurezza e migliorato le armi. Ho sottoposto al poligrafo tutti quelli che lavorano per me e ho fatto interrogare quelli che hanno fallito o hanno avuto un poligrafo inconcludente. Non hai nulla di cui preoccuparti".

Ha preso ulteriori misure per garantire la nostra sicurezza e quella dei suoi uomini. Mario è stato l'unico italiano a tradire Antonio e la famiglia. Quando Ardian ha scavato un po' più a fondo nel background di Mario, c'erano prove che stava lavorando con i soci di Roberto della Culla, che da allora sono scomparsi. Sospettiamo che Yuri abbia fatto parte dell'operazione e abbia rubato fondi agli italiani per anni.

"Proteggerò te e la nostra famiglia a tutti i costi".

―――――――

E Antonio ci protegge.

Anche se è ancora in agguato nelle ombre oscure e governa la città di Chicago, Mikhail non ci raggiunge.

Non so in quali guai sia coinvolto e faccio quello che posso per evitare qualsiasi chiacchiera russa. Non voglio sapere cosa sta succedendo con loro.

Antonio è in grado di mantenere la sua parola, proteggendoci, qualunque cosa accada, da qualsiasi pericolo.

Sapere che Mikhail è là fuori, vivo, a fare il capo selvaggio e brutale è sufficiente per farmi voler portare una guardia con me ovunque io vada.

Una guardia del corpo sarà anche con i gemelli quando inizieranno a frequentare l'asilo in autunno nella loro nuova scuola.

Per quanto Sophia e Liam non sappiano o non capiscano cosa fa il loro padre per vivere, riconoscono che è importante per i suoi uomini e, cosa più importante, per loro.

Antonio è un buon padre, caldo, premuroso e responsabile. È strano vedere un lato gentile nello stesso uomo che mi ha rapito e tenuto contro la mia volontà molto tempo fa.

Con i bambini, non permette loro di vedere la natura brutale e spietata del suo lavoro. Li protegge dall'oscurità e dalla cattiveria della malavita mafiosa.

Essere un padre viene naturale una volta che impara ad aprirsi con i gemelli e loro con lui.

E mi pento di non avergli detto prima che ero incinta, nascondendogli i gemelli per i primi quattro anni della loro vita. Ma lui mi ha perdonato più di quanto io abbia perdonato me stessa. Antonio non si perderà un altro giorno con loro e quando concepirò di nuovo, non si perderà la mia gravidanza o la nascita.

———

Grazie per aver letto Voto Spietato.

Vuoi di più? Leggi la storia di Mikhail in Boss Brutale (Fratelli Bratva Libro Uno).

Siamo conosciuti per la nostra ferocia.

Noi comandiamo New York City. Ne controlliamo ogni centimetro e chiunque si metta sulla nostra strada viene giustiziato.

Proteggo il popolo dai truffatori e dai criminali come il cartello, ma non sono un bravo ragazzo. Detesto pensare a me stesso come un vigilante. La mia sorellina ha cercato di mettermi dietro le sbarre.

Quando l'auto di una giovane donna si rompe sotto la pioggia, mi sento troppo generoso.

La riconosco, è un'infermiera della Steele Concierge Medical, almeno questo è quello che vuole farmi credere...

La porto a casa mia per proteggerla durante la tempesta.

Ma lei mi tradisce.

Si scopre che è dell'FBI, che lavora sotto copertura e che intende distruggere la Bratva dall'interno.

Ora che conosco la verità, chi la proteggerà da me?

Boss Brutale è una storia d'amore erotica tra nemici e amanti della mafia russa. È il primo della serie Fratelli Bratva. Può essere letto come un romanzo indipendente.

Un finale "per sempre felici e contenti".

OMAGGI, LIBRI GRATIS E ALTRE CHICCHE

Spero che ti sia piaciuto Voto Spietato e che tu abbia amato la storia di Aleksandra and Antonio.

Iscriviti alla mia newsletter Willow Fox

Se vi è piaciuto Voto Spietato, prendetevi un momento per lasciare una recensione. Le recensioni aiutano altri lettori a scoprire i miei libri.

Non sapete cosa scrivere? Non c'è problema. Non deve essere lunga. Potete raccontare come avete scoperto il mio libro: è stato consigliato da un amico o ne avete sentito parlare al gruppo di lettura? Fate sapere ai lettori chi è il vostro personaggio preferito o cosa vorreste che accadesse dopo.

Grazie per aver letto! Spero che prenderete in considerazione l'idea di iscrivervi alla mia mailing list per ricevere libri gratuiti, promozioni, omaggi e notizie sulle nuove uscite.

L'AUTRICE

Willow Fox ama scrivere da quando era al liceo (molti anni fa). I suoi romanzi ambientati in piccole città riflettono la vita nell'America rurale.

Willow ama la parola scritta, sia che sia lei stessa a scrivere storie d'amore, sia che ne sia solo la lettrice. Lei sogna di essere spazzata via dalla sua vita e spera di essere riuscita a fare lo stesso con voi lettori!

Visitate il suo sito web all'indirizzo:

https://authorwillowfox.com

ANCHE DA WILLOW FOX

Serie Eagle Tactical

Svelato: Jaxson

Invisibile: Mason

Nascosto: Lincoln

Infiltrato: Jayden

Matrimoni di Mafia

Voto Segreto

Voto Prigioniero

Voto Selvaggio

Voto Non Voluto

Voto Spietato

Fratelli Bratva

Boss Brutale

Capo Malvagio

Capo Possessivo

Capo Ossessivo